btb

Nick Farkas ist ein Mann, der angenehm auffällt. Er hat Charme, Stil, Charisma. Sein Lebenslauf ist eine Liste von Erfolgen. Er ist ein weißer Rabe – so nennen ihn zumindest seine Vorgesetzten. Andere, die mit ihm zusammenarbeiten, zum Beispiel Stefanie Bartsoen in der Marketingabteilung, erzählen eine andere Geschichte. Über Manipulation und Einschüchterung, Intrigen und Verleumdung. Über grenzenlose Selbstüberschätzung. Kommt Hochmut nicht vor dem Fall? Nein, Nick Farkas fällt nicht; wenn es eng wird, spreizt er die Flügel und fängt woanders von vorne an. Doch diesmal ist er womöglich zu weit gegangen …

Bram Dehouck, geboren 1978, war lange für Öffentlichkeitsarbeit im Sozialbereich verantwortlich. Sein erster Roman wurde mit dem Schaduwprijs, dem Preis für das beste niederländische Debüt, und dem Gouden Strop (Die goldene Schlinge), dem wichtigsten niederländischen Krimipreis, ausgezeichnet. Sein Kriminalroman »Sommer ohne Schlaf« wurde ebenfalls mit dem Gouden Strop ausgezeichnet und verfilmt. »Weißer Rabe« ist sein fünfter Roman.

Bram Dehouck bei btb

Sommer ohne Schlaf (74670)
Der Psychopath (71330)

Bram Dehouck

Weißer Rabe

Psychothriller

Aus dem Niederländischen
von Stefanie Schäfer

btb

Die Originalausgabe erschien 2016 unter dem Titel »Witte raaf«
bei De Geus BV, Amsterdam.

Dieses Buch wurde mit Unterstützung der Flanders Literature
herausgegeben (flandersliterature.be).

1. Auflage
Genehmigte Taschenbuchausgabe August 2022
btb Verlag in der Penguin Random House Verlagsgruppe GmbH,
Neumarkter Straße 28, 81673 München

Umschlaggestaltung: semper smile, München
Covermotiv: © Trevillion Images / Lee Avison; Shutterstock /
Krasovski Dmitri
Satz: GGP Media GmbH, Pößneck
Druck und Einband: GGP Media GmbH, Pößneck
CP · Herstellung: sc
Printed in Germany
ISBN 978-3-442-71687-6

www.btb-verlag.de
www.facebook.com/btbverlag

Make your money with a suit and tie
Make your money with shrewd denial
Make your money expert advice,
If you can wing it

R.E.M. – »King of Comedy«

Teil I

1

An dem Tag, als Nick Farkas in Stefanie Baertsoens Leben trat, wirkte der Bunker noch bedrohlicher als sonst. Das mochte die Absicht des Architekten gewesen sein: Der gewaltige voluminöse Klotz sollte die Leute beeindrucken, ja geradezu einschüchtern. Bei der feierlichen Eröffnung hatte er vom rohen Beton – »natürlich und zeitlos« – und den Glaselementen – »ein unverstellter Blick auf die Welt« – geschwärmt. Seine Meisterleistung war eine schräg nach außen geneigte Scheibe, die die gesamte Südseite des Büros von Generaldirektor Ludo Scherpereel bildete. Sie bot Aussicht auf den Kanal und die Wiesen dahinter, wo die Kühe in den nächsten Jahren noch mehr Beton und Stahl weichen würden.

Stefanie fand nur noch ganz hinten auf dem Parkplatz ein freies Plätzchen für ihren roten Twingo. Wer spät kam, hatte keine große Auswahl mehr. Wobei sie zwar spät dran, aber nicht zu spät war. Sie stieg aus und ging langsam an den geparkten Autos vorbei. Einige von ihnen erkannte sie, wie Emys alten Toyota Starlet und den grauen Jaguar XF ihres Chefs. Ludo hatte als Einziger einen festen Platz.

Am Eingang stand ein Volvo V60 schräg in einer Parkbucht. Auf dem Rücksitz lagen ein schwarzer Regenschirm und ein englischsprachiges Lifestyle-Magazin, und in das Fach neben dem Schalthebel passte genau eine Dose Menthol-Kaugummi hinein. Der Wagen war blitzblank poliert. Stefanie trat einen Schritt rückwärts. Der Rahmen des Kennzeichens trug den Werbeaufkleber einer Leasingfirma. Sei nicht so neugierig, schalt sie sich und blickte reflexartig zu den Fenstern an der Vorderseite des Bunkers hinauf. Niemand schaute kopfschüttelnd zu ihr herunter.

Als sie eintrat, bekam sie von der ihr entgegenströmenden kühlen Luft eine Gänsehaut. Ihre Absätze klackten auf dem gebohnerten Fußboden, der an regnerischen Tagen spiegelglatt war. Das Gebäude strahlte sowohl von außen als auch von innen Machismo aus. Ideal, um Freunde vom Arbeitgeberverband oder dem Society-Club herumzuführen.

Nirgends gab es weiche Materialien, sodass man jeden, der die Halle betrat, bis in die oberste Etage hören konnte. Die Schreibtische, Maßanfertigungen aus tropischem Hartholz, waren nicht höhenverstellbar, und der Designer hatte noch nie etwas von Kabelkanälen gehört.

»Wenn ich die Beine übereinanderschlage, stoße ich mit dem Knie an das verdammte Holz, und mein Rock ist ruiniert«, hatte Empfangsdame Emy während eines Mittagessens die Einrichtung kommentiert, als ihre Schreibtische noch eine Skyline aus Umzugskartons zu tragen hatten.

»Emy, du solltest froh sein über so schöne Möbel«, entgegnete Ludo. »Das ist Hartholz aus Afrika!«

Emy verdrehte daraufhin nur die Augen.

»Es sieht kalt aus«, hatte Stefanie bemerkt. »Und es ist auch kalt.«

»Es ist ein Bunker«, hatte Marlene ihr beigepflichtet. »Der einzige Ort, wo dieser Klotz wirklich hinpasst, ist der Atlantikwall.«

Stefanie lächelte.

Wie sehr sie Marlene vermisste!

Auf dem Empfangstresen war der Name der Firma in Metallbuchstaben angebracht. SCHERPEREEL. Wenn die Sonne durch die Glasschiebetüren fiel, wurde man vom Widerschein geblendet. Emy winkte ihr zu.

»Und?«, fragte Stefanie.

Emy hob den Daumen.

»Attraktiv?«

»Hot!«

Stefanie drückte den Aufzugsknopf.

»Gehen wir heute Mittag zusammen essen?«, fragte Emy.

»Kommt darauf an, ob ich den Neuen rumführen muss.«

»Manche Leute haben einfach Glück.«

Als Stefanie den Lift betrat, zwinkerte Emy ihr zu.

Stefanie zwinkerte zurück.

Die Fahrstuhltür schloss sich; sie überprüfte ihre Zähne im Spiegel und richtete ihre Frisur.

Ping, machte der Lift, und die Tür glitt auf. Stefanie strich schnell ihren Rock glatt und rückte ihr Oberteil zurecht. Ihre Absätze klackten im Rhythmus ihres Herzschlags. Sie ging an Marlenes leerem Büro vorbei, das nun nicht mehr lange leer bleiben würde.

Auch wenn das Gebäude ein testosterongeschwängerter Klotz war – als sie die Tür zu ihrem Büro öffnete, fühlte es sich an, als würde sie nach Hause kommen. Sie liebte ihre Arbeit auf eine fast leidenschaftliche Art und Weise. Die Leidenschaft, die aus ihrer Beziehung mit Alex verschwunden zu sein schien, hatte sie hier wiedergefunden. Es machte ihr Spaß, die Produkte in Prospekten und Broschüren von ihrer besten Seite zu präsentieren, und sie lächelte zufrieden, wenn sie einen guten Text geschrieben hatte. Der Geruch von frischen Drucksachen machte sie glücklich. Sie hatte Spaß daran, E-Mails zu formulieren und zu verschicken und Öffnungsraten und Klickzahlen zu analysieren.

Stefanie ließ sich in den Bürostuhl sinken; summend erwachte ihr Computer zum Leben. Rasch las sie die eingetroffene Offerte von ExpertPrint für eine Broschüre mit einer Auflage von fünftausend Exemplaren. Wie immer der beste Preis. Sie klickte auf »Antworten«.

Hallo, Robert,
danke für dein Angebot. Wir freuen uns, dir mitteilen zu können, dass wir es annehmen. Ich schicke dir so schnell wie möglich die Druckdatei.

Das Telefon klingelte.

LUDO erschien auf dem Display.

»Guten Morgen«, sagte sie.

»Ah, da bist du ja. Kommst du bitte zu mir?«

Schon hörte sie, dass Ludo wieder aufgelegt hatte.

Schnell beendete sie die Mail und klickte auf »Senden«.

Sie überprüfte ein letztes Mal die Mappe, die sie am Vorabend neben die Tastatur gelegt hatte: Informationen über Drucksachen, die Verkaufsmappe, Mailings und E-Mails, Zahlen, den letzten Jahresbericht. Einen Ausdruck der Richtlinien für den Unternehmensstil und das Handbuch für die Website hatte sie ebenfalls beigelegt. Ganz hinten befanden sich die Kontaktdaten von Druckereien und Lieferanten.

Sie ordnete die Papiere fein säuberlich in der Mappe, schlug diese zu und klemmte sie unter den Arm. Es war ein Gefühl wie am ersten Schultag, wenn die Lehrerin bestimmte, neben welchem Klassenkameraden man während des ganzen Schuljahres sitzen würde, und man nicht wusste, ob der neue Sitznachbar ein Freund fürs Leben werden oder einem die Stifte klauen würde.

2

Ludos Büro war nach außen hin verglast, als Zeichen der Offenheit und Zugänglichkeit. Ein Großteil der Scheibe war jedoch getönt – die Offenheit hatte ihre Grenzen.

Stefanie ging an der Scheibe entlang, hinter der sie den Schatten eines Mannes am Konferenztisch erkannte. Im anderen Schatten, der sich gerade vom Schreibtisch zum Tisch bewegte, erkannte sie Ludos Profil: ein stämmiger, kleiner Mann, den man spontan eher für einen Klempner als für den Firmendirektor gehalten hätte.

Sie klopfte.

»Herein!«

Ludos Gesicht strahlte vor Freude, und Stefanies Laune hob sich ebenfalls. Er winkte sie näher und wandte sich an den Mann am Konferenztisch.

»Nick, ich möchte dir Stefanie vorstellen. Sie hat in den letzten Monaten die Aufgaben von Marlene übernommen, zu unserer großen Zufriedenheit.«

Der Mann stand auf und reichte ihr die Hand. Sie fühlte sich weich an, als cremte er seine Hände regelmäßig ein. Der Anflug eines Lächelns erschien auf seinem Gesicht; sie erkannte es wieder – von den Bildern im Internet, auf die sie bei der Recherche nach ihm gestoßen war. Ludo schaute von ihm zu ihr und wieder zurück, als könnte er in diesem Moment schon erfassen, ob die Chemie zwischen ihnen stimmen würde.

»Ich freue mich, dich kennenzulernen. Ich habe viel Gutes über dich gehört.«

Er hatte eine tiefe, angenehme Stimme. Er war kein hässlicher Mann, aber auch nicht außergewöhnlich gut aussehend. Trotzdem verstand Stefanie Emys begeisterte Reaktion. Nick Farkas strahlte die schwer zu erklärende Anziehungskraft von jemandem aus, bei dem man das Gefühl hatte, dass etwas Spannendes passieren würde. Er beobachtete einen exakt lange genug, lächelte genau im richtigen Moment, und sein Händedruck war fest, aber nicht aggressiv. Sein Äußeres war tadellos gepflegt. Er trug ein enges Shirt über Skinny Jeans, schicke Schuhe und einen Schal um den Hals. Und dann seine Augen. Sie schauten durch einen hindurch, als könnte er Gedanken lesen.

»Nick hat umfangreiche Erfahrungen im Marketing«, erklärte Ludo. »Er hat unter anderem für Assist Team gearbeitet.«

»Die Interimsagentur«, bemerkte Stefanie, als wäre ihr das neu, obwohl sie es bereits auf Farkas' LinkedIn-Profil gelesen hatte.

Farkas nickte. »Assist bezeichnet sich selbst gerne als Personaldienstleister, aber im Grunde ist es eine Zeitarbeitsfirma.«

»Und du hast auch für eine IT-Firma gearbeitet, oder?«, fuhr Ludo fort.

»Spiele und Apps für alle Arten von Organisationen, von Social Profit bis hin zu Festivals.«

Farkas verschränkte die Arme.

»Ich war auch zwei Jahre lang Wahlkampfleiter für PACIN.«

»Pacific Children in Need«, sagte Stefanie.

Farkas hob die Augenbrauen. »Du kennst die Organisation?«

»Durch die Weihnachtskampagne vor ein paar Jahren. Sie war wirklich gut.«

Sie erinnerte sich an ein Foto von Farkas mit Sonnenbrille und einem flatternden Sonnenschirm im Hintergrund, das zweite Foto in der Google-Bildergalerie. Dieses Foto hatte sie zu einer Nachrichtenseite geführt, und was sie dort als Nächstes sah, hatte sie schockiert: zwei ausgemergelte Kinder in Lumpen, die einander auf der Türschwelle einer Hütte umklammerten. Sie hatte weiter nach unten gescrollt, vorbei an Fotos von Klebstoff schnüffelnden Kleinkindern und Mädchen von höchstens elf Jahren in winzigen Shorts, die Autos an einer Ampel zuwinkten. Und dann war da noch Nick Farkas' Foto mit der Sonnenbrille und der einprägsamen Bildunterschrift.

Wir wollen dic Kinder aus der Dunkelheit holen, buchstäblich und im übertragenen Sinne, sagt Kampagnenleiter Nick Farkas. Sie gehören in Schulen und auf Spielplätze, nicht in die Gosse oder in das Bett eines perversen Weißen.

Stefanie fand immer noch, dass das ein starker Slogan war.

»Nicht viele Leute können auf Anhieb etwas mit PACIN anfangen«, bemerkte Farkas. »Es ist nicht leicht, dafür Aufmerksamkeit zu wecken. Greenpeace, UNICEF oder Amnesty International geben ein Vermögen für ihre Kampagnen aus. Aber mit der nötigen Kreativität kann man trotzdem viel erreichen.«

»Ich kann mir vorstellen, dass es schwierig ist, mit diesen großen Namen zu konkurrieren«, sagte Stefanie.

Farkas schaute von ihr zu Ludo.

»Man konkurriert nicht mit dem Leid der Leute, man versucht einfach, so viel wie möglich für sie rauszuholen.«

Er lächelte kurz, als fühlte er sich persönlich gekränkt.

»Natürlich, natürlich«, beeilte sich Ludo zu sagen, von dem Stefanie wusste, dass er jedes Jahr zu Weihnachten Bleistifte von Kindern kaufte, die für wohltätige Zwecke in die Kamera lachten.

»So war es nicht gemeint«, sagte Stefanie und errötete.

»Habe ich schon verstanden. Du brauchst dich nicht zu entschuldigen.«

Farkas' Blick glitt von ihrem Gesicht zu ihrer Brust. Sie schaute nach unten, um ihr Oberteil zu überprüfen. Es war die Informationsmappe, die seine Aufmerksamkeit erregt hatte; sie hielt sie fest gegen ihren Körper gedrückt. Ungeschickt wollte sie sie ihm überreichen, aber er nahm sie nicht an.

»Ich habe hier einige Informationen für dich zusammengestellt.«

Sie hielt ihm die Mappe ein zweites Mal hin. Er legte den Kopf leicht schief, als wüsste er nicht recht, was von ihm erwartet wurde.

»Darüber, wie unser Marketing und unsere Kommunikation funktionieren«, sagte sie. »Du kannst das alles in Ruhe durchgehen; dann bist du gleich auf dem neuesten Stand.«

»Wie aufmerksam von dir.« Endlich nahm er die Mappe.

»Stefanie legt Wert auf Ordnung und Struktur«, bemerkte Ludo lachend. »Und Mappen.«

»Ordnung auf dem Schreibtisch bedeutet Ordnung im Kopf«, sagte Stefanie.

»Oh, das ist auch absolut mein Ding«, sagte Nick, »Ordnung im Kopf.«

3

»So, das hätten wir. Alles installiert. Jetzt kannst du dich an die Arbeit machen.«

»Du klingst, als wärst du überrascht.«

»Bei Windows weiß man nie. Geh mal auf das Icon.«

Stefanie hörte das Klicken der Maus. Sie trat näher an die Tür ihres Büros heran. Die Politik der offenen Tür in Scherpereel hatte ihre Vorteile.

»Stimmt, funktioniert.«

»Ein Wunder«, sagte Paul, der IT-Mann von Scherpereel, amüsiert.

»Warum benutzt ihr keine Macs?«

Paul schwieg, und Stefanie konnte erkennen, wie er seinen Zeige- und Mittelfinger mit seinem Daumen rieb.

»Ah«, sagte Nick, »aber Qualität hat nun mal ihren Preis.«

Man hörte ein Wischen und ein Ping.

Paul pfiff durch die Zähne. »Wow, ist das die neueste Version?«

»Jep. Ich schwöre auf Apple. Teuer, aber nie irgendwelche Probleme.«

Es herrschte Stille. Vermutlich waren die beiden jetzt über Nicks Smartphone mit den vielen Apps und Gadgets gebeugt.

»Ach, übrigens« sagte Nick, als fiele ihm das gerade erst wieder ein, »welche Tablets benutzen eigentlich die Vertreter?«

»Sie haben gar keine … Sie benutzen eine Verkaufsmappe.«

»Eine Verkaufsmappe?« Nick lachte abfällig. »Und die Verkäufer? Haben sie Autos, oder fahren sie noch Kutsche?«

»Autos, seit Neuestem«, erwiderte Paul lachend. »Und was die Verkaufsmappe betrifft, na ja, da musst du dich an Stefanie wenden.«

»Stefanie, richtig.«

»Gute Idee, das mit den Tablets. Aber erwarte nicht, dass du iPads bekommst. Wenn du Glück hast, werden es Microsoft-Geräte der Mittelklasse.«

Nick seufzte.

»Die haben durchaus auch ein paar sehr gute Tablets«, sagte Paul, und da er keine Antwort erhielt, fügte er hinzu: »Na schön, dann lasse ich dich jetzt mal in Ruhe. Wenn du Fragen oder Probleme hast, weißt du, wo du mich findest.«

»Danke dir.«

Stefanie duckte sich hinter ihren Aktenschrank, für den Fall, dass Paul an ihrer Tür vorbeikam. Geistesabwesend starrte sie auf den rissigen Buchrücken eines Layout-Handbuchs. Das brachte sie auf eine Idee. Sie nahm ihren Mut zusammen und klopfte an Nicks Tür.

»Hey, Stefanie«, sagte Nick.

Sie ging einen Schritt näher.

»Hat Paul dir von der Adobe Creative Cloud erzählt?«

Für einen Moment wirkte Nick verwirrt.

»Paul hat mir so viel erzählt. Ein erster Arbeitstag ist wie der erste Tag in der Schule. Jede Menge Informationen und Eindrücke.«

Stefanie lächelte, als er denselben Vergleich zog wie sie vorhin.

»Und was ist nun mit dieser Adobe-Dingsda?«, fragte Nick.

»InDesign, Photoshop, Illustrator.«

»Ah ja. Und warum sind diese Programme auf meinem Computer?«

»Damit du unsere Prospekte und Broschüren erstellen kannst.«

»Haben wir dafür kein Personal?«

»Wir sind das Personal. Ich mache die meisten Layouts selbst«, fuhr sie nach einer kurzen Pause fort. »Aber es ist praktisch, dass du die Dateien öffnen kannst, falls du etwas ändern möchtest. Marlene und ich haben immer so gearbeitet. Ein bisschen wie Pingpong, verstehst du?«

Er nickte.

»Wie war Marlene so?«

»Ach.« Stefanie setzte sich auf einen Stuhl, ein wenig überrumpelt von der Frage. Sie ließ ihren Blick über den Schreibtisch gleiten, der bis auf einen mit dem Rücken zu ihr stehenden Bilderrahmen neben dem Computerbildschirm vollkommen leer war. »Marlene hat das Marketing bei uns ausgebaut«, sagte sie und schaute nun an Nick vorbei durch das Fenster auf die roten Neonbuchstaben von Daisy Bakeries. »Ludo brauchte Unterstützung. Die Firma hat seinem Vater gehört, und er wollte sie erfolgreicher machen. Er wollte expandieren, wachsen. Und das hat er auch geschafft.«

»Und wie bist du hierhergekommen?«

»Die Arbeit wurde zu viel für Marlene. Sie haben nach einer Kommunikationsmitarbeiterin gesucht und voilà, hier bin ich.«

»Sie war deine Vorgesetzte?«

»Nein. Wir waren ziemlich schnell gleichgestellt. Wir haben die Aufgaben unter uns aufgeteilt; sie das Marketing, ich die Kommunikation.«

»Und aus welchem Grund hat sie die Firma verlassen?«

»Ihre Mutter hatte eine Änderungsschneiderei. Marlene hatte schon immer eine Affinität zum Einzelhandel und hat ihr eigenes Geschäft aufgemacht. Handtaschen.«

Nick zog die Augenbrauen hoch.

»Dass sie gegangen ist, hatte also nichts mit ihrer Arbeit hier zu tun?«

»Nein.«

»Oder mit dir?«

»Nein.«

»Und, hast du noch Kontakt zu ihr?«

»Natürlich, ich habe sogar eine Handtasche von ihr.«

Ein Muskel zuckte in seinem Gesicht.

»Ludo muss enttäuscht gewesen sein, dass sie die Firma verlassen hat.«

Stefanie nickte.

»Sie war seine rechte Hand.«

Für einen Moment herrschte Schweigen.

»Und seine Nichte«, platzte Stefanie heraus, ohne genau zu wissen, warum. »Das hier war ihr Büro.«

Sie sahen sich beide im Raum um. Ein leerer Aktenschrank, kahle Wände. Ein helleres Quadrat erinnerte an die Monet-Reproduktion, die früher dort gehangen hatte. Während der Brainstormings hatten sie oft auf die Impression von Monets Garten geschaut, auf die Seerosen und die kleine Brücke, den Lichteinfall auf dem üppigen Grün und die blauvioletten Blumen. Jetzt war da nur noch das triste Beige der Wand.

»Wie gefällt es dir?«, fragte Stefanie.

Nick zuckte mit den Schultern.

»Es ist ein Büro. Unpersönlich. Und es riecht nach Vanille.«

Er atmete tief ein.

»Der Duft kommt von Daisy Bakeries nebenan. Waffeln sind ihre Spezialität. Kennst du die Marke?«

»Nein.«

»Ich bekomme immer Appetit auf Kekse, wenn ich die Vanille rieche«, sagte Stefanie und lachte.

Nick verzog keine Miene. »Riechst du das auch in deinem Büro?«

Stefanie schüttelte den Kopf.

»Ich vermute, hier in der Nähe ist ein Lüftungsschacht. Aber es ist ein angenehmer Geruch, oder?«

»Geschmäcker sind nun mal verschieden.« Nick schaute erst das Bild auf dem Schreibtisch an und dann sie, und Stefanie hatte das Gefühl, als wartete er darauf, dass sie noch etwas sagen oder aber gehen würde.

»Ich bin wirklich froh, dass du hier bist. Die letzten Monate waren hart für mich, so ganz allein.«

»Ludo hat mir erzählt, dass du eine schwere Zeit hinter dir hast.« Nick nahm einen Kugelschreiber aus der Stiftablage und ließ ihn durch seine Finger wandern. Stefanie lief es kalt den Rücken hinunter. Was genau hatte Ludo gesagt? Hatte er Nick von ihrer Abwesenheit erzählt? Nein, Ludo war nicht der Typ, der alte Geschichten aufwärmte.

»Aber das spielt ja jetzt keine Rolle mehr«, sagte Nick,

»Stimmt.«

»Was genau ist dein …«

Weiter kam Nick nicht; Ludo klopfte an die Tür.

»Ach, ihr besprecht euch schon. Sehr gut. Ich hoffe, ich störe nicht?«

»Nein, natürlich nicht«, sagte Nick.

»Kommst du vor dem Mittagessen noch mal kurz rüber? Ich möchte ein paar Dinge mit dir durchgehen.«

»Okay.« Nick drehte sich zu Stefanie, die aufstand. »Wir sollten auch mal zusammen zu Mittag essen. Ich würde gerne deine Meinung über das Marketing und die Kommunikation in der Firma hören. Was dir gefällt, was du erreichen willst, was du gerne ändern würdest.«

»Gute Idee. Das Angenehme mit dem Nützlichen verbinden.«

Stefanie ging zur Tür, wo Ludo ihr Platz machte.

»Bis später«, sagte sie.

Nick hob die Hand, und Ludo sagte noch etwas, das sie nicht richtig mitbekam.

Zurück in ihrem Büro wählte sie die Nummer von Emy.

»Hey, Emy, hast du Lust, was essen zu gehen?«

»Na klar!«, rief Emy ihr ins Ohr. »Du musst mir alles erzählen!«

4

»Überraschung!«

Alex strahlte, sein Gesicht wurde nur von flackernden Kerzen und Teelichtern beleuchtet. Er zog einen Stuhl zurück.

»Bitte setzen Sie sich, Mevrouw.«

»Danke«, sagte Stefanie.

Er küsste sie.

»Womit habe ich das verdient?«

»Einfach so, du brauchst dir nichts zu verdienen.«

Ein köstlicher, würziger Duft strömte aus der Küche. Stefanie fühlte sich plötzlich schuldig, weil sie die Brote, die er ihr jeden Morgen machte, in den Müll geworfen und stattdessen mit Emy zu Mittag gegessen hatte.

»Und weil du dich endlich nicht mehr allein für Scherpereel abrackern musst.«

Sie lachten.

»Ein Glas Wein, meine Schöne?«

»Gerne.«

»Als Vorspeise servieren wir ein Carpaccio mit Rucola und Parmesan«, sagte Alex, schlug sich ein Handtuch über den Arm und goss den Wein ein.

»Köstlich!«

»Gefolgt von Lachs auf der Haut gebraten an frischem Spinat und kleinen Bratkartöffelchen.«

»Wunderbar!«

»Und zum Nachtisch ...« Er beugte sich hinunter, um ihr ins Ohr zu flüstern; sie roch das Parfüm, das sie ihm vor zwei Jahren zum Geburtstag geschenkt hatte. »Mousse au Chocolat.«

Sie küsste ihn.

»Du bist ein Schatz.«

»Sag mal, wie ist denn der neue Kollege so?«

Sie erzählte während des ganzen Abendessens. Der Wein stieg ihr irgendwann zu Kopf. Als sie die Treppe hinaufgingen, hielt sie sich am Geländer fest. Im Bett kuschelte sich Alex an sie. Er streichelte sie am ganzen Körper. Der Alkohol schien ihre Lust eher zu dämpfen, als anzufachen. Trotzdem wandte sie sich ihm zu. Es tat weh, als Alex in sie eindringen wollte. Seine Erektion wurde schwächer, und er rückte von ihr ab. Er seufzte ein paarmal, drehte sich auf seine Seite und schlief ein.

5

Ping, machte der Lift, und die Tür glitt auf. Ein leichter Schwindelanfall brachte Stefanie aus dem Gleichgewicht; für den Bruchteil einer Sekunde tanzten schwarze Punkte vor ihren Augen. Sie hatte sich die ganze Nacht hin und her gewälzt, ihre Gedanken waren zwischen dem gescheiterten Sexversuch, dem Treffen mit Farkas und seinen Kommentaren zur Verkaufsmappe hin und her gesprungen. Am Morgen waren die Gedanken zu einem unsinnigen Brei verschmolzen. Sie war verwirrt aufgewacht, als Alex sich für sein tägliches Morgenritual aus dem Bett hievte: Kaffee kochen, frühstücken, die Zeitung lesen und in der Zwischenzeit ihre Pausenbrote belegen.

Unter der Dusche begannen sich ihre Gedanken wieder zu entwirren. Während sie sich einseifte, dachte sie an Alex' Annäherung gestern Abend. Wie lange war es her, dass sie es noch einmal versucht hatten? Einen Monat? Zwei? Sie konnte sich nicht mehr genau daran erinnern. Noch vor einem Jahr hatten sie die Hände nicht voneinander lassen können. Aber sie konnte nichts dagegen tun – ihr Körper verkrampfte sich, wenn er ihr zu nahe kam.

Sie neigte den Kopf in den Nacken und ließ das warme Wasser über ihr Gesicht plätschern. Für eine Weile vertrieb es die Schwere in ihrem Kopf, von der sie nicht wusste, ob sie vom Alkohol während des Abendessens, den Ereignissen des Vortages oder einer Kombination aus beidem herrührte. Sie drehte den Wasserhahn zu und dachte an Farkas. Der beeindruckende Lebenslauf, das exquisite Auftreten, die scheinbar natürliche Ausstrahlung des erfolgreichen Mannes. Das laute Gelächter, als er von der Verkaufsmappe erfahren hatte.

Es war keine schlechte Idee, Tablets zu benutzen. Vielleicht waren Marlene und sie nicht innovativ genug gewesen. Die Verkäufer waren tüchtig, aber was wussten sie von modernen Kommunikationsmitteln? Ihr Topverkäufer André, zweiundsechzig und seit vierzig Jahren in der Firma, sprach mit den Kunden über das Wetter, das neue Auto im Carport, die schulischen Leistungen der Kinder. Zwischendurch erwähnte er die Produkte von Scherpereel, als wäre es eine ausgemachte Sache, dass der Kunde den Auftrag unterschrieb. Auf diese Weise erzielte er einen legendären Umsatz. Neue Kommunikationstechnologie war für ihn unerheblich. Natürlich hatte die Arbeit von Marlene und Stefanie eine große Verbesserung gegenüber der Vergangenheit bedeutet. Aber war sie gut genug gewesen? Es konnte nicht schaden, die altbewährten Methoden zu hinterfragen.

Sie nahm sich vor, heute mit Nick darüber zu reden, aber sein Büro war dunkel und die Tür geschlossen. Würde Ludo, der normalerweise um halb acht vor seinem Computer saß, nun auch bei ihm vorbeischauen und verärgert auf seine Uhr tippen?

Wenn man vom Teufel sprach …

Ludo lehnte am Türrahmen ihres Büros. Er lachte, und für

einen Moment befürchtete sie, er hätte ihre Gedanken erraten. Doch er sprach mit jemandem im Büro. Ludo fing ihren überraschten Blick auf und machte Platz.

Hinter dem Schreibtisch saß Nick.

»Hallo, Stefanie«, sagte er.

»Kann ich dir bei irgendetwas helfen?«, fragte sie.

Auf einem der Stühle stand ein Pappkarton. Sie erkannte den Stab, der daraus hervorschaute, und die oberen Blätter des halb verdorrten Glücksbambus.

Ein Objekt neben dem Bildschirm erregte ihre Aufmerksamkeit. Der Bilderrahmen.

Sie betrachtete die Ordner auf dem Aktenschrank, die immer noch ordentlich aufgereiht dort standen.

»Ihr habt ausgemacht, die Büros zu tauschen?«, fragte Ludo, der ihrem Blick gefolgt war. Er formulierte es als Frage, aber das war es nicht. Er wollte eine Bestätigung.

»Wie bitte?« Stefanie spürte ein seltsames Kribbeln, als hätte sie einen Schlag gegen den Kopf bekommen.

»Ich denke, es ist eine gute Idee«, sagte Ludo. »Dann sitzt Nick etwas näher bei mir; wir werden in den nächsten Wochen viel zu besprechen haben.«

»Ich kann mich nicht erinnern …«, begann Stefanie.

»Wir haben doch gestern darüber gesprochen, stimmt's?«, sagte Nick, »Ich habe dir gesagt, dass ich diesen Geruch nicht ausstehen kann.« Er wandte sich nun an Ludo. »Ich habe als Kind einmal zu viel Vanillepudding gegessen. Ich konnte einfach nicht genug davon bekommen. Ich erspare euch die Details, aber in dieser Nacht hat meine Mutter einen Eimer neben mein Bett gestellt.«

Ludo schlug mit der flachen Hand auf den Türrahmen und kicherte.

»Vanille«, fuhr Nick fort, »nur schon von dem Geruch wird mir schlecht.«

Ist mir gestern gar nicht aufgefallen, dachte Stefanie.

»Du hast gesagt, du magst den Geruch«, sagte Nick und wurde wieder ernst. »Und dass dir das Büro gefällt. Weil es dich an Marlene erinnert.«

Er legte eine Kunstpause ein.

»Das heißt aber noch lange nicht, dass ich deswegen tauschen will.«

Nick hob die Hände, als wollte er sich nicht auf eine alberne Diskussion einlassen.

»Okay, okay. Vielleicht habe ich voreilige Schlüsse gezogen. Und jetzt ruderst du zurück, nachdem du letzte Nacht schlecht geschlafen hast. Ich kann's ja verstehen, ist ein schönes Büro. Sagen wir einfach, dass ich dich gestern falsch verstanden habe.«

Er seufzte, nahm den Karton mit Stefanies Sachen und holte den Glücksbambus heraus. Er hielt ihn einen Moment lang in den Händen und suchte nach einem Platz dafür. Stefanie konnte sich denken, was sonst noch in dem Karton war: Kugelschreiber, der praktische Kalender der Druckerei ExpertPrint und die Froschspardose, die ihr Marlene einmal geschenkt hatte.

»Absprache ist Absprache, und wenn Nick von der Vanille schlecht wird, kann er nicht arbeiten«, mischte sich Ludo verärgert und stirnrunzelnd ein.

»Ach komm, das ist doch Zeitverschwendung, wir haben weiß Gott Wichtigeres zu tun«, sagte Nick.

»Du hast vollkommen recht«, stimmte Ludo ihm zu. »Es ist kindisch, ein Angebot aus einer Laune heraus einfach wieder zurückzuziehen.«

Stefanie spürte Ludos Blick auf sich, und seine Erwartung, dass sie dieser Szene ein Ende setzte.

»Du kannst hierbleiben«, sagte sie. »Stell den Bambus zurück in den Karton.«

Nick setzte sich wieder hin.

»Bist du sicher … diesmal?«

Ludo lehnte mit verschränkten Armen am Türrahmen.

»Ja«, sagte Stefanie, »es ist … es ist okay.«

»Gut«, sagte Nick, steckte den Bambus zurück zwischen ihre anderen Sachen und wandte sich von ihr ab.

»Ich hole den Karton nachher ab … und meine Mappen.«

In dem Büro, das eigentlich Nicks hätte sein sollen, sank Stefanie auf den Schreibtischstuhl. Sie hörte von draußen das Stimmengemurmel der Männer, die sich leise miteinander unterhielten. Unverwandt starrte sie auf den leeren Fleck an der Wand, wo das Bild gehangen hatte, und es war, als würde sie auf die Leere in ihren eigenen Gedanken schauen.

Fluchend pulte sie an ihrem Brot. Sie öffnete Alex' Textnachricht – *Tut mir leid wegen heute Morgen* – und antwortete: *Salami, echt jetzt*?

Alex hatte beim Aufstehen schlechte Laune gehabt. Missmutig hatte er ab und zu irgendwas vor sich hin gebrummelt, aber nichts gesagt, und vor lauter Ärger hatte er ihre Brote mit dem belegt, was sie am wenigsten mochte. So lief es öfter, wenn er seinen Willen nicht bekam. Kleine kindische Retourkutschen, um sein angekratztes Ego zu hätscheln. Sie war sich nicht sicher, was ihn mehr verletzt hatte: dass sie ihn im Bett abgewiesen hatte oder dass sie damit auch einmal mehr seine Zukunftswünsche und -pläne durchkreuzt hatte.

Sie steckten nicht etwa in einer Sackgasse, in die sie fast unbemerkt geraten waren, nein – es war ein Teufelskreis, in dem sie sich gegenseitig in ihrer Dickköpfigkeit bestärkten. Er war auf eine Zukunft fixiert, von der sie nicht wusste, ob sie noch den Mut dazu aufbrachte. Sie dagegen starrte auf eine Vergangenheit, deren Auswirkungen sie nicht mit ihm teilen konnte. Es erinnerte mehr und mehr an die Sache mit dem Huhn und dem Ei. War ihre Liebe zu Alex abgekühlt, weil er sich so verzweifelt eine Familie wünschte, oder war ihr eigener Kinderwunsch durch die Spannungen in ihrer Beziehung abgeflaut?

Sie wählte eine Nummer auf dem Festnetztelefon. »Hi, Emy, hast du Lust, mit mir zu Mittag zu essen?«

»Dazu habe ich doch immer Lust. Aber, äh …«

Stefanie schloss die Augen.

»Hast du schon etwas anderes vor?«

Emy kicherte.

»Ja, Nick hat mich zuerst gefragt.«

»Der lässt ja nichts anbrennen.«

»Er will meine Meinung über die Firma wissen. Ich sei ein wichtiger Faktor für das Image von Scherpereel, sagt er. Die erste Person, die die Kunden sehen oder hören. Er hat mich ›das Gesicht und die Stimme von Scherpereel‹ genannt. Schön gesagt, oder?«

»Definitiv.«

»Ludo hat mir noch nie so ein Kompliment gemacht.« Emy dämpfte ihre Stimme. »Ich erzähle dir nachher, wie es gelaufen ist.«

Auf Alex' Broten kauend – die Salami hatte sie weggeworfen –, versuchte Stefanie, das Gespräch vom Vortag zu rekonstruieren. Hatte Nick das, was sie über die Waffeln von Daisy Bakeries gesagt hatte, zu ernst genommen? Ihre Gedanken schweiften zu dem Glücksbambus und dem Stab ab, der aus dem Karton lugte. Und zu dem Bild, das Nick in ihrem Büro wieder mehr oder weniger an den gleichen Platz neben dem Computerbildschirm gestellt hatte. Sonnenlicht fiel auf die Wand, und Stefanie fragte sich, wo sie eine Reproduktion von Monet kaufen könnte. Sie starrte auf das Lichtspiel der Reflexionen. Mit einem neuen Bild konnte sie die alten Zeiten vielleicht wieder aufleben lassen und den Raum gemütlich machen.

Und letztendlich mochte sie Vanille ja tatsächlich.

Vielleicht steckte sie im Alltagstrott fest. Das Gewohnheitstier in ihr hatte die kreative Stefanie allmählich aufgefressen und sich selbstzufrieden in ihrem Verhalten eingenistet. Sie sollte positiv denken und den Bürotausch als Neuanfang betrachten.

Dennoch nagte die Sache weiterhin an ihr. Sie hatte das Gefühl, zu schnell nachgegeben zu haben. Sie hatte sich überrumpeln lassen, wie eine Hausfrau, die auf die Floskeln eines Vertreters an der Tür hereinfällt. Es war ein seltsames Gefühl: Einerseits empfand sie es als Ungerechtigkeit, weil ihr etwas weggenommen worden war, doch andererseits war ihr klar, dass sie die Einzige war, die sich darüber Gedanken machte. Sie hatte wegen ihrer eigenen Unachtsamkeit den Kürzeren gezogen und wollte nicht wie ein bockiges Kind dastehen.

Dann kam die Mail.

Hallo, Ludo, hallo, Stephanie, heute Nachmittag um 15 Uhr kleines Get-Together im Großen Saal zu meiner

Zukunftsvision und Marketingstrategie. Ich habe einen Blick in die Tagespläne geworfen, müsste für euch beide klappen, oder?

Bis nachher, N

Ist okay für mich, antwortete sie und dachte: Ich werde aber mit f geschrieben.

6

Er strahlte, balancierte auf seinen Fersen, die Hände vor seinem Schritt. Die erste Folie einer PowerPoint-Präsentation wurde an die Wand projiziert.

360° Marketing
A global view with local wins

Weiße Buchstaben auf blauem Grund; darunter eine weiße Weltkarte, die an das Logo eines amerikanischen Nachrichtensenders erinnerte.

Ludo trat ein und schüttelte Nick herzlich die Hand. Er machte einen Witz, über den beide Männer lachten, den Stefanie aber albern fand. Sie hatte sich oft gefragt, warum Männer bei der Arbeit immer Witze reißen mussten. Kein Gespräch kam ohne einen Scherz oder einen Seitenhieb aus, und wenn es einmal begonnen hatte, endete es normalerweise nicht, bis eine Frau sie zur Ordnung rief. Wie Duelle im achtzehnten Jahrhundert.

Ludo sah sich die Projektion an, hob zufrieden die Augenbrauen und setzte sich. Er nickte Stefanie kurz zu; es lag eine gewisse Distanz in seinem Blick.

»Ihr könnt ruhig zwischendurch Fragen stellen, wenn etwas nicht klar ist«, sagte Nick und wandte sich an Stefanie, »oder wenn du Anmerkungen hast.«

Nick sprach über *Conversation Management, Strategic Brand Management* und 360-Grad-Marketing »im Hinblick auf die Welt, aber immer mit Blick auf die lokale Realität«. Ludo hörte begeistert zu und lehnte sich immer weiter nach vorn. Stefanie musste zugeben, dass Nick gut erklären konnte. Er nannte überzeugende Beispiele, machte im richtigen Moment eine humorige Bemerkung, stellte eine rhetorische Frage, um einen Abschnitt zu beenden. Er hatte das offenbar schon oft durchgezogen, und zwar erfolgreich.

Doch der Inhalt von Nicks Präsentation war für Stefanie nichts Neues. Er bot eine Zusammenfassung der Trends der letzten Jahre, einen Schnellkurs in Kommunikations- und Marketingtheorie. Es klang schick und raffiniert – wie konnte es anders sein, da es von Marketing- und Werbeleuten stammte –, aber die Umsetzung in die Praxis stand auf einem anderen Blatt.

Als Nick nach der Präsentation begierig nach einer Reaktion seine Angel auswarf, fragte sie deshalb: »Und wie sollen wir das konkret umsetzen?«

Dieses charmante Lächeln, der intensive Blick, ein kurzes Innehalten, um die Spannung zu erhöhen.

»Mit dieser Frage habe ich gerechnet.«

Er öffnete eine zweite PowerPoint-Präsentation.

»Ein Neuanfang, der auf den Erfolgen der Vergangenheit aufbaut.« So beschrieb Nick die Richtung, in die er Scherpereel führen wollte. »Selbstbewusst, ehrgeizig und innovativ. Wir müssen den Blick über den Tellerrand wagen und neue Wege erkunden, um unsere Zielgruppe zu erreichen. Und um diese Bühne überhaupt betreten zu können, müssen wir zuerst an uns selbst arbeiten.«

Die nächste Folie zeigte nur zwei Worte:

Neues Logo

»Das Logo ist unser Gesicht. Jetzt, wo wir die Kommunikation auf ein höheres Niveau bringen, ist ein professioneller Look entscheidend. Deswegen müssen wir uns das Logo vornehmen. Die Falten, Pickel und Schönheitsflecken müssen weg.«

Er klickte die nächste Folie an:

Neue Corporate Identity

»Zusammen mit dem Logo wird eine moderne Corporate Identity entstehen, der alle Drucksachen angepasst werden. Überstunden für dich, Stefanie.«

Ludo lachte, und Nick fiel ein.

»Die aktuelle Corporate Identity ist kaum fünf Jahre alt«, erwiderte Stefanie. »Ich sehe keine Notwendigkeit, sie erneut zu ändern.« Sie wandte sich an Ludo. »Das wird eine Stange Geld kosten.«

»Man kann kein Omelett braten, ohne Eier zu zerbrechen«, bügelte Nick sie schroff ab. »Man findet immer praktische Einwände, wenn man sich gegen Veränderungen wehren will. Das aktuelle Logo und die Corporate Identity sind veraltet.«

»Ich würde beides eher als authentisch bezeichnen, passend zum Stil des Unternehmens. Heute ist es einfach wichtig für ein Unternehmen, Authentizität zu zeigen.«

Nicks Kiefermuskeln spannten sich an. Ludo forderte ihn mit einer Handbewegung auf weiterzumachen.

Neue Wege, hieß es auf der Folie mit dem Bild einer Kreuzung. Die Straße teilte sich, und die beiden Wegweiser zeigten Fragezeichen.

»Neben einem anderen *Look and Feel* müssen wir auch in neue Bereiche vordringen. Der erste davon ist das Sponsoring, ein idealer Weg, um die Markenbekanntheit zu erhöhen. Wer kannte früher schon Belkin oder Shimano?«

»Oder Festina«, ergänzte Stefanie. Nick ignorierte sie.

»Ein zweiter Bereich sind die sozialen Medien. Ludo, ich habe mit Entsetzen festgestellt, dass die Firma in diesem Bereich gar nicht vertreten ist. Wir brauchen einen Twitter-Account und eine Facebook-Seite, sodass wir mit unseren Kunden und Interessenten ins Gespräch kommen können.«

»Marlene und ich haben untersucht, ob solche Aktionen für uns einen Sinn ergeben«, erwiderte Stefanie, »und wir sind zu dem Schluss gekommen, dass es für Scherpereel von geringem Interesse ist. Wir haben nicht oft etwas Spannendes zu vermelden, und derartige Aktionen sind auch nicht von großem Nutzen für Business-to-Bus...«

»Die Inhalte müssen wir selbst erstellen, Stefanie«, erwiderte Nick und straffte den Rücken, »das fliegt uns nicht wie die gebratenen Tauben in den Mund. Social Media erfordern eine Menge Aufwand und Kreativität. Ein Unternehmen, das diesen Bereich vernachlässigt, handelt auf der Kommunikationsebene unprofessionell.«

»Ich habe es nicht negativ gemeint.« Doch Stefanie erhielt keine Chance, ihren Standpunkt näher zu erläutern.

»Das alles fügt sich in eine 360-Grad-Marketingstrategie ein, bei der wir im Leben der Kunden und Interessenten sowohl online als auch offline, *above and below the line,* präsent sind«, sagte Nick zum Abschluss seines Vortrags.

»Danke, Nick«, sagte Ludo. »Das war eine inspirierende Präsentation. Wir sind zu sehr mit dem Tagesgeschäft befasst, damit, Brände zu löschen und kurzfristige Aktionen zu planen. Wir benötigen eine breitere Perspektive, eine Politik. Das ist ein guter Anfang.«

»Ich werde Zeit brauchen, um diese Strategie weiter zu entwickeln. Aber ich schlage vor, Stefanie, dass wir gemeinsam schauen, wie wir das in die Praxis umsetzen können. Ich denke, es ist wichtig, dass jeder im Team eine gewisse Ownership übernimmt.«

»Gut«, sagte Ludo. »Von mir habt ihr grünes Licht. Ihr sprecht euch dann untereinander ab?«

Nick schaute auf die Uhr und neigte sich zu Ludo: »Ich muss jetzt dringend meine Tochter von der Schule abholen.«

»Ja, geh nur«, sagte Ludo mit einem Wink. Nick eilte davon, und es wurde still im Raum.

»Und? Was denkst du?«, fragte Ludo, während er aufstand.

Stefanie überlegte, was sie sagen sollte, doch Ludo wartete ihre Antwort gar nicht erst ab.

»Das ist genau das, was wir brauchen. Jemand, der mehr Weitblick hat, der eine Strategie für mehrere Jahre ausarbeitet. Nick ist ehrgeizig, und auch das brauchen wir. Von jetzt an wird allen viel abverlangt werden, aber es ist die richtige Entscheidung.«

»Er sagt interessante Dinge, aber es ist nicht notwendig, alles zu ändern. Als Unternehmen muss man doch auch seinem Stil treu bleiben.«

»Ich bin wirklich froh, dass jemand mit einer solchen Erfolgsbilanz für uns arbeitet«, unterbrach Ludo sie. Er stand auf. »Solche Leute sind selten, weißt du.«

Stefanie schwieg.

Ludo blieb in der Tür stehen.

»Wie nennt man so jemanden noch mal?«

Er zuckte mit den Schultern und ging. Stefanie sammelte ihre Papiere ein und erschrak, als Ludo noch einmal zurückkehrte.

»Einen weißen Raben.«

Er klopfte mit der flachen Hand an den Türpfosten und sprach eher mit sich selbst als mit ihr.

»Ja, das ist es«, murmelte er. »Nick ist ein weißer Rabe.«

7

An diesem Abend gab es weder Wein noch Kerzenschein. Eine Lasagne garte im Ofen.

»Riecht gut«, sagte Stefanie. »Ich habe Hunger wie ein Wolf.«

»Ich benehme mich manchmal kindisch«, sagte Alex.

»Ab und zu.«

»Ich weiß, und es tut mir leid.«

Bevor er noch etwas sagen konnte, fing sie an, vom Tausch der Büros zu erzählen.

»War dein Büro größer als seins?«, fragte Alex.

»Größer und heller.«

»Männer und ihr Territorium. Wir wollen immer das Größte.«

Er holte die Lasagne aus dem Ofen und verteilte sie auf zwei Teller.

»Aber kollegial ist das nicht«, fügte er hinzu.

Stefanie erzählte ihm von Nicks Präsentation und wie es ihm gelang, bei Ludo Eindruck zu schinden.

»Er hat ihn als ›weißen Raben‹ bezeichnet.«

Alex sagte nichts.

»Mich hat er nie so genannt«, fuhr Stefanie fort.

»Nick ist eben der Neue, er bekommt noch Vorschusslorbeeren. Du warst ja selbst beeindruckt von seinem Lebenslauf.«

Stefanie nickte.

»Und vielleicht ist er das ja sogar«, meinte Alex.

»Ist er was?«

»Ein weißer Rabe.«

Sie zuckte mit den Schultern.

»Wir werden sehen.«

Alex stellte die Teller auf den Tisch.

»Und, wie war dein Tag?«, fragte sie.

»Gut«, sagte er und fing an, über irgendeinen uninteressanten Vorfall bei der Arbeit zu reden. Sie spürte, dass sich hinter der Anekdote etwas Wichtigeres verbarg. Sie sah es an seinen kurzen, nervösen Bewegungen, an der Art, wie er seine Geschichte mehr seinem Teller als ihr erzählte.

»Und was war noch?«, fragte sie, als er aufhörte zu reden.

Er sah sie an. Er wusste, dass sie etwas vermutete. Nachdenklich schaute er aus dem Fenster und verschränkte die

Arme. Dann holte er tief Luft und sagte: »Ich habe angefangen, das Zimmer auszuräumen.«

Sie hörte auf zu essen.

»Welches Zimmer?«

Er aß einen Bissen und kaute langsam, als wollte er Zeit schinden.

»Das Kinderzimmer.«

Sie legte ihr Besteck beiseite.

»Das Kinderzimmer? Warum?«

»Warum nicht?«

»Hat das auch etwas mit gestern Abend zu tun? Hat dir die Salami nicht gereicht, um mich zu schikanieren?«

»Aber was machen wir denn schon mit dem Zimmer? Wir schmeißen einfach nur Sachen rein, die wir nicht mehr brauchen. Es ist zu einer Rumpelkammer geworden. Ich habe den ganzen Müll aussortiert. Es wird langsam Zeit ...«

»Und das hast du allein entschieden?«

»Ich dachte ...«

»Du wusstest, dass ich nicht einverstanden sein würde. Du wusstest es, und deshalb hast du einfach angefangen.«

Sie nahm ihr Besteck wieder zur Hand und deutete mit dem Messer auf ihn.

Rote Flecken erschienen auf Alex' Hals.

»Ich dachte ... Wo doch Nick Farkas jetzt da ist, musst du nicht mehr so viel arbeiten. Wir könnten da weitermachen, wo wir aufgehört haben, und wieder an die Zukunft denken.«

»Die Zukunft, wie du sie dir vorstellst.«

»Unsere Zukunft.«

»Dass du immer über meinen Kopf hinweg entscheidest, geschenkt. Aber dass du mir das jetzt antust, ausgerechnet jetzt!«

Sie legte das Besteck auf ihren Teller.

Er fing an, den Tisch abzuräumen. Das machte er jedes Mal, wenn sich ein Streit anbahnte; er stürzte sich in die Hausarbeit, als könnte er das Problem damit aus der Welt schaffen.

Stefanie stand auf, den Blick fest auf ihn gerichtet, während er die Teller in die Spülmaschine stellte.

»Nick ist anspruchsvoll«, sagte sie. »Er will alles umkrempeln. Ich muss …«

Alex knallte die Tür des Geschirrspülers zu. »Du findest immer einen Grund.«

»Ich will das nicht.«

»Wovor hast du eigentlich Angst?«

»Das Zimmer bleibt so, wie es ist.«

8

Stefanie überprüfte das Dokument ein letztes Mal. Alle Bilder hatten den richtigen Farbcode, und auch die Anschnitte und Schriftarten waren in Ordnung. Sie exportierte das PDF, schaute sich noch einmal die Schnittmarken an und ging auf »Neue E-Mail«.

Hallo, Robert,
das druckfertige PDF findest du im Anhang.
Sagst du mir Bescheid, wann du genau lieferst?
Danke und beste Grüße,
Stefanie

Die Mail war kaum raus, schon kam eine neue rein.

Hey, Stephanie, wollen wir heute zusammen zu Mittag essen und Breinstorming machen? Nick.

War es ein Tippfehler, oder wusste er wirklich nicht, wie man Brainstorming buchstabierte? Und wieder war ihr Name falsch geschrieben.

Sie antwortete:

Okay, Nik. Gegen zwölf? Stefanie

Die Antwort kam sofort:

Perfekt! ☺

Um zwölf klopfte sie an seine Tür.

Nick sah auf.

»Ah, schon so spät?«, fragte er. »Kannst du etwas empfehlen?«

»Empfehlen?«

»Ein Restaurant. Du wählst, ich zahle.«

Sie dachte einen Moment lang nach und schwankte zwischen dem Restaurant, das sie eigentlich bevorzugte und einem teuren.

»La Vita è Bella, ein Italiener im Zentrum. Die haben eine gute Mittagskarte.«

»Perfekt.«

»Du kannst auf der Website nachschauen«, sagte Stefanie und stellte sich hinter den Schreibtisch. Sie starrte das Foto an, das er neben den Bildschirm gestellt hatte. Es war eine

Nahaufnahme von ihm selbst, breit in die Kamera lächelnd, eine Hand um das Seil einer Schaukel gelegt. Mit der anderen hielt er ein kleines Mädchen fest, das auf seinem Schoß saß. Stefanie schätzte, dass es etwa drei Jahre alt sein musste. Das Kind schaute zu ihm auf und strahlte. Das Foto war bei Sonnenuntergang aufgenommen worden, sodass das Kind und er in ein warmes, stimmungsvolles Licht getaucht waren. Stefanie schluckte.

»Sieht gut aus.« Nick zeigte auf den Bildschirm und scrollte durch das Menü. »Penne all'arrabbiata, Panciotti, Filetto di agnello … Mir läuft das Wasser im Mund zusammen.« Er stand auf. »Also los, gehen wir!«

Sie nahmen beide das Tagesgericht, eine würzige Tomatensuppe, gefolgt von Raviolini.

»Netter Laden«, sagte Nick, während sie auf die Vorspeise warteten. Er erhob das Glas. »Ich würde gerne mit dir auf die Zukunft von Scherpereel anstoßen.«

Sie stieß mit ihm an.

»Immer schön in die Augen schauen!«, sagte er. »Sonst hast du sieben Jahre schlechten Sex!« Er lachte, nahm einen Schluck und leckte sich über die Lippen. »Ja, die Zukunft sieht rosig aus. Ich habe mir vorgenommen, den Umsatz innerhalb von fünf Jahren zu verdoppeln.«

»Ein ehrgeiziges Ziel.«

»An gesundem Ehrgeiz ist nichts auszusetzen. In Scherpereel steckt eine Menge Potenzial, das bisher ungenutzt geblieben ist. Ludo hat mir den Auftrag erteilt, die Strategie weiterzuentwickeln und das Potenzial zu erschließen. Er hat mir auch die Verantwortung für Sponsoring und Networking übertragen, weil ich darin viel Erfahrung habe.

Es wird lange dauern, aber am Ende wird es sich auszahlen.«

»Schön«, sagte Stefanie.

»Bis dahin halte ich es für einen fairen Deal, wenn du die Entwicklung der neuen Corporate Identity, die Online-Aktivitäten und die tagtäglich anfallende Arbeit übernimmst.« Er zwinkerte ihr zu. »Wie steht es damit eigentlich?«

»Ich habe gerade eine Broschüre für ein Mailing in Auftrag gegeben, das …«

»Was für ein Mailing ist das genau?«

»Ein Produktmailing von fünftausend Exemplaren.«

»Und das ist wichtig für dich?«

»Es ist wichtig für die Firma.«

»Flyer, Verkaufsmappen, Papiermailings … Herrgott, lebt Scherpereel noch in den Neunzigern?«

»So schlimm ist es nicht. Auf das Papiermailing folgt eine E-Mail. Eine Notiz über unsere E-Mail-Politik und Web-Strategie findest du …«

»In deiner Willkommensmappe?« Nick lachte leise. »Eines solltest du dir gut merken, Stefanie: Image ist das Allerwichtigste. Die Verkäufer müssen so schnell wie möglich Tablets bekommen, ich kümmere mich darum. Konzentriere du dich auf das Logo und die Corporate Identity. Ich kenne übrigens eine Agentur, die sehr gut darin ist, so etwas zu entwickeln. Soll ich sie kontaktieren und einen Termin vereinbaren?«

»Danke, das erledige ich schon selbst.«

»Ich kenne viele Leute in der Marketingbranche, ich weiß, wo die Talente sind. Lass mich den ersten Kontakt herstellen. Danach übernimmst du.«

Die Kellnerin brachte die Teller.

»Passen Sie auf, es ist heiß.«

»Das sieht sehr gut aus«, sagte Nick.

Breit grinsend schob er sich den ersten Bissen in den Mund.

»Möchten Sie noch einen Kaffee?«, fragte die Kellnerin. Sie trug eine eng anliegende Bluse, was Nick offensichtlich gefiel.

»Einen Cappuccino, bitte«, sagte er. Die Kellnerin wandte sich an Stefanie, und Nick sagte schnell: »Mit einem Extrastück Zucker, bitte. Und was gibt's zum Nachtisch?«

»Heute ist die Zuppa di fragole im Angebot.«

»Klingt lecker. Das nehme ich.«

Stefanie bestellte einen normalen Kaffee.

»Du magst wohl gern Süßes? Cappuccino mit zwei Würfeln Zucker und eine Nachspeise.«

Nick lachte.

»Stimmt, ich liebe Süßes. Du ahnst ja nicht, wie hart ich trainieren muss, um meine Form zu halten.«

Er klopfte sich zufrieden auf den Bauch. Stefanie schwieg, während die Kellnerin die Tassen und die Zuppa di fragole auf den Tisch stellte. Nick schlürfte an seinem Cappuccino und nahm den Nachtisch in Angriff.

»Und, wie war es so, mit der Nichte des Chefs zusammenzuarbeiten?«

Mit dieser Frage hatte Stefanie nicht gerechnet.

»Marlene war sehr talentiert. Wir waren immer ein gutes Team.«

Nick aß das Dessert auf und lehnte sich zurück, als wollte er ihre Worte auf sich wirken lassen.

»Ludo hat mir erzählt, dass du eine schwere Zeit hattest.«

»Es war nicht einfach, zwei Jobs zu kombinieren.«

»Nein, so habe ich das nicht gemeint.«

Er sah sie dreist an, während er mit dem Löffel auf die Tasse tippte.

»Ich meinte, bevor Marlene gegangen ist. Ludo sagte, du wärst für eine Weile von der Bildfläche verschwunden gewesen.«

»Das ist vorbei.«

»Es waren aber mehrere Monate, oder?«

Stefanie schaute auf die Uhr.

»Ludo hat gesagt, dass du mit dem Arbeitsdruck nicht fertiggeworden bist. Dass du einen Burn-out hattest. Aber es kann doch nicht am Stress gelegen haben, solange Marlene noch da war, oder?«

Sie wich seinem Blick aus.

»Sollen wir heute Nachmittag die aktuellen Vorgänge besprechen?«, fragte sie.

Er leerte seinen Cappuccino und schüttelte den Kopf.

»Nein, das geht leider nicht, ich habe einen Termin. Ich schlage vor, du legst eine Excel-Tabelle mit allen Marketing- und Kommunikationsaufgaben an und wer dafür verantwortlich war. Dann können wir uns die gemeinsam anschauen und einen Jahresplan aufstellen. Was hältst du davon?«

»Auch gut.«

»Dann schicke eine Anfrage für das nächste Treffen raus.«

Die Kellnerin kam, um den Tisch abzuräumen.

»Der Nachtisch war lecker«, sagte Nick.

»Danke«, sagte die junge Frau.

»Wie hieß er noch mal?«

»Zuppa di fragole.«

»Könnten Sie mir das Rezept besorgen?«

»Es ist einfach Vanillepudding mit Erdbeeren«, sagte die Frau.

Nick fing an zu lachen, und anschließend grinste er, als amüsierte er sich innerlich über irgendetwas. Der Kellnerin war das sichtlich unangenehm, und sie ging. Nick wischte sich die Tränen aus den Augen.

»Wir müssen los«, sagte Stefanie.

»Ah, ist es schon so spät?« Er stand auf. »Die Zeit vergeht wie im Flug, wenn man Spaß hat, stimmt's?«

Emy winkte ihr zu.

»Wo warst du?«

»Im La Vita è Bella.«

»Lecker.« Emy beugte sich zu Stefanie. »Das Essen da, meine ich. Nick darf mich gerne öfter einladen. In seiner Gesellschaft fühle ich mich richtig wohl! Und er fragt mich bei allem um meine Meinung.«

»Ja, er stellt eine Menge Fragen. Manchmal kommt es einem vor wie ein Kreuzverhör.«

»Hm, das Gefühl habe ich nicht. Ah, Stef, du bist zu misstrauisch. Nick ist toll! Er hat nur das Beste für uns im Sinn.«

Das Telefon klingelte. Nach dreimaligem Läuten nahm Emy ab.

Im Fahrstuhl starrte Stefanie in den Spiegel. *Du bist zu misstrauisch.* Und sie dachte an den Vanillepudding.

9

Nur die akkurate Reihe von Ordnern auf dem Aktenschrank wies darauf hin, dass in diesem Büro einmal eine ordnungsliebende Person gearbeitet hatte. Ansonsten sah es so aus, als wäre eine Splitterbombe aus Papier explodiert. Stapel auf dem Schreibtisch, verirrte Blätter auf dem Boden, dazwischen Bonbonpapier und Zeitschriften. Es war dunkler im Raum als früher, denn Nick hatte große Papierbogen voller Pfeile und Diagramme an die Fenster gehängt.

»Ich wollte nur schnell meine Mappen holen«, sagte Stefanie.

Nick schaute von seinem Computer auf.

»Kannst du das machen, während ich weg bin? Ich brauche höchstens noch zehn Minuten.«

Inzwischen hatte Stefanie das Büro halb durchquert und drehte sich um.

»Kein Problem.« Ihr Blick fiel auf das Foto mit ihm und dem Kind. »Ist das deine Tochter?«, fragte sie.

Nick nickte.

»Sie heißt Nina und ist mein Ein und Alles.«

»Wie alt ist sie?«

»Fünf.«

»Ein hübsches Mädchen. Und ein schönes Foto.«

»Das ist mein Lieblingsfoto von uns beiden«, sagte Nick und bedeutete ihr, sich zu setzen. »Ich hätte nie gedacht, dass ich mal so an diesem Kind hängen würde.« Er erhaschte Stefanies überraschten Blick. »Sie war ein Unfall.«

Er klang gereizt und drehte sich auf dem Bürostuhl nach rechts und links und wieder zurück.

»Aber ich glaube, meine Frau hatte es geplant.«

»Aha.«

»Sie hat mir davon erzählt, als wir in Miami im Urlaub waren. Warst du schon einmal dort?«

Stefanie schüttelte den Kopf.

»Du solltest das auf jeden Fall nachholen, aber fahre in der Trockenzeit, etwa von November bis April. Im Sommer fällt viel Regen – wenn nicht gerade ein Hurrikan vorbeizieht. Jedenfalls hatten wir an diesem Tag die Innenstadt erkundet und in einem mexikanischen Restaurant am Ocean Drive nett zu Abend gegessen. Auf dem Weg zurück zum Hotel schlug sie plötzlich vor, noch einen Abstecher an den Strand zu machen. Warum nicht?, dachte ich. Wir gingen ein Stück spazieren und setzten uns in den Sand. Es war einer dieser Klischee-Abende: angenehm warm, klarer Himmel, das Rauschen des Meeres und in der Ferne das Lachen und die Musik der Clubs am South Beach. Wir plauderten ein wenig, und plötzlich holte sie Teelichter aus ihrer Handtasche. Was passiert jetzt?, fragte ich mich. Sie stellte die Teelichter zu unseren Füßen, zündete sie an und sagte mir, ich solle meine Augen schließen und meine Hände öffnen. Und dann kam es.«

Er seufzte tief.

»Ich fühlte etwas Flauschiges in meiner Hand, und als ich die Augen öffnete, sah ich eine Babysocke.«

»Oh, wie romantisch«, sagte Stefanie, und ihr schnürte sich die Kehle zu.

Nick schnaubte und lachte zynisch.

»Typisch Frau, das romantisch zu finden«, sagte er abfällig. »Ich war stinksauer. Sie wusste genau, dass ich keine Kinder wollte. Aber sie hatte offenbar alles sorgfältig vorbereitet. Sie hatte die Babysocke schon vor unserer Abreise besorgt. Das war so was von egoistisch von ihr! Ich bin sofort zurück zum Hotel gegangen und habe sie mit ihrer blöden Socke zwischen ihren verdammten Teelichtern sitzen lassen.«

Stefanie dachte daran, wie sich die Frau in diesem Moment gefühlt haben musste.

»Der Urlaub war ruiniert. Wir reisten weiter auf die Bahamas. Ich hatte mich so sehr darauf gefreut, aber mir war alles verleidet. Wir haben uns die ganze Zeit gestritten. Und sie hat andauernd geweint.«

»Aber inzwischen hast du deine Meinung geändert?«, fragte Stefanie.

Nick zuckte mit den Schultern.

»Panta rhei, alles ändert sich ständig. Ich konnte sowieso nichts dagegen tun, sie wollte keine Abtreibung. Ich konnte sie ja schlecht dazu zwingen. Dann lasse ich eben den Dingen ihren Lauf, dachte ich mir schließlich. Und jetzt kann ich mir ein Leben ohne meine Kleine nicht mehr vorstellen. Mein charmantes, intelligentes Mädchen, sie ähnelt mir so sehr! Hast du Kinder?«

Die Frage blieb einen Augenblick lang in der Luft hängen.

Stefanie schüttelte den Kopf und spürte, dass sich ihr Mund mit Speichel füllte. Sie würgte und hustete. Das Blut stieg ihr in den Kopf.

»Ups, falsche Frage?«, fragte Nick.

»Nein«, hustete sie.

»Willst du Kinder?«

»Nein«, sagte sie schnell.

»Meine Mutter hat immer gesagt: ›Eine Frau ohne Kinder ist nie eine richtige Frau gewesen.‹«

»Vielleicht will ich später welche, ich weiß es nicht.«

»Auch wieder typisch Frau, diese Unentschlossenheit.« Er seufzte. »So, Stefanie, ich würde ja gern den ganzen Tag mit dir plaudern, aber ich habe noch anderes zu tun.«

Er stand auf, zog seine Jacke an und drängte sich an ihr vorbei. Ein Hauch von teurem Eau de Toilette wehte mit ihm aus dem Büro. Er drehte sich ein letztes Mal um.

»Nimm deine Mappen ruhig mit. Sie sind mir sowieso nur im Weg.«

Stefanie wartete, bis sie hörte, wie er sich im Flur von Emy verabschiedete.

Dann rannte sie zur Toilette.

10

Das Gute an dem starken Regen, der auf die Windschutzscheibe prasselte, war, dass andere Verkehrsteilnehmer ihre Tränen nicht sehen konnten. Stefanie hatte nur etwas Galle und Speichel ins Klo gespuckt, als sie über der Schüssel hing, aber die Panik und das Entsetzen waren genauso groß gewesen wie bei dem anderen Mal, als sie Alex weinend angerufen hatte, während der Schmerz in ihrem Unterleib wütete und dicke rote Tropfen in die Schüssel fielen.

Die plötzliche Gefühlsaufwallung hatte sie überrascht. Normalerweise hielt sie sich wacker, wenn die Leute anfingen, über Babys zu reden, und die unvermeidliche Frage stellten, wann sie und Alex endlich so weit wären. Sie war stets auf solche Momente vorbereitet und überzeugt gewesen, dass sie nicht mit der Wimper zucken würde.

Nicks Miami-Geschichte hatte ihre Schutzmauer mit einem Schlag durchbrochen, wie ein durchgeknallter Fahrer, der mit seinem Auto durch die Barrikaden in eine Menschenmenge donnerte. Ihre Gedanken waren durcheinandergewirbelt wie umherfliegende Gliedmaßen, und er musste die Fassungslosigkeit in ihrem Gesicht gelesen haben.

So etwas hatte sie bisher zu vermeiden gewusst.

Sie bog in ihre Straße ein, und die Umgebung schien ihre Traurigkeit noch zu verstärken. Der Ort, an den sie stets zurückkehrte und der eigentlich ihr sicherer Hafen hätte sein sollen, lag nass, grau und verlassen da. Das Haus, eine Doppelhaushälfte in einer Sackgasse mit lauter ebensolchen modernen Häusern, vermittelte ihr in diesem Moment nichts als ein tiefes Gefühl der Einsamkeit.

Sie dachte an Miami, das sie nur aus dem Fernsehen kannte. Palmen, junge Mädchen auf Rollschuhen, Sonne und Meer, Spaß und Unbeschwertheit. Sie dachte an Teelichter und Wellenrauschen. Wie romantisch, wie wunderschön! Vollkommen anders, als es bei ihr und Alex gewesen war. Bei ihnen war es geplant gewesen. Sie hatte einen Test gekauft, und gemeinsam hatten sie gespannt darauf gewartet, was er anzeigen würde, überglücklich, als sich herausstellte, dass sie schwanger war. Draußen war es grau und regnerisch gewesen – ein Tag wie dieser.

Monschau, Domburg, Reims. Dorthin waren Alex und sie regelmäßig übers Wochenende gefahren – Ausflüge, die er nach der Fehlgeburt immer öfter geplant hatte, als könnte ein schweigsamer Spaziergang am Strand oder der Besuch malerischer Märkte ihn alles vergessen lassen, als wäre ein Glas Champagner ein Reset-Knopf für das Geschehene. Als machte ein Hotelbett einen Unterschied aus. Mit der Zeit waren die Städtetrips jedoch seltener geworden, bis sie die Wochenenden wieder regelmäßig zu Hause verbrachten.

Einen Moment lang überlegte Stefanie, ob sie das Auto draußen stehen lassen oder in die Garage stellen sollte. Am besten verhielt sie sich so normal wie möglich, daher öffnete sie das automatische Tor und fuhr den Twingo in die Garage. Das helle Neonlicht, das plötzliche Aufhören des prasselnden Regens und das Quietschen der Scheibenwischer schienen sie in eine andere, betäubende Welt zu versetzen.

Sie wischte sich die Tränen von den Wangen und prüfte die Röte ihrer Augen im Rückspiegel, in der Hoffnung, dass Alex nicht bemerken würde, dass sie geweint hatte. Aber es war zu spät. Aus den Augenwinkeln sah sie eine Bewegung. Die Tür zur Küche stand offen, und in Alex' Gesicht spiegelte sich wortlos die Frage wider: Was um Himmels willen ist passiert?

11

Auf ihrer Unterlippe kauend, las sie die E-Mail ein zweites Mal.

Hallo, Stephanie,

ich war vielleicht gestern ein bisschen zu schroff, als ich dir von der Schwangerschaft meiner Frau erzählt habe. Sie hat mich in diesem Urlaub zwar ziemlich überrumpelt, aber im Nachhinein wurde mir klar, dass sie es gut gemeint hatte.

Vater zu werden ist das Beste, was mir je passiert ist. Ein Kind verändert einen komplett, es ist das wichtigste Ereignis im Leben. Ich habe auch großen Respekt vor schwangeren Frauen; ein Baby auszutragen ist doch ein Glück und ein Wunder der Natur!

Hier sind noch ein paar Bilder von mir und Nina.

Grüße, Nick

Er hatte die Mail gestern Abend gegen halb elf abgeschickt. Sie sah sich die ersten beiden der fünf hinzugefügten Fotos an. Er mit seinem Baby auf dem Arm, er, wie er ihr das Laufen beibrachte. Die anderen drei Fotos öffnete sie nicht. Sie löschte die E-Mail und leerte anschließend gleich den ganzen Papierkorb. Die Ellbogen auf den Schreibtisch gestützt, den Kopf in den Händen, starrte sie den Karton an, in den Nick ihre Sachen beim Bürotausch gepackt hatte. Er stand an der Wand, neben der Tür. Nur der verdorrte Glücksbambus war noch drin, dessen orangebraune Blätter über den Rand hinausragten.

Sie hatte die Pflanze zwei Tage nach dem positiven Schwangerschaftstest gekauft, in dem naiven Glauben, dass es ihr Glück bringen würde, den Bambus zusammen mit dem Kind wachsen zu lassen.

Als ihr Körper den Fötus getötet hatte, wollte sie, dass auch der Bambus starb.

Aber er war nicht gestorben. In den ersten Wochen, in denen sie krankgeschrieben gewesen war, hatten Marlene oder Emy die Pflanze gelegentlich gegossen. Dann hatten sie sie vergessen. Als Stefanie endlich wieder den Mut aufgebracht hatte, die Tür ihres Büros zu öffnen, hing ein süßlicher Verwesungsgeruch darin. Vorsichtig hatte sie den Raum betreten, als könnte sie jeden Moment auf den Kadaver eines kleinen Tieres treten. Doch sie fand nur den Bambus, dessen Blätter größtenteils gelblich braun geworden waren. Das Substrat, aus dem die Pflanze ihr Wasser bezog, war braun und hart eingetrocknet. Stefanie hatte den Bambus stehen lassen. Sie wollte ihn sterben sehen. Um sein Leiden zu verlängern, hatte sie ihm ab und zu ein wenig Wasser gegeben. Als könnte sie ihren Schmerz an ein anderes Lebewesen weitergeben.

Das Telefon klingelte.

»Hallo, Stefanie, könntest du mal kurz runterkommen? Es gibt ein Problem mit dem Versand. Wir können die Prospekte nicht beifügen.«

Stefanie nahm den Aufzug ins Erdgeschoss. Nick stand am Empfangstresen. Emy beugte sich über den Rand und bewunderte seine weißen Turnschuhe.

»Hundert Euro«, sagte sie.

»Hey«, rief er spielerisch entrüstet, »das sind doch keine simplen Stan-Smith-Sneakers! Mehr!«

»Zweihundert Euro?«

»Mehr.«

»Dreihundert?«

Stefanie ging langsam an ihnen vorbei. Emy hatte nur Augen für Nicks Schuhe. Nick warf Stefanie ein kurzes Lächeln zu und widmete dann seine Aufmerksamkeit wieder Emys Dekolleté.

»Ich helf dir mal ein bisschen«, sagte Nick. »Die Schuhe sind von Philipp Plein. Deutscher Designer, bei uns noch ein Insidertipp, die Fußballer entdecken ihn gerade. Und die Leute eben, die sich so was leisten können.«

»Okay, dann vierhundert Euro, aber das ist mein letztes Angebot.«

Als Stefanie die Tür zur Poststelle öffnete, hörte sie Emy gerade noch »Ach du Scheiße!« sagen. David, der Leiter, kam mit einer Broschüre wedelnd auf sie zu.

»Die können wir nicht maschinell in die Umschläge stecken.« Er faltete das Druckmaterial auseinander wie ein Akkordeon. »Die Greifer kriegen das nicht gepackt. Deswegen dürfen die Prospekte hinten immer nur eine Knickkante haben.«

Stefanie nahm ihm die Broschüre aus den Händen.

»Ich verstehe das nicht, ich habe um einen Wickelfalz gebeten. Wir drucken diese Broschüre immer mit Wickelfalz.«

David sah sie irritiert an.

»Die wissen doch, wie es gemacht werden muss. Ein Teil der Broschüre wird in die beiden anderen hineingefaltet, sodass das Ergebnis schön flach ist und man nur eine Knickkante auf der Rückseite hat. Das brauchen wir für die Verpackungsmaschine. Darauf achte ich immer.«

»Und wie nennst du das hier?«

»Einen Zickzackfalz.«

Stefanie schloss und öffnete die Werbebroschüre mehrere Male, als wollte sie sich vergewissern, dass sie wirklich verhunzt war.

»Um das Mailing manuell einzutüten, fehlt uns die Zeit«, gab David zu bedenken.

»Sogar die Falzlinien sind falsch, siehst du? Es ist mir ein Rätsel.«

»Neue Druckerei?«, fragte David, fuhr sich mit einer Hand durchs Haar und verschränkte die Arme vor der Brust.

»Nein, ExpertPrint, mit denen arbeite ich regelmäßig zusammen.« Sie gab ihm die Broschüre zurück.

»Ich fürchte, das muss noch mal gedruckt werden«, sagte er. »Fünftausend Prospekte für die Tonne.« Er neigte sich zu ihr. »Davon sollten wir Ludo besser nichts erzählen.«

»Ich rufe den Drucker an, das wird schon.«

»Wann?«

»Noch diese Woche.«

David seufzte. »Dann müssen wir diese Lieferung verschieben. Mist, unser Zeitplan ist sowieso schon eng.«

»Firma ExpertPrint, Robert am Apparat.«

»Hallo, Robert, ich bin's, Stefanie.«

»Hi, Stefanie, hast du die Broschüren pünktlich erhalten?«

»Ja, habe ich, aber irgendetwas ist schiefgegangen.«

Sie hörte, wie er tief einatmete.

»Schiefgegangen?«

»Ja, ich weiß auch nicht, wie das passieren konnte. Die Broschüren sind in Zickzackfalz gekommen, aber wir brauchen sie in Wickelfalz. Das weißt du doch, oder?«

Robert blieb erst still, dann sagte er: »Dein Kollege hat mir gesagt, wir sollten diesmal Zickzackfalz verwenden.«

»Welcher Kollege?«

»Dein neuer Chef. Er war hier bei uns.«

»Mein neuer was?«

»Nick heißt er.«

»Nick? Der ist nicht mein neuer Chef.«

»Oh, ich dachte, denn er hat gesagt …«

»Wann war er bei euch?«

»Mittwochnachmittag.«

Einen Tag nach ihrem Mittagessen.

»Was wollte er?«

»Er hat gesagt, er würde alle Lieferanten besuchen, um sie kennenzulernen, um zu sehen, mit wem ihr zusammenarbeitet. Er hat mich gefragt, was wir bisher für euch gemacht haben, wie wir beide zusammenarbeiten und so weiter. Ich habe ihm gesagt, dass wir immer gut zusammengearbeitet haben. Ist doch so, oder, Stefanie?«

»Klar, Robert.«

Stefanie biss sich auf die Unterlippe und starrte auf die Neonbuchstaben von Daisy Bakeries.

»Die Rede kam auch auf die Broschüre. Ich habe ihm ein Exemplar gezeigt, und er hat darum gebeten, die Falzart zu ändern. Ihm gefiele es besser, wenn sich die Broschüre wie ein Akkordeon auffaltet. Ich habe vorgeschlagen, das vorher mit dir zu besprechen, aber er meinte, das wäre nicht nötig.«

»Die Broschüre muss neu gedruckt werden, Robert. Dieser Zickzackfalz sieht erstens nicht gut aus, und zweitens passt das Material dadurch nicht in unsere Verpackungsmaschine.«

»Bist du dir da sicher?«

»Natürlich bin ich mir sicher!«

»Hör mal, Stefanie, ich will keinen Ärger haben. Ich mache das, was der Kunde verlangt. Und da … Wie heißt er?«

»Nick Farkas.«

»Da Nick dein Chef ist …«

»Robert, nochmals, er ist nicht mein Chef. Ludo ist mein Chef.«

»Entschuldige, ich dachte, es wäre okay.«

»Trotzdem muss die Broschüre neu gedruckt werden.«

»Und wer trägt …«

»Die Kosten?« Sie seufzte. »Es ist nicht deine Schuld. Machen wir fifty-fifty.«

»Da ist noch etwas, Stefanie. Nick bat mich, beim Preis noch um zweihundert Euro runterzugehen. Dieses eine Mal ist es in Ordnung. Ich meine, ich habe jahrelang für euch gearbeitet, und mit einem neuen Kollegen … Ich möchte in Zukunft nicht außen vor bleiben. Aber damit schneide ich mir ins eigene Fleisch. Du weißt, dass ich euch schon den niedrigsten Preis berechne.«

»Er hat dich gebeten, deinen Preis um zweihundert Euro zu senken?«

»Ich will deswegen keine Schwierigkeiten machen, nur …«

»Berechne einfach den Preis, den wir vereinbart haben, Robert. Und der gleiche Preis gilt für die neue Version in Wickelfalz. Ich werde das hier intern regeln.«

»Danke, Stefanie, das ist nett von dir. Ich gebe euch für diesmal die zweihundert Euro Rabatt. Kein Problem!«

»Wann kannst du den Neudruck liefern?«

»Heute in einer Woche. Schickst du mir bitte noch mal den Auftrag? Mit deinem neuen Kollegen in cc?«

»Okay, Robert.«

Sie legte auf.

Schickst du mir bitte noch mal den Auftrag?

Mist, dachte sie. Sie hätte Robert bitten sollen, per Mail zu bestätigen, dass Nick die Faltmethode geändert hatte. Sie musste bis zehn zählen, ansonsten hätte sie garantiert jemandem den Schädel eingeschlagen.

Als sie in Nicks Büro kam, erschrak sie, als ihr Blick auf die eine Wand fiel. Dort hing ein gigantisches Gemälde; eine Ansammlung von wahllos aufgetragenen Flecken und Spritzern, wirr und überwältigend. Das Werk dominierte den Raum und schrie nach Aufmerksamkeit. Dann wanderte ihr

Blick zu ihm. Er hatte seine Füße nonchalant auf den Schreibtisch gelegt. Sie sah an seinen dünnen, übereinandergeschlagenen Beinen und seinem im Bürostuhl lümmelnden Körper vorbei. Er starrte auf den Computerbildschirm.

»Ich habe gerade mit Robert gesprochen«, sagte sie.

»Robert?«, fragte er mit Unschuldsmiene.

»Ja, Robert, von der Druckerei ExpertPrint.«

»Ach so«, sagte Nick. Er nahm die Füße vom Tisch und setzte sich aufrecht hin, ein besorgtes Stirnrunzeln im Gesicht.

»Die Broschüre wurde geliefert, aber sie muss neu gedruckt werden.«

»Warum?«

»Weil sie in Z-Falz statt in Wickelfalz ist.«

Er sah sie verständnislos an.

»Das bedeutet, dass sie nicht in unsere Verpackungsmaschine passt.«

»Warum?«

»Es dauert zu lange, dir das zu erklären.«

»David kann sie doch sicher von Hand in die Umschläge stecken.«

»Das würde Stunden dauern. Wir haben keine Zeit für so etwas.«

»Na schön.«

»Außerdem war das Layout auf Wickelfalz ausgerichtet. Die Broschüre hätte so oder so neu gedruckt werden müssen.«

Nick verschränkte die Arme.

»Das ist sehr ärgerlich. Wie konnte so ein Fehler passieren?«

Stefanie war perplex.

»Weil du Robert aufgetragen hast, Z-Falz zu verwenden.«

Nick hob die Hand. Moment mal, besagte die Geste.

»Was sagst du da?«

»Du hast Robert gesagt, dass er es so machen soll. Dass er die Falzmethode ändern soll.«

Nicks Augen blitzten.

»Wie kommst du denn darauf?«

»Robert hat es mir erzählt.«

Nick lehnte sich wieder zurück.

»Was ist das für ein Schwätzer, dieser Mann«, sagte er. »Das ist mir schon aufgefallen, als ich die Druckerei besucht habe. Was für eine dilettantische Klitsche, habe ich mir gedacht, betrieben von einem dieser kleinen weinerlichen Selbstständigen, die in ihrer eigenen miesen Mittelmäßigkeit ersaufen. Und siehe da, ich hatte recht.«

Stefanie fehlten die Worte.

»Warum hätte ich grundlos die Falzmethode ändern sollen? Ohne dich zu konsultieren?«

»Genau das frage ich mich auch. Ich hatte noch nie Probleme mit Robert. Und jetzt sitze ich auf fünftausend unbrauchbaren Broschüren.«

»Glaube nicht blind, was die Lieferanten behaupten. Sie wollen nur eines: unser Geld, und sie werden dich austricksen und alles tun, um es zu bekommen. Warum in aller Welt sollte ich die Falzmethode ändern? Das ist doch verrückt.«

Sie schwieg.

»Robert hat einen Fehler gemacht«, fuhr Nick fort. »Einen sehr ärgerlichen Fehler, wie er jetzt feststellen musste. Und deshalb versucht dieser hinterhältige Mistkerl, mir die Schuld in die Schuhe zu schieben, dem neuen Kollegen, der dadurch ein leichtes Opfer ist. Ist doch logisch, oder?« Er schlug mit der Faust auf seinen Schreibtisch. »Hast du das Angebot für den Druck?«

»Ja, in meinen Mails.«

»Okay. Lass es mir zukommen. Und hast du die Falzmethode bei der Bestellung unmissverständlich angegeben?«

»Er weiß, welche Falz wir benötigen. Er druckt diese Broschüre schon seit Jahren.«

»Hast du ihn explizit damit beauftragt?« Er betonte jedes Wort einzeln.

»Nein. Wenn ihm etwas nicht klar gewesen wäre, hätte er sich an mich gewandt.«

Nick warf die Arme in die Luft. Stefanie erschrak; für einen Moment befürchtete sie, er würde ihr das Papierchaos auf seinem Schreibtisch ins Gesicht schleudern.

»Na toll. Ist ja wirklich super.«

Er bedeckte Nase und Kinn mit den Händen wie mit einer Gasmaske und schloss die Augen.

»Nick? Es war nicht nötig, diese Falzmethode im Angebot zu erwähnen.«

Er atmete mehrmals ein und aus, wie um sich zu beruhigen, als hätte er das in irgendeinem Workshop gelernt.

»Okay, wir machen Folgendes«, sagte er und öffnete seine Augen wieder. »Du rufst bei ExpertPrint an und sagst, dass sie die Broschüre neu drucken sollen. Die Schuld liegt bei Robert« – dabei sah er sie verschwörerisch an –, »und deshalb wird er die Kosten dafür übernehmen.«

»Vielleicht rufst du ihn besser selbst an«, erwiderte Stefanie. »Du warst ja schließlich bei ihm.«

Nick griff nach der Tischplatte, als ob er befürchtete, dass sie weglaufen würde.

»Nein. Du. Rufst. Da. An. Es ist deine Broschüre, es ist deine Verantwortung. Du musst deine Aufgaben dringend ernster nehmen. Und durchsetzungsfähiger werden.«

Er griff nach dem Telefon.

»Einen Augenblick«, sagte er, während er eine interne Nummer wählte.

»Hallo, Frank«, sagte er fröhlich, von einem Moment auf den anderen wie ausgewechselt. »Ja-ha! Das war ein absolutes Scheißspiel. Die Mannschaft hat die Punkte nicht verdient. Am Ende gewinnen die noch die Meisterschaft, nur wegen … Ja, immer die Schiedsrichter … Ja, natürlich. Nein, den hätten sie längst auf die Straße setzen sollen. Bei seinem letzten Verein wusste man das schon nach drei Spielen. Wie auch immer, Frank, weswegen ich dich anrufe …«

Nick sah Stefanie starr an.

»Wir haben ein Problem mit einer Druckerei. Expert-Print. Ja, ich weiß, wir arbeiten schon seit Jahren mit ihnen zusammen. Hör mal, eine Broschüre wurde falsch gedruckt – deren Fehler –, und sie müssen eine neue Version liefern. Kostenlos. Stefanie wird sich darum kümmern. Sie leitet das Angebot gleich an dich weiter.«

Er deutete auf seine Stirn. Merk dir das, Mädchen, entnahm sie seiner Geste.

»Wobei das Angebot auch nicht ganz richtig ist, Frank. Weitere zweihundert Euro müssen abgezogen werden. Ja, alles eine Frage der Verhandlung. Überleg mal, wie viel Geld ihr dem Kerl schon unnötig in den Rachen geworfen habt! Achte also darauf, wenn du die Rechnung bekommst. Und dass er keine zweite Rechnung für den Nachdruck schickt. Wenn es irgendwelche Probleme gibt, sprich mit Stefanie. Okay, tschüss.«

Er beendete das Gespräch, lehnte sich zurück und schlug die Beine auf dem Schreibtisch übereinander, die Schuhe auf einem Stapel Papier. Stefanie erkannte darauf das Logo des örtlichen Fußballvereins, KV Leperyck, der in der ersten Liga spielte. Ihr Blick wanderte zu anderen Papieren, und sie sah Bilder von jubelnden Radrennfahrern an der Ziellinie und Rallyeautos, die über staubige Schotterpisten rasten.

»Von mir aus bleibt das unter uns, Stefanie. Betrachte es als einen Gefallen.«

»Hallo, Robert, ich bin's noch mal, Stefanie. Kannst du mir per E-Mail bestätigen, dass Nick dich gebeten hat, die Falzmethode zu ändern?«

Nach einem kurzen Zögern fragte er zurück: »Warum ist das notwendig?«

»Nick kann sich nicht daran erinnern, dir gesagt zu haben, einen anderen Falz zu verwenden, und er hat mich gebeten, bei dir nachzufragen.«

Sie hielt während der erneut eintretenden Stille den Atem an.

»Er kann sich nicht daran erinnern?«

»Nein. Und jetzt will er …«

»Den Neudruck nicht bezahlen«, ergänzte Robert. »Na schön, dann lassen wir das eben auf sich beruhen.«

»Wenn du es mir schriftlich bestätigst, kann ich dafür sorgen …«

»Nein, schon gut. Ich will keinen Ärger mit Nick. Ich will nicht … du weißt schon.«

»Dazu wird es nicht kommen, Robert.«

»Es wäre nicht das erste Mal. Nein, ist schon gut. Wir drucken die Broschüre neu, kostenlos. Ich bin ja in gewisser Weise mitschuldig. Ich hätte es schriftlich machen und von Nick abzeichnen lassen sollen. Aber nach all den Jahren läuft man manchmal auf Autopilot. Von nun an würde ich es gern etwas offizieller haben, wenn das für dich okay ist. Mit einem unterschriebenen Druckauftrag und so weiter.«

»Okay.«

»Danke. Bis dann.«

Verdammt, dachte sie.

12

Ihr Handy meldete sich.

Eine SMS von Alex.

Wo bleibst du?

Komme gleich, antwortete sie.

Sie wollte den Computer herunterfahren.

Neue Updates werden installiert. Bitte schalten Sie den Computer nicht aus.

Langsam drehte sich der Windows-Kreis, 15 Prozent der Updates waren erledigt. Stefanie ging im Büro auf und ab, mit halbem Auge den Fortschritt kontrollierend.

25 Prozent.

33 Prozent.

Sie war froh um das Schneckentempo, mit dem der Computer die Updates durchführte. Es verschaffte ihr eine Gnadenfrist, ehe sie sich mit den Kisten voller Gerümpel aus dem Kinderzimmer auseinandersetzen musste. Alex brauchte sich gar nicht einzubilden, dass sie auch nur einen

Finger krummmachen würde, um ihm dabei zu helfen, sie zur Müllkippe zu bringen.

Sie fuhr mit ihrem Zeigefinger über die Ordner auf dem Aktenschrank. Irgendetwas stimmte nicht. Sie ging noch einmal die Reihe entlang, um sicherzugehen, dass sie sich nicht geirrt hatte. Vier Ordner waren verschwunden.

Sie dachte an die Kellnerin im La Vita è Bella und den seltsamen Blick in ihren Augen, als Nick nach dem Dessert angefangen hatte zu lachen. Sie dachte an das genervte Stirnrunzeln auf Davids Gesicht, als er die Broschüre aufgefaltet hatte. Sie dachte an Roberts Seufzer am Telefon.

Als sie ging, schloss sie zum ersten Mal, seitdem sie bei der Firma arbeitete, ihre Bürotür ab.

13

»Dieser Nick tickt irgendwie nicht ganz richtig«, sagte sie später beim Essen, in dem Versuch, eine Unterhaltung in Gang zu bringen. Sie wollte vermeiden, dass Alex mit dem Zimmer anfing; er hatte die Kisten so in die Garage gestellt, dass sie gerade noch einparken konnte, es aber unmöglich war, sie zu ignorieren. Sie hatte auf die leicht offen stehenden Klappen der Kartons gestarrt, und sie kamen ihr wie eine Aufforderung vor, einen Blick hineinzuwerfen. Ein großer Teil ihres Lebens steckte in diesen Kisten. Kaputte CDs, veraltete Reiseführer und anderer Müll aus dem sorgenfreien Leben, in dem sie noch zur Miete gewohnt und positiv in die Zukunft geblickt hatten. Möglicherweise waren auch Bücher und Zeitschriften aus der Zeit darin, als sie sich allmählich fragten, warum sie nicht schwanger wurde, woraufhin sie sich Tests unterzogen und eine In-vitro-Fertilisation erwogen hatten, bis das Unerwartete geschehen war.

Der Gynäkologe hatte ihnen erklärt, es sei gar nicht so selten, dass das gerade dann passierte, wenn die Paare die Hoffnung schon aufgegeben hatten.

Ob auch ihr Schwangerschaftstagebuch dabei war? Stefanie hatte es akribisch geführt, als erwartungsvollen Zeitvertreib, als Erinnerung für später, als Geschenk für das Kind. Das Tagebuch hatte genauso abrupt geendet wie die Schwangerschaft, nachdem sie voller Angst ins Krankenhaus gefahren waren. Der Gynäkologe hatte sie kühl und mechanisch untersucht. Wie als Ausgleich zu ihrem emotionalen Zustand hatte er ihnen in wissenschaftlichem Ton erklärt, was passiert war, mit Prozenten und Statistiken jongliert und Risiken aufgezählt, als wäre eine Fehlgeburt dasselbe wie ein misslungener Kuchen. Wenn du Pech gehabt hast, fängst du einfach noch mal von vorne an. Doch Stefanie konnte nicht einfach noch mal neu anfangen. Was in ihrem Körper passiert war, war mehr als eine Verschmelzung von DNS gewesen, von Genen, Chromosomen und Zellteilungen, und dass das nun alles zu Ende sein sollte, verlangte mehr als die rationale Erkenntnis, dass die Natur einen Fehler korrigiert hatte. Während ihr Körper den Fötus abgestoßen hatte, hatte sie sich mit ganzer Seele nach ihm gesehnt. Jetzt wollte sie kein Kind mehr. Warum war das für Alex so schwer zu verstehen?

Sie dachte an den Schwangerschaftsordner, den sie angelegt hatte, gefüllt mit ausgeschnittenen Artikeln und Informationen aus dem Internet. Stefanie, die Ordner-Queen. Das brachte sie wieder zurück zu den Ordnern auf ihrem

Aktenschrank, über die Nick so gelacht hatte und von denen vier verschwunden waren.

»Wie meinst du das?«, fragte Alex.

»Ach, es passieren alle möglichen kleinen Dinge, die an und für sich nicht viel zu bedeuten haben. Aber zusammengenommen …«

Sie wartete ab, wie er reagieren würde. Er sah sie reglos an, das Glas auf halbem Weg zu seinem Mund.

»Ich habe das Gefühl, dass er manches gezielt sabotiert …«

Alex trank einen Schluck.

»… obwohl ich nie mit hundertprozentiger Sicherheit behaupten kann, dass er es absichtlich getan hat.«

Alex stand auf und holte den Laptop.

»Ich möchte dir mal was zeigen.« Er ging ins Internet und öffnete mit ein paar Klicks ein PDF. »Hier, lies mal«, sagte er.

Dieses Jahr haben wir uns von Gert Achterberghs als Kampagnenleiter verabschiedet. Inzwischen hat Nicholas Farkas seinen Platz eingenommen. Nicholas besitzt umfangreiche Erfahrungen in den Bereichen Marketing und Kommunikation. Er hat die Struktur der verschiedenen Kampagnenabteilungen zu einem straffen Service verändert. Einige Kollegen haben die Abteilung verlassen, um neue Herausforderungen sowohl innerhalb als auch außerhalb von PACIN anzunehmen. Auch die Kampagnenabteilung hat neue Mitarbeiter bekommen.

Stefanie sah Alex erstaunt an.

»Nicholas?«

Er lächelte und öffnete ein anderes Dokument.

In diesem Jahr haben wir uns von Kampagnenleiter Nicholas Farkas verabschiedet. Eine Anhörung bei der Generalversammlung am 28. November, auf Antrag der Delegation der freiwilligen Mitarbeiter, brachte kein Ergebnis. In gegenseitigem Einvernehmen hat man sich darauf verständigt, den Vertrag des Kampagnenleiters aufzuheben. PACIN dankt Nicholas für seinen Einsatz und wünscht ihm viel Erfolg für seine weitere Laufbahn.

»Wie bitte? Was hat das denn zu bedeuten?«

»Das sind Jahresberichte von PACIN. Man kann sie sich einfach auf ihrer Website herunterladen.«

Alex öffnete einen neuen Tab. Stefanie erkannte das Logo einer linkspolitischen Nachrichtenseite.

UMSTRITTENER KAMPAGNENLEITER VERLÄSST PACIN

Die NGO PACIN, die sich um arme Kinder im Pazifikraum kümmert, hat sich von ihrem Kampagnenleiter getrennt. Die Geschäftsführung von PACIN betont, dass die Beendigung der Zusammenarbeit im gegenseitigen Einvernehmen erfolgt.
Als offizielle Gründe werden enttäuschende Kampagnenergebnisse und der Wunsch des Kampagnenleiters genannt, »neue Horizonte« in seiner beruflichen Laufbahn zu erkunden.
Allerdings gab es unter den freiwilligen Mitarbeitern schon seit einiger Zeit Unzufriedenheit über die extravagante Art und Weise, mit der Kampagnenleiter N. F. in seiner Position »neue Horizonte« erkundete. Seine häufigen Reisen in die Pazifikregion standen in der Kritik;

überdies flog N. F. ausschließlich Business-Class und wohnte in Vier-Sterne-Hotels. Dies passte weder zur Arbeit von PACIN vor Ort noch zur Philosophie der NGO. Auch die Art und Weise, wie er den Kampagnenservice umstrukturiert hatte, wurde von den betroffenen Mitarbeitern nicht geschätzt.
Es gilt als wahrscheinlich, dass das Management dem Druck der starken Freiwilligenbasis nachgegeben hat.
In seiner Pressemitteilung wünscht der PACIN-Vorstand N. F. »viel Erfolg und neue Herausforderungen«. N. F. war seit knapp zwei Jahren bei der Organisation angestellt.

»Das klingt nicht gut«, bemerkte Stefanie.

»Tja, in meinen Lebenslauf würde ich das auch nicht schreiben«, sagte Alex.

Stefanie sah ihn erstaunt an.

»Du hast gezielt über ihn recherchiert.«

Er zuckte mit den Schultern.

»Ach, ich habe mal ein bisschen gegoogelt, nur so aus Neugierde. Hat höchstens zehn Minuten gedauert.«

»Hätte Ludo sich nur die Mühe gemacht.«

Alex klappte den Laptop zu.

»Und was jetzt?«, fragte er.

»Wie meinst du das?«

»Was willst du mit diesen Informationen anstellen?«

14

Das finstere Loch gähnte sie an. Alex hatte die Tür aufgelassen. Stefanie näherte sich, neugierig und doch vorsichtig, als hielte dort drinnen im Dunkeln ein Bär seinen Winterschlaf. In der Mitte des Raumes stand ein Eimer Farbe. Blue Sapphire. Die Farbe für einen Jungen.

»Aber auch für ein Mädchen«, hatte Alex im Fachgeschäft gesagt. »Du willst das Zimmer doch nicht etwa rosa streichen, oder?«

Sie hatte ihn machen lassen; damals kam er ihr wie ein Kind im Süßwarenladen vor, wohingegen es ihr egal war, in welches Zimmer das Baby einzog, solange es sich sicher und geborgen fühlte. Während Alex sich durch Farbeimer, Rollen und Pinsel wühlte, unterstützt von einer Angestellten, die nur so tat, als verstünde sie etwas davon, rieb sie sich den Bauch, der nur langsam dicker wurde und kaum verriet, dass neues Leben in ihr wuchs. Wenn das so weitergeht, hatte sie gedacht, könnte sie ihre Schwangerschaft bis zur Entbindung mit einem Schlabberpulli verheimlichen. Alle bei Scherpereel würden vor Erstaunen von ihren Stühlen fallen, wenn sie die frohe Nachricht verkündete. Die Angestellte erhaschte ihr Lächeln und dachte, sie wäre von Alex' Enthusiasmus bezaubert.

Mit ungestümer Energie hatte Alex das Zimmer leergeräumt und das Renovierungsmaterial vorbereitet. Er hatte die Stecker und die Abdeckungen von den Schaltern entfernt und die Fußbodenleisten sowie die Fenster- und Türrahmen fein säuberlich abgeklebt.

Nachdem sie voller Panik ins Krankenhaus gefahren waren, war dort alles unbenutzt zurückgeblieben – Leiter, Malerwerkzeug wie Pinsel, Rollen, Farbtabletts und eimerweise Blue Sapphire. Nach einer Weile hatte sich im Zimmer allerlei Gerümpel angehäuft. Es wurde zum Sammelplatz für Umzugskartons, alte Bücher, CDs und Schnickschnack, den sie nicht benutzten, aber für zu wertvoll befanden, um ihn wegzuwerfen, als wollten sie verbergen, wofür der Raum einst gedacht war. Seitdem hatten sie nichts mehr am Haus getan. Nachdem es kein Kind mehr gab, schien auch das Gebäude seinen Zweck verloren zu haben.

Wie lange war es her, dass sie hier reingeschaut hatte? Ein dumpfer Kopfschmerz pochte hinter ihren Schläfen. Sie hob die Hand zum Lichtschalter, um der Leere Gestalt zu verleihen, hielt dann aber inne. Sie ließ den Bären schlafen.

15

Zunächst konnte sie es nicht glauben. Mit Computern gab es ja immer irgendwelche Schwierigkeiten, deshalb startete sie den PC neu, wartete, bis sie das gemeinsame Laufwerk öffnen konnte, klickte »Marketing und Kommunikation« an und scrollte durch die Liste.

Fünf Ordner waren verschwunden. Auch hier. In alphabetischer Reihenfolge: Anzeigen, Corporate Identity, Intranet, Presse, Sales Folder und Website. Sie schaute vom Bildschirm zu den Ordnern auf dem Aktenschrank und wieder zurück.

Sie tippte Pauls Nummer ein.

»Ja, Stefanie?«, meldete er sich desinteressiert. Sie hörte, wie er tief einatmete. »Du rufst doch hoffentlich nicht wegen der Tablets an, nach denen Nick ständig fragt, oder?«

»Nein.«

»Ein passendes Modell zu finden dauert eine Weile, und es geht auch nicht schneller …«

»Es geht nicht um die Tablets«, unterbrach sie ihn.

»… wenn Nick mich jeden Tag damit nervt.«

»Es geht nicht um die Tablets«, wiederholte sie.

Keine Reaktion.

»Es fehlen mehrere Ordner.«

Er atmete tief aus.

»Was soll das heißen?«

Stefanie konnte es förmlich in seinem Gehirn rattern hören: Ein Computerproblem ist meist auf den User zurückzuführen.

»Fünf Ordner auf dem gemeinsamen Laufwerk. Sie sind verschwunden.«

»Hast du die Polizei benachrichtigt?«

Keiner von beiden lachte.

»Um welche Ordner geht es?«

Sie sagte es ihm.

»Ein Ordner kann nicht einfach verschwinden. Schau mal in deinem Papierkorb nach. Vielleicht hast du sie aus Versehen gelöscht.«

»Mein Papierkorb ist leer. Ich habe sie nicht gelöscht.«

»Eine falsche Tastenkombination, das passiert immer wieder.«

»Das wäre mir aufgefallen.«

Er lachte kurz auf.

»Ein Computer entscheidet nicht von selbst, irgendwelche Ordner zu löschen. Er macht nur das, was ein Mensch ihm sagt. Diese Ordner müssen also von jemandem gelöscht worden sein, so einfach ist das.«

»Kannst du herausfinden, wer sie entfernt hat?«

»Nein. Und selbst wenn ich es könnte, hätte ich keine Zeit dafür. Die Leute denken immer, dass Computer ein großer Big Brother wären, aber weit gefehlt.«

»Kannst du sie zurückholen?«

Ein weiterer Seufzer.

»Es wäre eine Katastrophe, wenn die Informationen weg wären!«

Sie hätte Paul am liebsten durch die Telefonleitung gezerrt.

»Das letzte Backup ist von vergangener Woche. Diese Version kann ich wiederherstellen. Und vielleicht solltest du in Zukunft besser aufpa…«

Stefanie hatte bereits aufgelegt. Paul war ein Vollblut-ITler; die einzigen Wesen, die mit ihm auskommen konnten, waren Maschinen.

Stefanie fluchte. Zwei Stunden waren vergangen, und die Ordner waren immer noch nicht wieder an ihrem Platz. Eine Woche Arbeit umsonst! Schon bei dem Gedanken daran wurde ihr ganz schlecht. Und wo war Farkas eigentlich? Sie öffnete seinen Terminkalender; hier und da war ein Termin eingetragen. Heute einer um zehn und einer um vierzehn Uhr. Am nächsten Tag einer um zehn Uhr dreißig und einer um fünfzehn Uhr. Ansonsten war ein ganzer Nachmittag als privater Termin geblockt.

Sie rief ihn an.

»Hi, hier ist Nick, ich kann gerade nicht sprechen, aber hinterlasse eine Nachricht, und ich rufe dich so schnell wie möglich zurück.«

Im Stillen sprach sie ihm auf den AB: Hi, *Nicholas*, hier ist Stefanie. Kannst du mir verraten, was du den ganzen Tag machst, wenn nur zwei Termine in deinem Kalender stehen? Liebe Grüße, Stefanie.

Sie legte auf, neigte sich zu dem Glücksbambus und sagte: »Dann machen eben wir beide alles allein.«

Eine tiefe Bassstimme schreckte sie auf.

»Wenn du anfängst, mit Zimmerpflanzen zu reden, solltest du vielleicht einen Seelenklempner aufsuchen.«

André tippte sich an die Schläfe. Seine Augen funkelten schelmisch. Der Seniorverkäufer ging zu der Pflanze hin, seine Verkaufsmappe unter den Arm geklemmt.

»Der arme Kerl hat schon bessere Tage gesehen, scheint mir.«

Er zupfte mit seinen rauen Händen an den jungen Blättern.

»Er war schon fast eingegangen. Ich versuche, ihn wieder aufzupäppeln.«

»Wie lieb von dir! Stefanie, die Pflanzenflüsterin.«

Sie lächelten sich an. Der Bambus hatte ihr während der Schwangerschaft kein Glück gebracht, aber vielleicht würde er es jetzt tun. Immerhin hatte sie sich nach ihrer Krankschreibung wie verrückt in die Arbeit gestürzt. Wenn man in einem Bereich versagt, konzentriert man sich besser auf das, was man gut kann.

»Ist der Neue da?«, fragte André.

»Nein. Gibt es etwas Dringendes?«

»Ich wollte noch einmal mit ihm über unseren letzten

Kundenbesuch sprechen.« André zog sich einen Stuhl neben Stefanies Schreibtisch und beugte sich zu ihr. »Er hatte mich gefragt, ob er für einen Vormittag mitkommen könne, um zu sehen, wie das alles funktioniert. Von mir aus war das okay. Vorgestern war es dann so weit. Ich habe ihn gar nicht erkannt, als er auf seiner Vespa vorbeigeflitzt ist.«

»Auf einer Vespa?«

»Ja, einer hellblauen, und dieser Hipstertyp hatte sogar den passenden Helm auf.«

»Und, hat er sich benommen?«

»Er könnte selbst sofort als Verkäufer anfangen. Der kriegt jeden rum. Bei den Kunden selbst hat er nicht viel gesagt, aber sobald er draußen war … Er hat immer wieder Fragen gestellt. Was ich vom Marketing halte, was ich gerne ändern würde, bla, bla, bla … Und über dich hat er mich ausgefragt. Er war äußerst interessiert an dir.«

»Ach ja? Was wollte er denn wissen?«

Sie versuchte, locker zu klingen, konnte aber das Misstrauen in ihrer Stimme nicht verbergen.

»Ich habe ihm gesagt, dass du eine sehr nette Kollegin bist. Er hat mich darüber ausgequetscht, wie du früher mit Marlene zusammengearbeitet hast. Es wurde immer persönlicher.«

»Noch persönlicher?«

André rutschte nervös auf seinem Stuhl hin und her. Stefanie spürte, wie ihr die Hitze in die Brust stieg.

»Ja, zum Beispiel über deine Abwesenheit.« André zuckte mit den Schultern und schaute verlegen den Bambus an. »Wie lange du weg warst, warum du weg warst, und ob deine Abwesenheit der Grund für Marlenes Weggang war. Ich habe ihm gesagt, dass ich von alldem nichts wisse und er dich fragen solle. Es geht mich nichts an, Stefanie, und ich finde, ihn geht es genauso wenig etwas an.«

Sie schaute weg.

»Und dann hat er wieder mit diesen Tablets angefangen, und dass sie viel besser wären als unser Mappen. Ich halte es für keine gute Idee, mit Tablets zu arbeiten.« Er nahm seine Verkaufsmappe in die Hand, die ihm ans Herz gewachsen zu sein schien. »Wenn ich bei einem Kunden bin, kann ich mit meiner Mappe eine angenehme Distanz schaffen. Mit so einem Tablet muss ich mich neben den Kunden setzen. Aber niemand mag es, wenn seine persönliche Distanz so unterschritten wird.«

»Hast du ihm gesagt, dass du kein Tablet willst?«, fragte Stefanie.

André schlug auf den Tisch.

»Natürlich habe ich es ihm gesagt! Genau so, wie ich es jetzt zu dir sage. Er hat nur blöde gegrinst, die Arme verschränkt und auf seine Schuhe gestarrt. Schöne Schuhe übrigens, mit diesen auffälligen blauen Sohlen. Der Junge hat Geschmack. ›Du kannst gut erklären, André‹, hat er gesagt. ›Du hast viel Erfahrung‹, hat er gesagt. Aber er hat nicht gesagt, dass ich recht habe. Er hat gesagt, er würde das ›in seine Überlegungen mit einbeziehen‹ und ist mit seiner blauen Vespa abgedüst.«

Er schaute auf die Uhr.

»André, soll ich ihn anrufen?«

»Ach«, sagte der Seniorverkäufer und schob den Stuhl zurück an seinen Platz, »das ist jetzt nicht so wichtig. Und ich gehe sowieso bald in Rente. Wer schert sich schon noch um meine Meinung? Ihr müsst das entscheiden; der Fortschritt lässt sich nicht aufhalten.«

Er hob die Hand und ging. Sie sah ihm hinterher und glaubte, eine gewisse Traurigkeit in der Art zu erkennen, wie er davonstapfte. Rückblickend hatte sie das Gefühl, dass er da schon wusste, was ihn erwartete.

16

Die junge Frau war wunderschön. Ihre klaren blauen Augen wurden von der blauen Jacke und dem Rock betont, der knapp über dem Knie endete – kurz und eng genug, um sexy zu sein, lang genug für den Anstand. Das blonde Haar hatte sie zu einem langen Zopf geflochten, und sie sah Stefanie mit ihrem sympathischen Gesicht freundlich an.

»Guten Tag, Mevrouw, könnten Sie mir vielleicht sagen, wo der große Konferenzsaal ist? Ich habe einen Termin mit Meneer Scherpereel und Meneer Farkas.«

Sie ließ den Blick durch das kleine Büro schweifen, wie eine Studentin, die ein Zimmer suchte. Stefanie kam hinter dem Schreibtisch hervor.

»Warten Sie, ich zeige Ihnen den Weg.«

Das Mädchen lächelte.

»Hier entlang.«

Die Tür zum großen Konferenzsaal stand einen Spalt offen. Stefanie hörte Ludos Stimme. Er flüsterte irgendetwas.

»Im Moment würde ich nichts daran ändern, Nick. Es gibt keine Nachfrage vonseiten der Verkäufer, und ich will keine schlafenden Hunde …«

Ludo verstummte, als Stefanie anklopfte.

»Herein!«, rief er.

Stefanie öffnete die Tür etwas weiter.

»Hier ist …«, begann sie und wandte sich an die junge Frau, doch Nick kam bereits auf sie zu. Die junge Frau begrüßte ihn mit einem Nicken und schüttelte ihm die Hand.

»Kommen Sie mit«, sagte Nick und drehte Stefanie den Rücken zu.

Sobald Stefanie wieder an ihrem Schreibtisch saß, öffnete sie Nicks und Ludos Terminkalender. Der Nachmittag war für beide geblockt. *Privattermin*, stand da. Stefanie stellte sich ans Fenster und schaute hinaus zu dem Logo der Großbäckerei.

Sie träumte vor sich hin und hörte das erste Klopfen an der Tür nicht. Erst beim zweiten, lauteren Klopfen und einem vernehmlichen Hüsteln erwachte sie aus ihrer Tagträumerei. In der Tür stand eine weitere junge Frau.

»Guten Tag«, sagte sie mit vor Stress angespannter Stimme. Sie trug einen Anzug und sah sich genauso im Büro um wie die vorherige Besucherin. Sie richtete ihre grünen Augen auf Stefanie, die Stirn leicht gerunzelt. Ihr rotes Haar hatte sie zu einem strengen Dutt aufgesteckt. Stefanie wusste bereits, was sie sagen wollte.

»Ich habe einen Termin mit Meneer Scherpereel und Meneer Farkas im großen Konferenzsaal. Aber …«

»Sie finden den Raum nicht?«

Das Mädchen lachte ansteckend und schlug sich leicht gegen den Kopf.

»Ich schaffe es noch, mich in meinem eigenen Bad zu verlaufen«, sagte sie.

»Kommen Sie mit, ich zeige Ihnen, wo es ist.«

Jetzt wusste Stefanie Bescheid.

Den restlichen Nachmittag über fiel es ihr schwer, sich zu konzentrieren. Drei weitere Bewerber kamen bei ihr vorbei, alles junge Leute. Und noch etwas hatten sie gemeinsam: Sie waren überdurchschnittlich attraktiv. Nicht nur wie der gut aussehende Junge oder das hübsche Mädchen von nebenan, sondern wie dieser eine Junge oder dieses Mädchen aus der Nachbarschaft, der oder die eine Laufbahn als Model einschlug.

Um welche Stelle sich diese Leute wohl bewarben? Bei Scherpereel war keine freie Stelle ausgeschrieben, und Ludo hatte sie auch nicht gebeten, eine Anzeige in den Lokalzeitungen zu schalten. Und warum war Nick bei den Interviews anwesend? Ludo hatte noch nie Mitarbeiter zu Bewerbungsgesprächen hinzugezogen.

Sie dachte an die zwei kurzen Sätze aus dem Jahresbericht von PACIN. *Einige Kollegen haben die Abteilung verlassen, um neue Herausforderungen sowohl innerhalb als auch außerhalb von PACIN anzunehmen. Auch die Kampagnenabteilung hat neue Mitarbeiter bekommen.*

»Was willst du mit diesen Informationen anstellen?«, hatte Alex sie gefragt. Er war wohl davon ausgegangen, dass sie mit den Jahresberichten und dem Artikel sofort zu Ludo rennen würde. Er wollte, dass sie ihrem Chef das Material unter die Nase hielt und sagte: *Schau mal, wen du da angeschleppt hast!* Daraufhin würde Ludo mit der Faust auf den Tisch schlagen, zu Nicks Büro marschieren und ihn mitsamt seinem ganzen Krempel zum Fenster rausschmeißen. Doch Alex hatte leicht reden; schließlich war er nur Zuschauer. Er konnte vom Ufer aus schreien und toben und brüllen; wenn das Schiff kenterte, würde der Lotse noch auf dem Trockenen stehen.

Ludo würde seinem kleinen Goldkehlchen – oder besser gesagt, seinem weißen Raben – niemals so schnell den Hals umdrehen. Sie brauchten schon mehr Beweise, um Nick ein für alle Mal von der Bildfläche verschwinden zu lassen. Wenn sie zu diesem Zeitpunkt ihr Wissen preisgab, wäre das nur ein Tropfen auf den heißen Stein. Wartete sie jedoch den passenden Moment ab, konnte das der letzte Tropfen sein, der das Fass zum Überlaufen brachte. Sie musste Informationen sammeln und zuschlagen, wenn die Akte gewichtig genug war.

Sie hörte Stimmen und Geräusche im Flur. Ludo und Nick verabschiedeten sich lachend von der letzten Kandidatin, einer dunkelhäutigen Schönheit mit wundervollen Locken. Als sie weg war, unterhielten sich Nick und Ludo im Flur mit gedämpfter Stimme weiter miteinander.

»... weiß nicht, ob das Budget ...«, hörte sie Ludo.

»... müssen es wagen zu investieren ...«, lautete Nicks Antwort.

Nachdem sie sich verabschiedet hatten, wartete Stefanie, bis sie die Rollen von Nicks Bürostuhl hörte. Sie zählte bis drei, holte tief Luft und trat hinaus auf den Flur und in sein Büro. Nick war in fröhlicher Stimmung und pfiff eine Cartoon-Melodie. »Hi, Stefanie!«, rief er enthusiastisch, »was kann ich für dich tun?«

Ihre Augen wurden sofort von dem hässlichen Gekleckse an der Wand angezogen. Nick erhaschte ihren Blick und stellte sich neben das Bild.

»Wunderschön, nicht wahr? Ich habe mehrere von denen aus New York einfliegen lassen.«

»Es ist ...«, sie suchte nach einem Wort, das nicht zu beleidigend klang, »... ziemlich wild.«

»Es steckt eine Urkraft darin. Ein tierischer Instinkt. Sag, wie kann ich dir helfen, Mädchen?«

»Es fehlen ein paar Ordner auf unserem zentralen Laufwerk. Weißt du zufällig etwas darüber?«

Er schüttelte den Kopf.

»Paul zufolge können diese Ordner nicht einfach aus dem Netzwerk verschwinden. Jemand hat sie gelöscht. Und ich war das bestimmt nicht.«

»Ich auch nicht. Ich benutze diesen Server nie. Ich habe alle meine Dateien auf einem Stick gespeichert.«

»Außerdem sind die entsprechenden Ordner aus meinem Büro verschwunden.«

Er hob die Hände, ganz die beleidigte Unschuld.

»Bist du sicher, dass du sie nicht …«

»Ja, ich bin sicher!« Er deutete auf einen Stuhl. »Setz dich, Stefanie.«

Sie suchte den Schreibtisch nach den Ordern ab, sah aber keinen von ihnen.

»Du siehst müde aus. Du siehst sehr müde aus.«

»Es gibt ja auch viel zu tun«, erwiderte sie.

Er nickte verständnisvoll.

»Und dieser Druck wird allmählich zu viel für dich.«

»Darum geht es nicht«, sagte sie.

»Aber worum geht es dann?«

»Zuerst dieser nutzlose, zeitraubende Bürotausch. Dann die Sache mit ExpertPrint. Du antwortest nicht auf E-Mails, du antwortest nicht auf Meeting-Anfragen, und ich habe immer noch nicht die Kontaktdaten der Kommunikationsagenturen bekommen, die du so gut kennst. Und jetzt sind fünf Ordner vom Netzlaufwerk verschwunden. Eine Woche Arbeit, alles umsonst!«

Er rollte den Schreibtischstuhl ein wenig vom Tisch weg, als wollte er eine gewisse Distanz zwischen ihnen schaffen.

»Verstehe. Was hältst du davon, wenn wir uns morgen zusammensetzen und alles in Ruhe besprechen? Um halb zwei, direkt nach dem Mittagessen?«

Seine plötzliche Initiative überrumpelte sie.

»Na gut, können wir machen.«

»Halb zwei, steht schon in meinem Terminkalender. Ich setze das Meeting mal bis siebzehn Uhr an. Es ist wichtig, also werden wir uns Zeit nehmen.« Er kam mit seinem Stuhl auf die andere Seite des Schreibtischs gerollt. »Hast du noch etwas auf dem Herzen?«

Sie zögerte, doch dann platzte sie heraus: »Warum interessierst du dich so sehr für meine Vergangenheit?«

Er zog ein erstauntes Gesicht.

»Deine Vergangenheit?«

»Ja, ich habe gehört, dass du Kollegen ausfragst, was ich …« Sie suchte nach dem richtigen Wort.

»Ja?«

Ein Grinsen umspielte seine Lippen.

»Dass du sie über die Zeit ausfragst, als Marlene noch da war.«

»Stefanie, du bist viel uninteressanter, als du denkst. Ich habe wichtigere Dinge zu tun, als Klatsch und Tratsch über dich zu sammeln.« Er schüttelte den Kopf. »Ordner verschwinden, Kollegen spionieren dich aus … Das klingt alles ziemlich paranoid.«

»Ich bin nicht paranoid.«

»Doch, das bist du. Du hast die Orientierung verloren. Du willst es nur nicht wahrhaben.« Er trommelte mit den Fingern auf den Tisch. »Es ist ernster, als ich dachte. Aber ich bin mir sicher, dass wir eine Lösung finden werden. Sehen wir uns dann morgen?«

17

Es war Viertel nach zwei. Stefanie trommelte mit den Fingern auf dem Ausdruck der Unterlagen herum, die sie mit ihrem Kollegen besprechen wollte. Im Laufe der letzten halben Stunde war ihre Geduld allmählich in Gereiztheit umgeschlagen, und sie spürte, dass die Gereiztheit nun die Grenze zur Wut erreicht hatte. Als Nick um halb zwei nicht aufgetaucht war, hatte sie noch gedacht: Der kommt ja immer zu spät, er und pünktlich wäre ein Wunder.

Wenn man wartet, vergeht die Zeit automatisch langsamer. Es scheint, als würde jede Sekunde doppelt so lange dauern wie die davor und die nächste wiederum doppelt so lange. Die Zeit schleppt sich dahin, und irgendwann ist die Geduld aufgebraucht. Um fünf vor zwei ging sie hinunter ins Foyer, über die Treppe, da sie nicht die Nerven hatte, auf den Aufzug zu warten.

Auf dem Weg zur Rezeption spürte sie, wie ihr Herz schneller schlug. Heute Mittag hatte sie gesehen, wie Nick und Emy gemeinsam zum Essen gegangen waren. Er hatte ihr die Tür aufgehalten. Sie hatten gelacht.

»Wo ist Nick?«

Sie stieß es gereizt und atemlos hervor, als quetschten ihre Rippen die Lunge zusammen, sodass sie keine Luft durch die Stimmbänder pumpen konnte. Emy deutete auf ihren Ohrhörer.

»Meneer Scherpereel ist im Moment nicht erreichbar. Kann ich eine Rückrufbitte für Sie einstellen?«

Stefanie seufzte.

»Ja, ist gut, ich habe es mir notiert. Nein, Sie brauchen nicht … Er wird Sie … Gut. Ich werde ihm Bescheid geben. Ihnen auch noch einen schönen Tag! Auf Wiederhören!«

Jetzt wandte sich Emy an Stefanie.

»Was hast du gesagt?«

»Ich war um halb zwei mit Nick verabredet. Weißt du, wo er ist?«

»Woher soll ich denn …«

»Ich habe euch zusammen weggehen sehen.«

Emy sah sie herablassend an.

»Was hat das denn damit zu tun? Spionierst du ihm etwa nach? Wir sind nur zusammen essen gegangen.«

»Hat er gesagt, was er danach vorhatte?«

»Ich bin nicht seine Sekretärin. Nick weiß schon, was er tut.«

Stefanie konnte ein zynisches Lachen nicht unterdrücken.

»Gut«, sagte sie.

»Wieso fragst du mich eigentlich? Wenn du Probleme mit Nick hast, löse sie mit ihm.«

»Genau das werde ich auch tun.«

Stefanie hörte im Weggehen gerade noch, wie Emy zischte: »Eifersüchtige Schlampe!«

Sie trommelte mit den Fingern auf den Tisch. Zwanzig nach zwei. Wenn sie ihn anrief, erreichte sie garantiert nur seine Voicemail. Was soll's, dann würde sie ihm eben eine SMS schicken.

Hallo, Nick, wir hatten vor einer Stunde einen Termin. Hast du das vergessen?

Kaum war die Nachricht abgeschickt, piepte auch schon ihr Handy.

Hey, Stephanie, mir ist etwas Dringendes dazwischengekommen. Nächste Woche, gleicher Ort, gleiche Zeit. Okay? N

Sie schnappte sich die Ausdrucke, marschierte in Nicks Büro, riss die Tür auf und schleuderte den Packen Papier auf seinen Schreibtisch.

»Ich werde mit f geschrieben!«, schrie sie.

Sie ließ sich auf einen Stuhl fallen. Broschüren, Sportmagazine, ein BMW-Werbeprospekt und Memos segelten auf den Boden. Stefanie schlug die Hände vors Gesicht und atmete tief durch, am ganzen Körper zitternd. Sie rieb sich die Augen und versuchte, ruhiger zu atmen. Wie würde Nick reagieren, wenn er das Chaos auf dem Boden sah? Sie bekam es mit der Angst zu tun: Angenommen, er würde plötzlich hinter ihr stehen? Und sie hier sitzen sehen, ihre Füße umgeben von seinen Papieren?

Schnell fing sie an, alles wieder zurückzulegen, so weit wie möglich an den Platz, wo es ihrer Meinung nach gewesen war – obwohl sie wusste, dass es eigentlich keine Rolle spielte. Sie nahm ihre Unterlagen wieder an sich und wollte gerade gehen, als sie zwei weitere DIN-A4-Blätter unter dem Stuhl liegen sah.

Sie konnte sie nicht ganz erreichen und ging auf die Knie, den Hintern in die Luft gestreckt. Was für ein gefundenes

Fressen für Nick, wäre er in diesem Moment hereingekommen. Ihr pochte das Blut in den Schläfen.

Als sie die Blätter auf den Schreibtisch legte, glaubte sie, aus den Augenwinkeln ihren Namen gelesen zu haben. Sie nahm die beiden Seiten wieder zur Hand.

Stefanie

Richtig geschrieben. Er wusste es also eigentlich.

Darüber stand »André«.

Kommunikation, Marketing und Vertrieb (Leitplan)

Situation as is
* nicht komplementär
* wenig Beratung
* keine Koordinazion
* unzureichende Rentabilität von Investitionen

Er konnte tatsächlich nicht richtig schreiben. Sie las weiter.

Was läuft gut im Team?
- Erkennen von Sponsoring-Möglichkeiten
- Vernetzung

Problemgebiete:
- zu langsame Reaktion
- keine zügige Abwicklung von Projekten (Corporate Identity, Sales Folder, Website, Social Media …)
- veraltete Verkaufsmethoden

Wunde Punkte

André:

* altmodisches Image (gegenüber Firmenimage)
* schlampig
* vergesslich
* schlechter Einfluss auf andere Verkäufer: behindert Inovazionen
* ausreichende Rendite? (zu enge Beziehung zum Kunden – Gewinnspanne)
* ALTER! Über Neupositionierung nachdenken (prospectieren)

Stefanie:

* prokrastinierendes Verhalten
* sprunghaft (Büro)
* unzuverlässig (Beziehung zu Lieferanten – z.B. Ekspertprint)
* kann nicht selbstständig arbeiten – benötigt ständige Anleitung
* erfüllt Owner-Rolle nicht: delegiert Verantwortung, trifft keine Entscheidungen
* keine Initiative: Verkaufsbroschüre, Corporate Identity, Social Media, etc.
* versteckt Fehler
* psychisch labil (Depression – Eifersucht – Paranoia) – Sabotage
* narzisstisch: Selbstmitleid – Opferrolle – misstrauisch – blind für eigenes Verhalten

Ihr wurde schwindelig. Hatte sie richtig gelesen? Die aufgeführten Punkte waren einer nach dem anderen abgehakt worden.

Ludo hakte bei Meetings immer Punkte ab. Stefanie konnte es nicht glauben.

Situation to be (best practices)

Struktur

Coach Marketing – Kommunikation – Vertrieb

Mitarbeiter Marketing / Mitarbeiter Kommunikation
Vertriebsteam

Erforderliches Profil:

Sie war unten auf der Seite angekommen. Die Rückseite war unbeschrieben. Es musste ein weiteres Blatt geben.

Sie wühlte sich durch die Papiere auf Nicks Schreibtisch. Ausdrucke von E-Mails, Telefonrechnungen, Restaurantquittungen. Eine Gehaltsabrechnung.

Fast das Doppelte von dem, was sie verdiente.

Sie nahm ein paar Broschüren von einem anderen Stapel. Darunter lagen zwei Mappen. Sie erkannte ihre eigene schnörkelige Handschrift.

Druckangebote stand auf der einen Mappe. *Presse* auf der anderen.

»Verdammt!«, fluchte sie.

Sie untersuchte nun alle Stapel.

Nichts.

Dann sah sie auf dem Fußboden nach. Neben Nicks Aktenschrank lagen die anderen beiden Ordner. Gegen den unteren war ein DIN-A4-Blatt gesegelt, mit der unbeschriebenen Seite nach oben.

Sie drehte es um. Das musste es sein.

Coach (fungiert als Steuermann):
* koordiniert und coacht Aktivitäten
* initiiert kreative Konzepte
* Personalmanagement
* Vernetzung / Sponsoring

Mitarbeiter Marketing / Kommunikation:
* belastbar
* zuverlässig
* kreativ
* erschwinglicher weißer Rabe?

Stefanie las nicht weiter.

»Verdammte Scheiße, verdammte!«, schrie sie.

Sie zerknüllte die Blätter und warf sie gegen das wirre Gemälde.

»Was ist denn hier los?«

Es war, als würde die Hitze ihrer Wut aus dem Raum gesaugt.

Sie drehte sich um. Ludo stand in der Tür.

In der Stille, die zwischen ihnen herrschte – die Stille einer Landschaft nach einem Wirbelsturm –, kalkulierte Stefanie ihre Optionen. Ihre erste Idee wurde ihr vom Adrenalin eingegeben, das durch ihre Adern rauschte. Sie würde den Papierball vom Boden aufheben, ihn auseinanderfalten und Ludo damit konfrontieren.

Doch sofort wurde ihr klar, dass das keine geeignete Strategie war. Die Entdeckung würde weniger schwer wiegen als ihre Anwesenheit in diesem Moment in diesem Büro, mit diesen Dokumenten in den Händen. Sie ignorierte das Papierknäuel und straffte den Rücken.

»Ich hatte einen Termin mit Nick. Aber er ist nicht aufgetaucht.«

»Verstehe«, sagte Ludo. »Und deswegen machst du so ein Geschrei?«

Sie errötete. Die Situation zwang sie dazu, die Initiative zu ergreifen.

»Ich würde gerne mit dir reden. Über die Zusammenarbeit mit Nick. Über die Aufgabenverteilung. Für mein Gefühl ist da einiges nicht in Ordnung.«

Ludo schaute auf die Uhr.

»Jetzt gleich geht es leider nicht«, sagte er. »Morgen früh? Um acht Uhr, in meinem Büro.«

Stefanie nickte.

»Schaffst du es, so früh da zu sein?«

Es war offensichtlich nicht als Scherz gemeint.

Stefanie nickte erneut.

»Gut«, sagte Ludo und ging.

Sie zählte seine Schritte, bis sie sicher war, dass er nicht mehr zurückkommen würde.

Dann hob sie das Papierknäuel auf und ballte die Faust darum.

18

Als Stefanie an diesem Abend nach Hause kam, konnte sie den intensiven Duft von Gulasch bereits in der Garage riechen, aus der die Kartons verschwunden waren. Nur ganz schwach roch sie noch etwas anderes, scharf und unangenehm. Ammoniak.

Alex stand mit dem Rücken zu ihr am Herd; er hörte sie hereinkommen.

»Heute ist etwas Lustiges passiert«, begann er, während er das Gas abdrehte. »Du kennst doch meinen Arbeitskollegen Christian? Er hat seine eigene Kaffeetasse. So eine rote, auf der steht: *Time for a break*.«

Er drehte sich grinsend zu Stefanie um, einen Teller in jeder Hand. Er schwieg, als er ihr müdes Gesicht sah, und blieb mit den Tellern in den Händen stehen wie ein Kellner, der nicht mehr wusste, welcher Tisch das Gericht bestellt hatte.

»Was ist passiert?«

Stefanie holte zwei zerknitterte Blätter Papier aus ihrer Manteltasche und legte sie auf den Tisch.

»Was ist das?«

Sie setzte sich auf einen Stuhl und nahm einen der Teller an.

»Das habe ich in Nicks Büro gefunden«, sagte sie. »Hast du auch Besteck für mich?«

Alex holte Besteck aus der Schublade, und Stefanie begann, lustlos in dem Fleisch herumzustochern.

»Das hier habe ich zufällig gefunden«, sagte sie. »Wir hatten einen Termin vereinbart, aber der Herr ist nicht aufgetaucht. Da habe ich ihm vor lauter Wut meine Unterlagen auf den Schreibtisch geschmissen.«

Alex zog die Augenbrauen hoch. »Heftige Reaktion«, sagte er.

Das Essen schmeckte ihr nicht; sie zerdrückte die Kartoffeln in der Soße.

»Beim Beseitigen des Chaos habe ich diese Notizen gefunden. Ludo hat mich erwischt. Er muss mich gehört haben.«

Stefanie nahm einen kleinen Bissen, während Alex die Auflistungen studierte.

»Und?«

»Ich habe morgen ein Gespräch mit Ludo.«

»Ludo wird diesen Mist doch kaum glauben, oder? Er war immer zufrieden mit deiner Arbeit. Und dieses Konzept würde ihn haufenweise Geld kosten.«

»Ich werde es morgen wohl erfahren.«

»Aber du willst doch nicht etwa …«

»Ich werde mich nach besten Kräften verteidigen, mach dir darüber keine Sorgen.«

»Aber wie willst du das machen?«

Stefanie matschte weiter in ihrem Essen herum.

»Ich werde Ludo alles präsentieren, was seit Nicks Ankunft passiert ist.«

»Und wenn er dir nicht glaubt?«

»Er wird mir glauben. Ich habe einen ziemlichen Stein bei ihm im Brett.«

Sie dachte an die Häkchen.

»Der Typ spielt ein schmutziges Spiel«, bemerkte Alex. »Wie fies traust du dich zu sein?«

Alex presste die Lippen zusammen. So ein Gesicht machte er auch, wenn sie sich während eines Ausflugs verfahren hatten und er sich fragte, welches der kürzeste Weg zum Hotel war.

»Nick ist mein Problem. Ich muss mich selbst darum kümmern.«

»Er will dich rausekeln. Allein schaffst du das nicht.«

»Ach wirklich? Ich schaffe das nicht allein?«

Alex sagte nichts.

»Du machst doch hier auch alles allein, ohne auf meine Meinung Rücksicht zu nehmen, oder? Du entscheidest doch auch allein, unsere Vergangenheit auf die Müllhalde zu werfen!«

Doch nicht alles aus dem Kinderzimmer war auf der Müllhalde gelandet. Sie hatte das Schwangerschaftstagebuch aus einem Karton ausgegraben; tief im Inneren konnte sie es nicht ertragen, dass es in den Verbrennungsofen wandern sollte.

»Die Vergangenheit ist vorbei. Nur die Zukunft zählt.«

»Aber deine Vorstellung von der Zukunft ist nicht meine.« Sie sprang so abrupt auf, dass der Stuhl über den Boden schrammte. »Ich habe keinen Hunger mehr.«

»Aber ich meine doch nur …«

Er kam zu ihr herüber. Sie roch den Ammoniakgeruch jetzt deutlicher.

Er hing in seiner Kleidung. Er strömte aus seinen Poren.

»Lass mich in Ruhe, Alex.«

»Aber ich will dir doch nur helfen.«

Sie hob abwehrend die Hände.

»Geh doch in dein Zimmer. Hau ab in deine Rumpelkammer!«

19

Als Alex leise ins Bett schlüpfte, war sie ihm dankbar, dass er versuchte, sie nicht zu wecken. Sie ließ sich nicht anmerken, dass sie hellwach war, und blieb still liegen, den Kopf im Kissen vergraben, die Atemzüge langsam und kontrolliert. Sie hatte keine Lust zu reden. Also blieb sie auf der Seite liegen, von ihm abgewandt, bis sie schließlich hörte, wie sein Atem in ein gleichmäßiges, leises Schnarchen überging.

Sie war erschöpft. Und doch konnte sie nicht schlafen.

Alex hatte sich auf die Seite gedreht und die Hälfte der Decke um sich gewickelt.

Was hatte Nick ihr alles zur Last gelegt?

Prokrastinationsverhalten.

Versteckt Fehler.

Wankelmütig.

Psychisch labil.

Narzisstisch.

Was wusste Nick über ihren seelischen Zustand? Sie hatte nur wenigen Leuten den wahren Grund erzählt, warum sie so lange krankgeschrieben gewesen war. Ludo Scherpereel hatte nicht zu ihnen gehört.

Sanft zog sie Alex die Decke ein Stück weg. Er seufzte leise.

Was für ein Unsinn! An allem, was bisher passiert war, war er schuld, nicht sie. Sie hatte sich nichts vorzuwerfen, und sie war nicht psychisch labil. Wenn jemand ein Problem hatte, dann Nick.

Der Wecker zeigte an, dass sie noch sieben Stunden bis zum Treffen mit Ludo hatte. Sieben Stunden, in denen sie vorbereiten konnte, was sie sagen würde.

Sie döste ein.

Sie ging durch einen undefinierbaren Raum. Am Ende saßen zwei Leute an einem Tisch voller Teelichter.

»Setz dich«, sagte Ludo.

Der Stuhl war so kalt, dass sie das Gefühl hatte, es würden ihr Eiszapfen in den Hintern pieken.

»Schließ die Augen und streck die Hände aus«, sagte Marlene. Stefanie tat es. Etwas Weiches wurde ihr in die Hand gelegt.

Sie schreckte aus dem Schlaf.

Wie musste sich Nicks Frau am Strand zwischen den Teelichtern beim Anblick des zusammengeknüllten Söckchens gefühlt haben, verlassen vom Vater des Kindes, das in ihr wuchs?

Stefanie legte automatisch die Hand auf ihren Bauch. Sie spürte, wie Wut in ihr hochkam.

Eine Frau ohne Kinder ist nie eine richtige Frau gewesen.

Es überlief sie eiskalt. Nick hatte noch nie irgendetwas über sein Privatleben erzählt; nicht einmal, wo er wohnte. Jede Frage, die man ihm über sein Leben stellte, wurde mit einem Witz oder einer Gegenfrage beantwortet. Warum hatte Nick ausgerechnet ihr von den Teelichtern und der Babysocke am Strand von Miami erzählt? Warum hatte er die E-Mail mit den Fotos geschickt?

Weil er wusste, dass er sie damit treffen würde.

Verdammt! Die nächste logische Frage war: Wie in aller Welt hatte er davon erfahren?

Die einzige Person bei der Arbeit, der sie es erzählt hatte, war Marlene gewesen, und sie hatte sie eindringlich gebeten, mit niemandem darüber zu reden. Und Marlene war nicht mehr da.

Stefanie schloss die Augen; ihr Verstand arbeitete nur noch mühsam, so müde und gleichzeitig nervös war sie.

Emy?

Sie öffnete die Augen. Die schwarzen Kreise und ihre weißen Negative verblassten zum Dunkelblau der Decke.

Emy.

Ging es nicht immer so mit Geheimnissen? Man erzählte sie einer Person, diese erzählte es einer weiteren, und jede versprach, es ganz bestimmt für sich zu behalten. Und am Ende wusste es jeder.

20

Die Aufzugstür glitt auf.

Wie in Trance ging Stefanie an ihrem Büro vorbei. Sie atmete ein letztes Mal tief durch und schloss ihre Augen. Nach einem kurzen Klopfen an der Tür und einem gebrüllten »Herein« von Ludo trat sie ein.

Nick saß wie ein König am Konferenztisch, die Arme verschränkt, ein Lächeln auf den Lippen. Was machte er hier?

»Ich halte es für wichtig, dass wir das zu dritt klären«, sagte Ludo, als hätte er ihre Gedanken erraten, »und deshalb habe ich Nick gebeten, dabei zu sein.«

»Setz dich, Stefanie«, sagte Nick. Seine Stimme klang sanft und wohlwollend, wie der Wolf vor der Tür der drei kleinen Schweinchen.

Stefanie blieb stehen.

»Ludo, ich hatte um ein Gespräch unter vier Augen gebeten. Nur wir beide.«

Die Männer wechselten einen Blick.

»Du wolltest darüber sprechen, wie die Marketing- und Kommunikationsabteilung arbeitet«, sagte Ludo. »Und ihr beide seid die Abteilung.«

»Ich kann so aber nicht frei sprechen. Das verstehst du doch, oder?«

»Meinungsverschiedenheiten muss man untereinander klären«, erwiderte Ludo ruhig. »Ich bin gern bereit, einmal zu vermitteln, aber ich möchte nicht, dass ihr ständig zu mir kommt und euch übereinander beschwert. Ihr seid Erwachsene, die auf erwachsene Art und Weise miteinander umgehen sollten.«

»Du hast absolut recht, Ludo«, sagte Nick, »ich war schockiert, als du mir davon erzählt hast, ich hatte das überhaupt nicht erwartet. Es kann immer mal wieder Meinungsverschiedenheiten geben, aber wir sprechen sie offen aus. Das habe ich in meinen vorherigen Jobs immer so gehalten, ohne Konflikte.«

»Ich habe durchaus anderes gelesen«, entgegnete Stefanie.

»Es geht jetzt um die Arbeit hier«, unterbrach Nick sie. »Aus einer gesunden Meinungsverschiedenheit gehen oft die besten Kompromisse hervor,« fuhr er unbeirrt fort.

»Das ist richtig«, sagte Ludo und wies Stefanie einen Platz an. »Setz dich.«

Er klang jetzt nicht mehr gelassen.

Sie setzte sich hin.

»Also, schieß los, was hast du auf dem Herzen?«, fragte Ludo.

»Du warst anscheinend gestern in meinem Büro«, fügte Nick hinzu.

»Wir hatten einen Termin«, sagte Stefanie, »aber du bist nicht erschienen.«

»Worum sollte es bei dem Termin gehen?«, fragte Ludo.

»Um den allgemeinen Sachstand. Seit Nick bei uns angefangen hat, häufen sich die Fehler, und ansonsten herrscht ein einziges Chaos.«

Nick lachte spöttisch und sagte: »Chaos? Das einzige Chaos, das ich sehe, ist das, was du anrichtest. Weil du Angst hast, die Kontrolle über Aufgaben zu übernehmen, die volle Verantwortung zu tragen.«

»Ich trage seit Monaten die alleinige Verantwortung«, gab sie bissig zurück.

Ludo legte eine Hand auf Nicks Arm, als ob er ihn beruhigen wollte.

Stefanie holte tief Luft und versuchte, sich an alle Einzelheiten zu erinnern.

»Wie gesagt, seitdem Nick bei uns arbeitet, häufen sich die Fehler. Er besucht unseren Drucker – anschließend wird eine Broschüre falsch gedruckt. Aus meinem Büro verschwinden Ordner, die ich anschließend bei Nick wiederfinde. Auch vom Netzlaufwerk sind Ordner verschwunden, was mich die Arbeit einer ganzen Woche gekostet hat. Ich vereinbare Termine, aber Nick reagiert nicht. Ich habe eine Liste angelegt von …«.

»Was hast du dazu zu sagen, Nick?«, fragte Ludo.

Nick presste seine Lippen zusammen und atmete vernehmlich durch die Nase.

»Tja, ich hatte gehofft, diesen Weg nicht einschlagen zu müssen, aber jetzt bin ich der Meinung, wir sollten ganz offen damit umgehen.« Nick faltete einen Zettel auseinander und legte ihn vor sich hin. Es war etwas daraufgekritzelt, das Stefanie nicht lesen konnte. »Stefanie ist kürzlich zu mir gekommen, um Alarm zu schlagen. Sie sagte, die Veränderungen und die neue Art zu arbeiten fielen ihr schwer. Sie könne den Stress nicht mehr aushalten. Ich habe absolutes Verständnis dafür. Veränderungen sind für niemanden leicht. Ich habe dich ja auf die Herausforderungen des Veränderungsprozesses hingewiesen, Ludo.«

Ludo nickte. Nick wandte sich an Stefanie, als wäre er ein Arzt mit einer Diagnose.

»Du warst am Ende deiner Kräfte. Während unseres Gesprächs bist du emotional zusammengebrochen.«

»Ich bin überhaupt nicht …«

Ludo hob die Hand.

»Lass Nick bitte ausreden.«

»Du bist frustriert, weil du mit dem Stress nicht umgehen kannst. Der Druck einer professionellen Kommunikationsabteilung ist zu groß für dich, was dazu führt, dass du Komplotte siehst, wo keine sind. Es muss eindeutig etwas passieren. Daher stelle ich mir die Frage: Wie kann ich sicherstellen, dass du deine Unterlagen in Ordnung bringst? Wie kannst du produktiver werden? Wie kannst du deine Aufgaben wieder in den Griff bekommen? Auch für mich ist von entscheidender Bedeutung, dass das Team gut funktioniert.«

Ludo nickte.

»Du musst an deiner mentalen Widerstandsfähigkeit arbeiten«, sagte Nick, »das Gleichgewicht in deinem Denken wiederherstellen.«

»Du willst mich wohl verarschen.«

Nick setzte ein Pokerface auf.

»Gestern hast du auch auf mich einen überdrehten Eindruck gemacht«, sagte Ludo.

»Aber nur, weil …«

»Du könntest dich einer entsprechenden Therapie unterziehen«, unterbrach sie Nick.

Stefanie sah Ludo an.

»Das ist doch ein Scherz, oder, Ludo?«

Ludo schwieg.

»Und um deine Arbeit besser in den Griff zu bekommen, habe ich mir überlegt, dich zu einer Weiterbildung in Zeitmanagement zu schicken«, fuhr Nick fort. »Einige aus meinen vorherigen Teams haben die auch mitgemacht, mit großem Erfolg.«

»Ich halte das für eine gute Idee«, pflichtete ihm Ludo bei.

»Meine Unterlagen sind in Ordnung«, sagte Stefanie. »Ludo, du weißt das, oder? So eine Weiterbildung kostet dich nur Geld und mich Zeit.«

»Diesen Eindruck habe ich keineswegs«, erwiderte Nick ruhig. »Jemand, der alles unter Kontrolle hat, erleidet keinen Nervenzusammenbruch oder schreit in anderer Leute Büro herum. So jemand sieht auch keine Gespenster.«

»Ich sehe keine Gespenster. Alles, was ich sehe, sind die Rauchschwaden, mit denen du dein Tun vernebelst!«

Nick ignorierte sie.

»Wenn wir das Niveau der Kommunikation bei Scherpereel anheben wollen, müssen wir zunächst unsere interne Kommunikation in Ordnung bringen. Darüber hinaus werden wir alle mehr arbeiten und Dinge tun müssen, die wir nicht mögen. Deshalb wollte ich dich coachen, damit du dich aus deiner Komfortzone herauswagst. Aber davor hast du eine Heidenangst. Ich kann dir auch helfen, besser mit Stress umzugehen.«

»Es geht nicht um Stress«, zischte sie, »es geht um Sabotage! Und zwar deine Sabotage! Ich kann das beweisen.«

Nick hob die Hände.

»Sabotage? Wovon redest du, Stefanie? Warum sollte hier jemand etwas sabotieren wollen? Das ist ja vollkommen verrückt. Ich gebe zu: Ich habe mir einige Ordner von dir ausgeliehen. Du hast sogar vorgeschlagen, dass ich sie durchgehen soll. Schon an meinem ersten Arbeitstag hast du mir eine Mappe voller Informationen gegeben.«

»Ja, das stimmt«, sagte Ludo.

»Es war nicht richtig von mir, sie nicht zurückzubringen, das gebe ich gerne zu. In der ganzen Aufregung hatte ich das vergessen. Ich entschuldige mich dafür.« Er wandte sich nun explizit an Stefanie. »Stress ist ein stiller Mörder. Er macht dich verwirrt, er macht dich gereizt. Man kann Situationen nicht mehr richtig einschätzen, ein Fehler folgt auf den anderen. Auf lange Sicht bist du nur noch damit beschäftigt, Brände zu löschen. Brände, die du selbst verursacht hast. Ich wette, du schläfst nicht einmal mehr gut. Das macht mir Sorgen. Ich würde nicht wollen, dass du wieder …«

Er hielt mit einem bedeutungsvollen Blick auf Ludo inne.

»Dass ich wieder was?«

Stefanie legte ihre Hände auf die Stuhllehnen. Nick sagte nichts.

»Dass ich wieder was?«

Ludo faltete die Hände in einer versöhnlichen Geste.

»Stefanie, du bist schon seit zehn Jahren bei der Firma«, begann er.

»Seit zwölf Jahren«, korrigierte sie ihn.

»Seit zwölf Jahren. Ich war immer sehr zufrieden mit deiner Arbeit. Und die Art, wie du Marlene ersetzt hast, war hervorragend. Dafür bin ich dir dankbar. Ich bin mir sicher, dass auch Nick deine Arbeit zu schätzen weiß.«

»Ich schätze jeden, der sein Bestes gibt«, sagte Nick.

»Du musst etwas gegen deine Frustration tun, Stefanie«, mischte sich Ludo ein, als hätten die Männer dieses Gespräch geprobt. »Ich weiß, dass du mit Marlene gut befreundet warst. Ihr wart ein super Team und konntet nach eurem Gutdünken handeln. Aber was vorbei ist, ist vorbei. Jetzt müssen wir in die Zukunft schauen. Und in dieser Zukunft spielt Nick eine wichtige Rolle. Er ist ein anderer Typ von Marketingmanager als Marlene, das weiß ich. Nick möchte unser Marketing und unsere Kommunikation auf ein höheres Niveau bringen. Ihr seid keine Gegner, ihr ergänzt euch gegenseitig. Wir sollten seinem Projekt eine Chance geben. Er und ich hatten ein langes Gespräch, haben unsere interne Organisation unter die Lupe genommen, und er hat mich überzeugt. Wir halten es für sinnvoller, dass eine Person den Überblick über Marketing, Kommunikation und Vertrieb hat. Diese Person entwirft eine Richtlinie und berichtet an mich. Er ist mein Single …« Er suchte nach den richtigen Worten.

»*Single point of contact*«, half ihm Nick auf die Sprünge.

»Richtig. Das spart uns Zeit und unnötige Besprechungen. Und außerdem wird die Abteilung dadurch besser koordiniert.«

Stefanie hörte Ludo herunterbeten, was sie auf den Seiten in Nicks Büro gelesen hatte. Das Band zwischen ihr und Ludo war zerschnitten, und er schien es nicht zu merken.

»Und wer soll diese Person sein?«, fragte sie lakonisch.

Nick lehnte sich zufrieden zurück.

»Nick ist die ideale Besetzung dafür«, sagte Ludo. »Er hat die größeren Visionen und die bessere firmenpolitische Perspektive im Vergleich zu dir. Das soll jetzt kein Vorwurf sein, Stefanie. Du hast das Talent, Ideen konkret umzusetzen. Wie ich schon sagte, du bist die perfekte Ergänzung zu Nick.«

»Und was bedeutet das für mich?«

»Du erstattest Nick Bericht. Er wird dich coachen und mir Bericht erstatten.«

»Wir sind also nicht mehr gleichberechtigt? Marlene und ich waren …«

»Die Zeiten sind vorbei«, unterbrach sie Ludo.

»Nur Babys mit voller Windel freuen sich über einen Wechsel«, sagte Nick mit einem Lächeln. »Jemand wie ich, der etwas verändern will, stößt immer auf Kritik. Ich kann es dir nicht einmal verübeln. Auch ich werde überlegen, ob ich meinen Stil ändern muss. Aber konservativ zu denken bringt dich nicht weiter. Das kann nur durch Veränderung geschehen. Und wie vereinbart werde ich dich dabei coachen.«

In der darauffolgenden Stille konnte Stefanie nicht mehr klar denken.

»Ihr vereinbart jede Woche einen Termin, bei dem ihr die aktuellen Projekte besprecht«, sagte Ludo. »Nick macht einen Vorschlag, okay?«

»Für mich ist das in Ordnung«, sagte Nick. »Ich freue mich darauf. Ich werde mein Bestes geben.«

»Das höre ich gern. Ich hoffe, du bist auch bereit, wieder alles zu geben, Stefanie.«

Sie nickte, ungläubig. Das war die verkehrte Welt!

»Ich möchte auch nicht, dass du glaubst, ich würde jemanden bevorzugen«, fügte Ludo hinzu. »Weder meine Familie noch bestimmte Personen werden von mir protegiert. Ich beurteile jeden nach seinen Talenten. Alles klar?«

Er sah sie prüfend an.

»Ich habe nie etwas anderes behauptet«, sagte sie.

»Was mich angeht, ist die Sache damit erledigt. Ich möchte euch beiden für das danken, was ihr für die Firma tut. Und ich hoffe, dass ihr noch lange und produktiv zusammenarbeiten werdet.«

Nick hielt Stefanie die Hand hin.

Sie fühlte sich kalt wie Schlangenhaut an.

»Gut«, sagte Ludo. »Und jetzt beide zurück an die Arbeit.«

Sie war degradiert worden, darauf lief es hinaus. Nick hatte bekommen, was er wollte: die Kontrolle über Vertrieb, Marketing und Kommunikation. Und die Kontrolle über sie.

Sie nahm eine Bewegung wahr und erschrak.

Nick beobachtete sie, an den Türrahmen gelehnt.

»Ich bin noch nie so hintergangen worden«, sagte er. »Noch nie hat mir jemand derart ein Messer in den Rücken gerammt.« Er verschränkte die Arme. »Wage bloß nicht, das noch einmal zu tun.«

Auch sie verschränkte ihre Arme.

»Was denkst du, warum Ludo mich rekrutiert hat?«, fuhr er fort. »Hast du meinen Lebenslauf gesehen? Hast du ihn mal neben deinen gelegt?«

»Zumindest muss ich in meinem Lebenslauf nichts verheimlichen. Vergnügungsreisen auf Kosten des Unternehmens zum Beispiel. Oder Freiwillige, die gegen mich rebelliert haben.«

»Wer spioniert hier wem hinterher, kleine Stefanie? Tja, ich erlebe nicht zum ersten Mal, dass Talent durch Neid boykottiert wird. Diese Freiwilligen … idealistisch, aber ach so banal. Die können nicht über den Tellerrand ihres eigenen Mutter-Teresa-Komplexes hinausblicken.«

Er hielt inne, dachte vielleicht an die Business-Class-Flüge und die Liegestühle in den Vier-Sterne-Hotels zurück.

»Die Menschen wollen Mittelmaß, denn Mittelmaß ist beruhigend, jeder kann mit Mittelmaß umgehen. Die meisten wollen in der Strömung mitdümpeln. Kein Wellengang, keine Veränderung. Tja, aber ich will das nicht. Ich scheiße auf Mittelmäßigkeit. Typen wie du und André, ihr kennt nur eure alte vertraute Welt. Ihr würdet ewig so weitermachen wie bisher. Aber wenn du überleben willst, musst du auf Zack sein. Du musst Mut haben, du musst es wagen, gegen die alten Gewohnheiten anzukämpfen. Du musst dich von der Masse abheben.«

»Bei PACIN hast du dich nicht aus der Masse herausgehoben, *Nicholas*. Und hier tust du es auch nicht.«

Seine Augen blitzten.

»In meinen bisherigen Jobs habe ich mir immer mein eigenes Team zusammengestellt. Ich will nur mit den Besten arbeiten. Mit Leuten, denen ich vertrauen kann. Und Ludo hört immer mehr auf mich. Ich habe André aus dem Verkaufsteam genommen. Er kann zukünftig die Prospektion übernehmen, vom Computer aus.«

Seine Körperhaltung wurde lockerer, seine Schultern entspannten sich. Der Gedanke daran, wie er André aufs Abstellgleis geschoben hatte, erheiterte ihn sichtlich.

»Worüber beklagst du dich eigentlich? Arbeitsstress, dass ich nicht lache! Tausende von Frauen machen deinen Job und kümmern sich gleichzeitig um eine Familie. Und beklagen die sich vielleicht? Dabei führst du ein sorgloses, kinderloses Leben. Wechselst du Windeln? Holst du die Kinder von der Schule ab? Liest du ihnen abends vor?«

Speichel sammelte sich in ihrem Mund. Sie schluckte.

Er kam näher.

»Du bist nicht kompetent, Stefanie. Hast du das immer noch nicht kapiert? Du hast es nicht drauf. Du bist eine Versagerin.« Er flüsterte jetzt. »Ich weiß, warum du so lange abwesend warst. Wenn du wüsstest, wie gerne deine Kollegen darüber plaudern!«

Er stieß ein kurzes Lachen aus. »Du hast als Frau versagt, und jetzt versagst du auch als Kollegin.«

Schritte kamen den Flur entlang. Der harte Blick in Nicks Augen wurde weicher, und das Lächeln war wieder da.

»Wir werden den Stier bei den Hörnern packen«, sagte er zu Ludo, der gerade vorbeikam, »wir geben alles!«

»Perfekt!«, rief Ludo.

Die Kälte legte sich wieder über Nicks Gesicht. »Ich bekomme immer, was ich will, Mädchen. Immer.«

21

Alex erwartete sie in Arbeitsschuhen, T-Shirt und Jogginghose voller Farbflecken, in der Annahme, dass sie Nick Farkas mit einem Tritt in den Hintern vom Firmengelände gejagt hatte. Während er ihr zuhörte, mahlte er immer heftiger mit dem Kiefer, spannte die Muskeln an und runzelte die Stirn.

»Hör auf«, riet er ihr schließlich, als könnte er ihrer Geschichte nicht länger zuhören. Doch er meinte etwas anderes. »Kündige. Der ganze Stress lohnt sich nicht.«

»Das ist leichter gesagt als getan. Wo finde ich so schnell eine neue Stelle?«

Alex zuckte mit den Schultern.

»Ist doch nicht so wichtig. Hauptsache, du kommst von diesem Farkas weg. Scherpereel bestimmt deine ganze Existenz. Es zerstört dich. Es gibt mehr im Leben als Arbeit.«

Nachdem er einmal in Fahrt gekommen war, hielt Alex ihr einen Monolog über sein Idealbild des wahren Lebens, in dem Kinderzeichnungen und Ausflüge in den Zoo dem Dasein mehr Inhalt verliehen als erfolgreiche Marketingkampagnen.

»Für dich ist es einfach; du weißt nicht, wie es sich anfühlt, wenn etwas in dir stirbt.«

»Wir können uns Zeit lassen, Stefanie. Niemand weiß davon.«

In diesem Moment zerbrach etwas in ihr. Brach ab und riss sich los. Die Wut platzte aus ihrer beklemmenden Hülle und raste durch ihren Körper wie ein wildes Tier. Stefanie stampfte die Treppe empor, stieß die Tür des Kinderzimmers auf, und der erste Farbeimer flog mit einer schwungvollen Bewegung gegen die Wand.

»Alle wissen es!«, schrie sie in Alex' erschrockenes Gesicht. »Ganz Scherpereel kennt den pikanten Klatsch und Tratsch über Stefanie, die kein Kind bekommen kann. Stefanie, die Versagerin! Stefanie, die nichts auf die Reihe kriegt!«

Weinend lief sie an ihm vorbei.

»Wer sagt das?«, fragte Alex. »Wer sagt denn so etwas? Hat Farkas das behauptet?«

In diesem Moment erfuhr Stefanie, was mit dem Ausdruck »rotsehen« gemeint war: eine sengende Hitze, die im Gehirn knisterte, ein Moment der totalen Blindheit, in dem man Dinge tat, die man sich sonst nie trauen würde, Dinge, für die man sich später vor den Leuten schämte, die schuldlos unter der Wut leiden mussten.

Stefanie lag in einem Schlafzimmer im tristen Leperyck, neben ihrem Buchhalter, der auf eine Halbtagsstelle reduziert hatte, als sie sich in ihren Job bei Scherpereel gestürzt hatte. Alex hatte es auf ritterliche Art verstanden, sie zu unterstützen; Stefanie empfand es meist als lästige Form der Bemutterung. Sie fühlte sich schuldig. Sie drehte sich zu ihm und legte ihren Arm um seine Taille.

Vieles war ihr schon genommen worden. Aber sie würde sich nicht alles wegnehmen lassen.

22

»Manchmal löst sich ein Problem ganz von selbst«, sagte Nick lachend, als Stefanie im großen Konferenzsaal Platz nahm. »Kannst du das mal unterschreiben?«

Er wedelte mit einer Karte vor ihr herum. »Gute Besserung« stand darauf. Stefanie klappte sie auf und sah, dass Emy, David und das gesamte Verkaufsteam unterschrieben hatten. Sie zögerte, den Kugelschreiber über der Karte, und fragte sich, für wen sie bestimmt war.

»Für wen ist diese Karte?«

»Für André.«

»Was ist passiert?«

»Herzinfarkt.«

»Wie bitte?«

»Nur ein kleiner«, sagte Nick, als er das Entsetzen auf ihrem Gesicht sah.

»Wie ist es passiert?«

Er zuckte mit den Schultern.

»Er ist nicht tot. Er liegt im Krankenhaus. Nicht einmal auf der Intensivstation.«

»Aber er war so ein rüstiger Mann.«

»André ist alt. Ein Glück, dass ich ihn aus dem Verkaufsteam genommen und neue Mitarbeiter eingestellt habe. Sie müssen jetzt eben ein bisschen früher als geplant raus zu den Kunden geschickt werden, aber sie machen sich sehr gut. Ich hätte es nicht anders erwartet, diese jungen Leute sind Spitzentalente.«

In Bezug auf die Körbchengröße und den Hüftumfang, dachte Stefanie.

»Emy hat mich gebeten, die Karte zu unterschreiben und sie an dich weiterzugeben. Dein Name reicht schon. Es muss nicht gleich ein ganzes Buch sein.«

Alles Liebe, schrieb sie. *Komm schnell wieder auf die Beine! Stefanie xxx.*

Sie reichte die Karte an Nick zurück, der ihre Grußbotschaft las und grinste. Ludo kam herein.

»Ah, hier seid ihr.«

»Mitarbeitergespräch«, sagte Nick.

»Ist der Saal in einer Stunde frei?«

»So lange wird es nicht dauern.«

»Gut«, sagte Ludo und drehte sich um.

»Ach Ludo, könntest du bitte diese Karte unterschreiben? Ich sammle Besserungswünsche für André.«

Ludo kam näher.

»Eine sympathische Geste von dir, Nick«, sagte Ludo und beugte sich vor, um die Karte zu unterschreiben. »Ich gehe aber später sowieso noch bei ihm vorbei.« Er wandte sich an Stefanie. »Da hat er uns einen ordentlichen Schrecken eingejagt, was? Jetje hat mich angerufen. Er ist im Supermarkt zusammengebrochen. Zum Glück war zufällig ein Arzt vor Ort. Er liegt in der Poliklinik, ab heute Abend darf man ihn besuchen.«

Sie nickte.

»Wir hoffen, dass wir ihn so schnell wie möglich wieder bei uns begrüßen können«, sagte Nick, »damit wir wieder voll einsatzfähig sind. André ist entscheidend für das Prospecting.«

»Da werdet ihr euch wohl noch ein bisschen gedulden müssen«, sagte Ludo. »Er hat sich zwar äußerlich gut gehalten, aber wie es von innen aussieht, weiß niemand. Sie müssen ihn gründlich durchchecken.«

Er reichte die Karte an Nick zurück.

»Stefanie, was würdest du raten? Pralinen oder Obstkorb?«

»Ein Obstkorb«, sagte sie. »Schokolade ist schlecht für den Cholesterinspiegel.«

»Du hast recht. Also ein Obstkorb.« Und damit ging er.

Nick atmete tief durch.

»Was meinst du, wie lange es noch dauert«, fragte er, »bis Ludo mit einem Obstkorb an deinem Bett steht?«

Er warf ihr die Genesungskarte zu. »Bringst du die später zu Emy?«

Er wartete ihre Antwort nicht ab.

»Ich denke, wir können dieses Mitarbeitergespräch kurz halten.«

23

Alex hatte aufgehört, im Zimmer zu arbeiten. Die Tür war wieder eingehängt und blieb geschlossen. Vielleicht hatte ihr Wutausbruch Alex klargemacht, dass die Zeit noch nicht reif war. Es schien, als würde er endlich Rücksicht auf sie nehmen. Er sagte kein Wort mehr über das Zimmer und zeigte mehr Interesse an dem, was sie beschäftigte: die Arbeit, ihren Alltag.

»Dreimal darfst du raten, wen ich heute in der Stadt bei der Kosmetikerin gesehen habe,« sagte er eines Abends. »Kleiner Tipp: Er ist ein großer Experte in Sachen Marketing.«

Der Klatsch lag eine Weile lang unkommentiert in der Luft.

»Es war so gegen drei, da habe ich ihn im Einkaufszentrum gesehen, wie er zu Beauty Wellness gegangen ist. Zur Maniküre. Oder ein Stündchen auf der Sonnenbank.«

Er sah sie amüsiert an.

»Bist du sicher, dass er es war?«, antwortete Stefanie.

»Der ist ja schwer zu übersehen, mit hoch erhobener Nase und von einem gigantischen Ego umgeben. Und wie er geht!«

Albern marschierte Alex um den Tisch herum.

Stefanie musste unwillkürlich lachen.

»Ich habe dann aber nicht weiter auf ihn geachtet, ich war genug mit dem Einkaufen beschäftigt. Ich dachte, er hätte sich eine Auszeit genommen oder so.«

»Nein, offiziell war er außer Haus, um einen Sponsorenvertrag zu ergattern.«

»Was würde Ludo davon halten, wenn Nick während der Arbeitszeit zur Kosmetikerin geht?«

Stefanie dachte darüber nach.

Alex nahm sich ein Bier aus dem Kühlschrank.

»Möchtest du auch etwas trinken?«

»Ja, eine Limo gerne«, sagte sie.

Er reichte ihr eine Dose Limonade.

»Kannst du etwas damit anfangen?«

Er trank einen Schluck von seinem Bier und sah sie gespannt und erwartungsvoll an.

»Kann ich was womit anfangen?«

»Dass ich ihn gesehen habe. Das wird ja wohl nicht das letzte Mal gewesen sein. Ich könnte ihn dabei fotografieren.«

Sie riss die Augen auf.

»Bloß nicht, Alex!«

»Warum nicht?«

Er wandte sich dem Backofen zu, der ein Signal ertönen ließ.

»Nick verbreitet jetzt schon das Gerücht, ich wäre paranoid. Wie würde ich wohl dastehen, wenn ich mit heimlichen Aufnahmen von ihm ankäme?«

»Aber genau das ist doch ein Beweis dafür, dass du nicht paranoid bist.«

Sie zögerte.

»Die kompromittierenden Fotos geben dir recht. Du könntest sie sogar anonym abgeben. Oder ist es dir lieber, dass er weiter Spritztouren auf seiner blauen Vespa unternimmt und herumscharwenzelt, während du in Arbeit erstickst?«

Er machte die Ofenklappe auf, offenbar ohne bemerkt zu haben, dass er sich verplappert hatte.

»Woher weißt du, dass er eine blaue Vespa fährt?«

Er erstarrte mitten in der Bewegung, nicht lange, aber lange genug, dass sie es bemerken konnte.

»Hast du mir das nicht erzählt?«

»Nein.«

Er stellte die Auflaufform auf die Anrichte und verteilte den Inhalt auf die Teller.

»Farkas hatte einen hellblauen Helm dabei, und draußen vor dem Einkaufszentrum stand eine hellblaue Vespa. Deshalb habe ich angenommen ...«

Sie ging zu ihm.

Er wandte sich von ihr ab und stellte die Teller auf den Tisch.

»Du verfolgst ihn!« Sie fasste ihn am Arm, der sich muskulöser anfühlte, als sie erwartet hatte. »Wie lange machst du das schon?«

Er befreite sich sanft aus ihrem Griff.

»Lass mich mal kurz das Besteck ...«

Er legte das Besteck auf den Tisch. Sie kehrte zu ihrem Platz zurück.

»Ich kann harte Beweise liefern, Stefanie.«

Sie aß einen Bissen und kaute. Sie dachte an die demütigenden Gespräche, die Genesungskarte, verschwundene Ordner, eine blaue Vespa, eine Broschüre in Z-Falz, Zuppa di fragole, eine Babysocke am Strand. *Ich bekomme immer, was ich will, Mädchen.*

»Also gut«, sagte sie. »Dann machen wir es auf deine Art.«

24

»Hallo, Stefanie, komm rein!«

Mariëtte machte einen Schritt zur Seite, und Stefanie betrat einen kleinen Flur, von wo aus eine doppelte Glastür den Blick auf ein lichtdurchflutetes Wohnzimmer ermöglichte.

»Ich dachte mir: André hat bestimmt schon Verdauungsstörungen von den ganzen Obstkörben und bekommt so viel Aufmerksamkeit, da bringe ich mal lieber einen Strauß für dich mit«, sagte Stefanie, während sie die Blumen überreichte.

»Oh, die sind wunderschön! Wie lieb von dir.«

Sie winkte Stefanie weiter durch ins Wohnzimmer. »Er ist auf der Veranda. Einfach immer geradeaus. Ich stelle solange die Blumen in die Vase.«

Sie verschwand in der Küche.

»Ah, da ist ja unsere Pflanzenflüsterin!«

André stand an der Tür zur Veranda, einen Gehstock in der Hand. Er sah zehn Jahre älter aus.

»Gut siehst du aus, oller Riese«, sagte Stefanie und küsste ihn.

»Jemand, der so lügen kann, sollte in die Politik gehen«, sagte André. Er deutete auf einen weich gepolsterten Sessel und setzte sich auf einen Schaukelstuhl.

»Hast du mir nichts mitgebracht?«

Sie schüttelte den Kopf.

»Ich dachte mir, du bist allmählich genug verwöhnt worden und habe stattdessen Blumen für Jetje mitgebracht.«

Er hob den Daumen.

»Gute Idee, sie hat es verdient.«

»Wie geht es dir?«

»Gut, wie du siehst. Der Arzt rät mir zu viel Bewegung, aber ich darf noch nicht viel im Haushalt helfen.« Er grinste. »Besonders an Letzteres erinnere ich mich ganz genau.«

»Und ansonsten gesunde Ernährung, kein Alkohol, keine Süßigkeiten und viel Schlaf?«

Er verzog unglücklich das Gesicht.

»Bist du jetzt auch Krankenschwester, Stefanie? Ehrlich gesagt habe ich schon eine.«

Er wies mit dem Daumen in Richtung Küche. Sein Handy, das neben ihm auf einem kleinen Tisch lag, begann zu vibrieren. Er schaute auf die Nummer.

»Komm mal mit«, sagte er.

Erst als sie auf der Terrasse waren, nahm er den Anruf entgegen. Er ging weiter in den Garten hinein; Stefanie folgte ihm.

»Guten Tag, François, wie kann ich dir helfen? Hm, hm. Nein, ich bin krankgeschrieben. Ein leichter Herzinfarkt. Nein, es geht schon, ein bisschen zu gut gelebt, du weißt schon.«

Es war ein großer Garten, mit hohen Bäumen im Hintergrund und üppigen Rhododendren.

»Sehr ärgerlich, ich verstehe. Ja, nein, so arbeiten wir nicht. Das muss ein Fehler sein. Ich werde es an ihn weitergeben und dafür sorgen, dass er dich persönlich kontaktiert. Wir sehen uns. Vielen Dank! Ja, ich danke dir sehr. Grüße zurück!«

Seufzend steckte er das Handy in die Tasche. Er zeigte mit seinem Stock auf eine kleine Laube.

»Komm, setzen wir uns dahin.«

Sie setzten sich auf eine Bank. Es war kühl in der Gartenlaube, die ganz mit Wein überrankt war.

»Romantisch«, sagte Stefanie.

André knurrte.

»Jetje wäre es lieber, wenn ich diese Anrufe nicht mehr beantworten würde. Sie sind schlecht für mein Herz. Ich rege mich zu sehr darüber auf, meint sie.«

»Die Arbeit?«

Er nickte.

»Die Kunden rufen mich an. Bei ihnen stehen neuerdings Verkäufer vor der Tür, die keine Ahnung haben.« Er starrte ins Leere. »Nick hat die Mädels zu schnell rausgeschickt. Sie hätten eine solide Ausbildung gebraucht, aber das hielt er nicht für nötig; Hauptsache, sie sind jung, hübsch und hip. Dann würden die Kunden sie umschwärmen wie die Fliegen. Na klar doch.«

Er zog das Handy wieder aus der Tasche. »Ich schalte es am besten ganz aus.«

»Jetje hat recht.«

»Danke, Krankenschwester-Pflanzenflüsterin.«

Hummeln summten in einem Blumenbeet; eine flog in den Pavillon und verschwand zwischen den dichten Weinranken.

»Wie geht es dir?«, fragte André plötzlich.

»Tja«, sagte Stefanie. »Ich sause in einer Achterbahn in Richtung Ausgang.«

André lachte.

»So schlimm wird es doch wohl nicht sein, oder?«

Stefanie betrachtete das Blumenbeet, in dem die Hummeln sorglos nach Nektar suchten.

»Männer wie Nick kommen und gehen«, sagte André.

Sie sah ihn erstaunt an.

»Hast du so was schon mal erlebt?«

»Bei Kunden. Dann kommt auf einmal so ein Jungspund an, und prompt wollen sie unsere Produkte nicht mehr haben.«

»Und was hast du dann gemacht?«

»Abgewartet.« Er bohrte seinen Stock in den Rasen. »Ich habe abgewartet. Und ganz plötzlich war der Jungspund wieder weg, und der Kunde kam mit eingekniffenem Schwanz zu uns zurück.«

Stefanie nickte.

»Abwarten ... Ich glaube nicht, dass ich das kann. Mir bleibt nicht genug Zeit. Mein erstes negatives Mitarbeitergespräch habe ich schon hinter mir. Es fehlt nicht mehr viel, und ich bin weg vom Fenster.«

André verscheuchte eine Hummel.

»Könntest du mir vielleicht Informationen über die unzufriedenen Kunden geben, André?«

Sie warf ihm einen Seitenblick zu, aber seine Miene verriet nichts.

»Wenn du das wirklich willst, hast du sie gleich allesamt in deinen E-Mails. Aber ich glaube nicht, dass das etwas bringt.«

Wieder stocherte er mit dem Stock im Rasen herum, wie eine Amsel auf der Suche nach einem Wurm.

»Er ist eine hohle Nuss«, sagte Stefanie. »Das muss Ludo doch irgendwann mal merken, oder?«

»Hohle Nüsse klappern am lautesten.« André stand auf. »Komm, gehen wir wieder rein, bevor Jetje sich wundert.«

»Entschuldige, dass ich dich damit belästige, André, ich besuche dich und rede dann über die Arbeit.«

André winkte ab.

»Schon okay. Nach vierzig Jahren bin ich süchtig nach Scherpereel. Ich bin froh, dass du meine Sucht ein bisschen genährt hast.« Er zwinkerte ihr zu. »Weißt du, an wen du mich jetzt erinnerst, Stefanie? An eine Touristin, die sich die Tricks eines Betrügers ansieht. Du beobachtest, wie seine Hände den Becher bewegen, unter dem der Ball versteckt ist. Du willst unbedingt wissen, wie er es macht. Aber der Kerl vollführt diesen Trick schon seit Jahren. Er hat einen Riesenvorsprung vor euch, die ihr zum ersten Mal mit ihm konfrontiert werdet. Und selbst wenn du ihn entlarvst, was bringt das schon? Dann stehen noch drei andere Touristen da, die weiterhin glauben, dass ehrlich gespielt wird, und einen Einsatz wagen. So wie Ludo jetzt auf Nick setzt und sich davon einen großen Gewinn erhofft.«

Vor einem Blumenbeet mit Geranien und Rosensträuchern blieb er stehen.

»Du schaust in die falsche Richtung«, sagte er.

»Und wohin soll ich schauen?«

»Achte nicht auf seine Hände, sondern auf seinen Intellekt. In dieser Hinsicht bist du im Vorteil. Du hast ihn entlarvt, du kennst seine wahre Natur. Dir kann er nichts mehr vorspielen, jeder Versuch, dich zu bezirzen, ist zum Scheitern verurteilt. Das ist der Grund, warum er dich loswerden will.«

André betrat den Wintergarten und ließ sich auf den Schaukelstuhl plumpsen.

25

Das Tablet lag gut in der Hand. Der Verkäufer quatschte in einer Tour über die einfache Bedienung, die Qualität des Bildschirms und die Anzahl der Gigabytes, aber Stefanie hörte ihm gar nicht richtig zu. Es gab nur eine Eigenschaft des Geräts, die sie wirklich interessierte, nach der sie jedoch nicht fragen wollte.

Der Verkäufer hatte nicht mal seine Pubertätspickel ganz überwunden. Er trug ein Hemd der Firma, das ihm zu weit war, hatte Schuppen auf den Schultern und Schweißflecken unter den Achseln. Es war heiß im Laden; eine trockene, drückende Hitze, ausgestrahlt von hellen Leuchten und summenden Apparaten. Stefanie fragte sich, wie viele Verkäufer abends mit hämmernden Kopfschmerzen von der Musik nach Hause fuhren, die aus den Lautsprechern dröhnte. Bestimmt hatte irgendeine Studie ergeben, dass aufpeitschende Musik die Leute zum Kauf anregte. Bei ihr hatte sie den gegenteiligen Effekt. Sie wollte so schnell wie möglich hier raus; ihr tanzten schwarze Flecken vor den Augen.

Wofür sie das Gerät verwenden wolle?, fragte der junge Mann. Kundenpräsentationen, antwortete sie. Die Augen des jungen Mannes leuchteten auf, und er ging auf die teureren Modelle zu.

»Dann ist eine gute Bildschirmqualität das A und O …«

»Das hier ist perfekt«, erwiderte Stefanie.

Er gesellte sich wieder zu ihr, sie roch seine leicht säuerliche Ausdünstung.

»Das freut mich, Mevrouw.« Er nahm ein Paket aus dem Regal und reichte es ihr. »Bitte sehr. Sie können vorn an der Kasse bezahlen.«

Sie gähnte und rieb sich die Augen, als der Computer zum Leben erwachte. Sie schaute vom Glücksbambus zu Monets Garten. Wenn sie das durchzog und scheiterte, könnte es das Ende ihrer Karriere bei Scherpereel bedeuten. Würde sie die Arbeit vermissen? Auf jeden Fall. Aber sie hatte keine andere Wahl mehr.

Sie betrachtete die Bilder, die Alex für sie gemacht hatte. Farkas am Eingang eines Fitnessstudios. Farkas auf seiner Vespa. Farkas im Einkaufszentrum. Auf jedem Foto war angegeben, wann es aufgenommen worden war. Sie steckte die Fotos hinten in die Akte; sie waren ihre letzte Trumpfkarte, die sie ziehen würde, wenn sie mit Ludo sprach.

Es war richtig gewesen, Alex mit einzubeziehen. Er brauchte es, an ihrem Kampf teilzuhaben, um eine Art Kontrolle über die Ereignisse zu haben. Er musste immer der Schutzengel sein. Es lenkte ihn auch vom Kinderzimmer ab. Obwohl sie vermutete, dass er weiterhin darin arbeitete, blieb die Tür geschlossen. Er hatte nicht mehr mit ihr darüber gesprochen.

Sie schloss die Akte.

Du kennst seine wahre Natur, hatte André gesagt. *Dir kann er nichts mehr vorspielen.*

Sie musste es so einfädeln, dass sie mit Nick unter vier Augen sprach. Ihn in ihr Netz locken. Deshalb würde sie ihm etwas als Köder hinhalten, worauf er richtig scharf war.

Sie ging auf »Neue E-Mail«.

Betreff: Meine Zukunft bei Scherpereel

Hallo, Nick,

nach meinem Mitarbeitergespräch mit dir habe ich mir Gedanken über meine Zukunft bei Scherpereel gemacht. Ich denke, es gibt nur eine mögliche Konsequenz. Ich würde das gern mit dir unter vier Augen besprechen, bevor ich Ludo informiere.
Können wir uns heute Abend um 18 Uhr in meinem Büro treffen und darüber reden?
Vielen Dank im Voraus.

Beste Grüße
Stefanie

Wenn sie auf »Senden« klickte, gab es kein Zurück mehr.

Sie atmete tief durch, und weg war die Mail.

26

Sie hatte das Tablet getestet. Es funktionierte ausgezeichnet, und wenn der Akku vollgeladen war, hielt er fünf Stunden lang. Sie legte das Gerät auf ihren Schreibtisch. Es war 17:56 Uhr. Sie scrollte durch ihre Mails, schloss das Mailprogramm und öffnete eine Online-Zeitung.

Es war 18:00 Uhr. Sie klickte einen Artikel über einen Mann an, der in einer Ecke seiner Wohnung ein schreckliches Tier entdeckt und es dank eines Geniestreichs eingefangen hatte. Am Ende entpuppte sich das Tier als ein großer Käfer, und die geniale Idee hatte darin bestanden, eine Schale über das Insekt zu stülpen.

18:15. Wie lange würde sie auf ihn warten? Ihr Blick wanderte zum Tablet. Dann hörte sie ein fröhliches Pfeifen im Gang.

Er kam herein.

»Machst du bitte die Tür zu?«, bat sie.

Er tat wie geheißen.

»Was ist das?« Er nahm das Tablet in die Hand. Sie hatte den Bildschirm gesperrt, und alles, was er sehen konnte, waren das Scherpereel-Logo und ein Schloss.

»Ich bin dabei, die Verkaufsmappe als Präsentation aufzubereiten.«

»Was ist das für eine Marke?«

Er drehte das Gerät um.

»Keine Ahnung, hab ich mir nicht gemerkt. Irgendwas Koreanisches, glaube ich.«

Er warf das Tablet auf ihren Schreibtisch und ließ sich in einen Stuhl sinken.

»Wer hat entschieden, diesen Mist zu kaufen?«

»Das ist nur ein Probeexemplar, Nick. Paul hat es mir gegeben. Um es zu testen.«

»Paul, der geizige Android-Fan. Wenn wir schon Tablets haben wollen, dann müssen es gute sein. Ein iPad Air. Zur Not ein Sony Xperia. Mit dem Ding da machen wir uns lächerlich.«

Er seufzte, starrte den Monet an und begann, an dem Glücksbambus herumzufummeln.

»Also«, sagte er. »Du wolltest mit mir über etwas reden. Über deine Zukunft bei Scherpereel.«

Er grinste, legte den linken Fuß auf sein rechtes Knie und trommelte mit den Fingern auf einen seiner hippen Sneaker.

»Mein Mitarbeitergespräch hat mir die Augen geöffnet.«

»Das wundert mich nicht«, sagte er. »Ich bin gut darin, den Leuten klarzumachen, wo ihre Talente liegen und wo nicht.«

Sie lächelte und sagte: »Ich halte es für besser, wenn wir nicht weiter zusammenarbeiten. Es funktioniert nicht zwischen uns, und das wird es auch nie. Das ist uns beiden klar.«

»Es ist keine Schande, ein bestimmtes Level nicht zu erreichen, Stefanie. Es gibt viele Unternehmen, wo sie mit einer wie dir zufrieden sind.«

»Ich hoffe das Gleiche für dich, Nick. Denn ich werde Scherpereel nicht verlassen. Ich denke, du solltest dir lieber einen anderen Job suchen.«

Anstatt zu grinsen, sah er sie erstaunt an. Dann begann er zu lachen. Sie fiel in sein Gelächter ein. Doch plötzlich schlug seine Stimmung um, und er starrte sie feindselig an.

»Was bildest du dir eigentlich ein, du blöde Schlampe?«

»Weißt du, Nick, ich habe die Nase voll. Du hast eine gute Show hingelegt, das muss ich dir lassen. Das klingt alles ganz toll, dein ganzes Gerede. Aber ansonsten hast du absolut nichts zu bieten. Ich denke, es ist besser für die Firma, wenn du uns verlässt. Ich habe eine Datei über alle aktuellen Projekte erstellt, einschließlich deines Inputs, der hauptsächlich negativ ist.«

Er wackelte mit dem Fuß auf und ab.

»Ich werde das mit Ludo besprechen, aber ich wollte dir vorher Bescheid geben.«

Nick nickte.

»Tu das«, sagte er. »Von solchen Weicheiern wie dir lasse ich mich nicht einschüchtern. Du mit deinem kitschigen Monet und deinem blöden Unkraut.« Er stand auf und stieß den Bambus um. »Geh ruhig mit deiner Datei zu Ludo. Wir werden ja sehen, was dann passiert. Das kostet dich den Kopf, Mädchen. Ich werde dafür sorgen, dass du nirgendwo mehr Arbeit findest. Du hast ja keine Ahnung, was für Beziehungen ich habe.«

Er ging zur Tür.

»Du glaubst, du könntest Ludo um den Finger wickeln, aber da irrst du dich«, sagte Stefanie ruhig. »Er ist durchaus in der Lage, sich selbst eine Meinung zu bilden.«

Nick ließ die Türklinke los und trat lächelnd an ihren Schreibtisch. Er stützte sich mit beiden Händen auf der Tischplatte ab.

»Unterschätze mich nicht, Mädchen. Ich habe Ludo vollkommen in der Hand. Ludo ist ein dämlicher Trottel. Er hat keine Ahnung vom Geschäft. Ein typischer Provinzheini, der auf meine internationale Karriere schaut wie ein Kaninchen auf einen Leuchtkasten. Er ist ein Papasöhnchen, das diese beschissene Firma geerbt hat. Wie viel Verstand braucht man dafür schon? Er frisst mir aus der Hand. Wenn ich ihm sage, dass er dich abservieren soll, wird er es tun. Also, geh ruhig zu ihm mit deinem lächerlichen Dossier. Je früher, desto besser.«

Er marschierte zur Tür und riss sie so heftig auf, dass sie gegen die Wand knallte.

»Diesmal wirst du nicht gewinnen, Nicholas. Genauso wenig, wie du bei PACIN gewonnen hast.«

»Blöde Ziege«, zischte er und schmiss die Tür zu. Stefanie schloss die Augen und atmete tief durch. Dann griff sie nach dem Tablet und entsperrte es. Sie spulte die Aufnahme zurück. Jedes Wort war glasklar zu hören.

Sie öffnete Outlook. Ein neue Mail.

Hallo, Stefanie,

wie versprochen anbei ein paar Rechnungen und Kontaktdaten von unzufriedenen Kunden. Ludo weiß bereits über einige von ihnen Bescheid. Viel Glück bei deinem Vorhaben! Ich hoffe, dass ich dir behilflich sein konnte.

Herzliche Grüße
André

27

Wie in einer Art Trance öffnete sie die Tür ihres Twingos. Jetzt gab es wirklich kein Zurück mehr. Morgen würde sie entweder ihren Job oder ihren Peiniger loswerden. In gewisser Weise wäre beides eine Erleichterung. Im Moment wollte sie nichts als schlafen. Am liebsten tagelang. Sie stellte ihre Aktentasche auf den Beifahrersitz. Darin befanden sich das Tablet und die Akte, in doppelter Ausfertigung.

Ihr Handy klingelte, und sie schrak zusammen. ALEX meldete das Display.

»Ja, Alex?«

»Hey, Stef, bist du noch bei der Arbeit?«

Er klang gehetzt.

»Ich wollte gerade losfahren. Was ist los, du klingst ja ganz fix und fertig?«

»Nein, alles in Ordnung. Im Großen und Ganzen jedenfalls. Sag, könntest du noch rasch etwas einkaufen gehen?«

Stefanie schaute auf die Uhr und stellte verblüfft fest, dass es schon fast acht Uhr war. »Klar, aber dann muss ich mich jetzt beeilen.«

»Wir haben keine Margarine zum Braten mehr. Ich habe vergessen, welche mitzubringen, tut mir leid. Es gibt Steak heute Abend.«

»Kein Problem.«

»Bis später.«

»Tschüss.«

28

Es kostete sie ihre ganze Kraft, aus dem Bett aufzustehen. Die Müdigkeit schien von ihrem Körper Besitz ergriffen zu haben. Nur noch ein Tag, dachte sie. Sie schleppte sich ins Bad, wo die warme Dusche sie wieder etwas belebte. Gestern Abend war sie gar nicht richtig bei der Sache gewesen. Als sie nach Hause gekommen war, war Alex gerade in einer Wolke von französischem Duschgel die Treppe heruntergekommen.

»Du hast geduscht?«

»Ja, tut gut nach einem stressigen Tag«, hatte er geantwortet.

Sie hatte ihm das Bratfett gegeben, das sie im Supermarkt gekauft hatte, und den Kühlschrank geöffnet, um sich etwas zu trinken herauszunehmen. Dabei war ihr Blick auf das obere Fach in der Tür gefallen.

»Ist die hier leer?«

Alex hatte sich genähert und das Gesicht verzogen, als hätte sie seine geheime Pornosammlung entdeckt.

»Ach, Mensch, tut mir leid, die hatte ich völlig übersehen«, hatte er gesagt, den Blick auf die Margarinedose gerichtet.

»Kein Problem.«

Beim Abendessen hatte sie Alex von dem Gespräch mit Nick erzählt, in der Erwartung, dass er sich über Nicks wütende Reaktion amüsieren würde. Aber er hatte nur genickt und geistesabwesend gelächelt. Dann hatten sie sich vor den Fernseher gesetzt, und schon nach einer Viertelstunde war Stefanie eingenickt. Alex hatte sie nach den Spätnachrichten geweckt, und kaum im Bett, hatte sie schon wieder tief und fest geschlummert.

Stefanie drehte den Wasserhahn zu. Sie wollte früh bei der Arbeit sein, um mit Ludo zu reden, bevor er zu seinen Terminen aufbrach. Als sie die Küche betrat, schlug Alex gerade die Kühlschranktür zu. Sie sah ihn an, und er sah sie an. Die Zeitung lag aufgeschlagen auf dem Tisch.

»Ich muss dir noch deine Brote …«

Sie schüttelte den Kopf und winkte ab. Sie wollte Ludo nicht verpassen, nur weil sie auf die blöden Brote wartete.

»Lass nur, ich bin sowieso schon spät dran. Ich gehe mir heute Mittag irgendwo etwas holen.«

Sie stellte ihre Tasche auf den Tisch, um den Autoschlüssel herauszuholen. Dabei strich sie flüchtig über das Tablet.

»Möchtest du noch schnell eine Tasse Kaffee trinken?«

Stefanie schaute auf die Uhr an der Mikrowelle.

»Nein, keine Zeit mehr.« Sie ging zu ihm und küsste ihn auf den Mund.

»Bist du nervös?«, fragte er.
»Ganz furchtbar.«
»Keine Sorge«, beruhigte sie Alex. »Du haust sie um!«

Nicks Auto stand nicht auf dem Parkplatz. Das war schon mal ein gutes Zeichen.

Stefanie versuchte, nicht zu rennen, obwohl sie das Gefühl hatte, als zählte jede Sekunde. Das Herz schlug ihr bis zum Hals. In ihrem ganzen Berufsleben war sie noch nie so nervös gewesen.

Im Foyer angekommen, merkte sie sofort, dass irgendetwas passiert war. David stand an der Rezeption, Emy schnäuzte sich in ein Taschentuch.

»Was ist denn los?«, fragte Stefanie.

»Es ist furchtbar!«, verkündete David. »Es war das reinste Massaker.«

Erst da fiel Stefanies Blick auf die Zeitung, die David auf die Empfangstheke gelegt hatte: *Ehepaar in Haus niedergestochen.*

Ein Bild von einer schmucken Villa, daneben ein Foto der Opfer. Ein lächelnder Nick und eine hübsche blonde Frau. Zum ersten Mal las Stefanie ihren Namen: Sandra Robertson.

29

Sie schloss die Tür ihres Büros, holte tief Luft und wählte seine Nummer. Ihre Hände zitterten. Sie stand am Fenster, so weit wie möglich von der Tür entfernt, um sicherzugehen, dass niemand sie hören konnte.

Alex hatte ihr eine SMS geschrieben. *Und? Wie ist es gelaufen?* Er meinte natürlich ihr Gespräch mit Ludo.

Ein plötzliches Schuldgefühl überkam sie; als hätte sie durch ihren Streit mit Nick das Drama mit verursacht. Wie sinnlos das alles jetzt war; die Akte, die Fotos, die Aufnahme auf dem Tablet. Zwei Menschen lagen im Krankenhaus und kämpften um ihr Leben, und ein Kleinkind wäre beinahe Waise geworden. Stefanie blickte hinunter auf das Neonschild von Daisy Bakeries, schloss die Augen und atmete den Vanilleduft ein. Sie drehte sich um und ließ ihren Blick über den Monet wandern. Beim Glücksbambus hielt sie inne.

»Hi, da bist du ja«, meldete sich Alex, und noch bevor sie etwas sagen konnte, fragte er: »Und, wie ist es gelaufen?«

»Ich habe Ludo die Akte nicht vorgelegt.«

»Aber …«

Schon in diesem einen Wort schwang sein Zorn mit. Stefanie schnitt ihm das Wort ab, bevor er weiterreden konnte.

»Mit Nick ist etwas Schlimmes passiert.«

»Was denn?«

»Bei ihnen zu Hause ist eingebrochen worden, und jemand hat ihn und seine Frau niedergestochen.«

»O Gott!«

»Sie sind im Krankenhaus.«

Einen Moment lang lauschten sie nur gegenseitig ihren Atemzügen.

»Was genau ist passiert?«, brach Alex das Schweigen.

Irgendwie klang seine Stimme seltsam. Er wirkte zwar überrascht, aber es dauerte zu lange, bis die Frage kam. Stefanie dachte an die aufgeschlagene Zeitung auf dem Küchentisch und daran, wie er sie nach den Spätnachrichten geweckt hatte.

»Emy hat gesagt, dass es gestern Abend in den Nachrichten war, aber die Namen der Opfer wurden nicht genannt. Und laut David stand es heute Morgen in der Zeitung.«

»Ist mir nicht aufgefallen, ich schaue gleich mal nach. Das ändert natürlich alles. Wie ist die Stimmung bei euch?«

»Alle stehen unter Schock. Ludo fährt nachher ins Krankenhaus. Und Emy will Geld für einen Obstkorb sammeln.«

»Und was ist mit deiner Akte?«

Sie seufzte.

»Die wandert vorerst in den Schrank.«

Das Festnetztelefon klingelte. EMPFANG meldete das Display.

»Ich muss jetzt Schluss machen, ich habe einen internen Anruf«, sagte sie.

Sie hob ab.

»Stefanie? Die Polizei ist hier. Die Beamten wollen mit dir reden.«

30

Alex hatte die Kinderzimmertür einen Spalt offen gelassen. Gespielt lässig lehnte er an der Fensterbank, die Arme locker an der Seite herunterhängend, als würde er über etwas nachdenken.

Stefanie war auf dem Weg zur Toilette; sie kam gerade aus der Badewanne und zog eine Dampf- und Duftwolke hinter sich her. Alex hatte auf sie gewartet.

»Komm her, Liebling.«

Sie blieb in der Tür stehen, die Arme verschränkt.

»Ich brauche mal deinen Rat. Was findest du besser, eine Bordüre oder Aufkleber?«

Er hielt eine Rolle Tapete und eine Plastikröhre hoch. Auf der Tapete schauten blaue Wale aus kabbelnden Wellen hervor und bliesen drei kleine Fontänen aus ihren Blaslöchern. Sie schaute von seiner linken zu seiner rechten Hand und dann in seine Augen.

»Oder beides?«, fragte er.

Es war das erste Mal, dass sie den Raum bei Tageslicht sah. Alex hatte die Wand gespachtelt. Der Anstrich war wunderschön gemacht, Blue Saphire war eine ausgezeichnete Wahl gewesen. Also hatte er doch daran gearbeitet, hinter verschlossener Tür.

»Ich finde, das ist nicht der passende Moment«, sagte sie. »Jetzt, wo Nick und seine Frau im Krankenhaus liegen. Es ist alles noch so frisch.«

Alex ließ die Deko sinken und legte die Sachen auf den Tapeziertisch.

»Verstehe.«

Sie betrat das Zimmer. Alex blickte hinunter auf die Plastikröhre mit dem Aufkleber eines weißen Wals. Auf dem Etikett schaute ein kleiner Junge glücklich zu dem Wandsticker auf.

»Die Firma war das reinste Irrenhaus. Emy ist schier durchgedreht, Ludo war fassungslos. Alle stehen unter Schock. Was für ein grausiges Blutbad! Mir standen die Haare zu Berge, als ich die Artikel im Internet gelesen habe.«

»Wobei die Medien solche Berichte auch gern ein bisschen aufbauschen.«

»Alex! Das ist wirklich furchtbar!«

»Du hast recht, und ich bin natürlich auch geschockt.«

»Und dann kam auch noch die Polizei …«

Er sah sie erstaunt an.

»Die Polizei?«

»Ja, die Polizei war bei uns in der Firma«, sagte sie.

»Was wollte sie denn bei euch?«

»Man hat uns Fragen über Nick gestellt. Von mir wollten sie wissen, wann ich ihn das letzte Mal gesehen hätte. Es war alles ziemlich surreal.«

Sie setzte sich auf die Fensterbank.

»Du hast dich gestern Abend mit ihm gestritten.«

Sie nickte und lehnte den Kopf gegen den Fensterrahmen.

»Ich fühle mich schuldig. Während ich dabei bin, ihn aus der Firma rauszuekeln, wird er niedergestochen und muss ins Krankenhaus.«

»Das eine hat mit dem anderen nichts zu tun.«

»Das weiß ich. Aber unser Streit erscheint mir im Nachhinein so kleinlich. Dieses Sammeln von Beweisen, diese Jagd nach Fotos. Was um Himmels willen haben wir uns dabei gedacht?«

»Er hat etwas Schlimmes durchgemacht, aber das ändert nichts an der Tatsache, dass er selbst kein angenehmer Mensch ist, um es mal euphemistisch auszudrücken.«

»Der letzte Eindruck, den ich von ihm habe, ist, wie er wütend aus meinem Büro stürmt. Und dann das. Ihre kleine Tochter, wie soll sie bloß …«

Sie verstummte abrupt. Sie wollte nicht über das Kind sprechen, nicht in diesem Zimmer. Alex setzte sich neben sie und legte ihr die Hand aufs Knie.

»Hast du es dir anmerken lassen, dass du dich schuldig fühlst?«

»Nein, warum?«

»Einfach so.«

»Ich habe der Kripo nur gesagt, dass wir eine Unterredung hatten, mehr nicht.«

Alex nahm seine Hand von ihrem Knie, fasste sich an den Kopf, überlegte es sich anders und verschränkte die Arme vor der Brust.

»Hast du ihnen von der Akte erzählt?«

»Nein, aber worüber machst du dir eigentlich solche Sorgen?«

»Es war jetzt langsam mal genug Stress. Die sollen uns bloß alle in Ruhe lassen.«

Teil II

1

Während sie ihren Slip auszieht, überlegt Hoofdinspecteur Tess Jonkman, warum sie so eine Abneigung gegen Gerichtsverhandlungen hat. Sobald die Ermittlungen in einem Fall abgeschlossen sind, will sie normalerweise nichts mehr davon hören. Vielleicht hauptsächlich, um sich den Frust zu ersparen. Es ist doch immer das gleiche Theater vor Gericht. Ein arroganter kleiner Scheißkerl kommt im richtigen Moment zur Besinnung und spaziert dank seiner schweren Jugend ungestraft wieder raus.

Doch heute ist es etwas anderes. Heute steht kein x-beliebiger Schläger vor Gericht; heute muss sie bei der wichtigsten Verhandlung im Fall Robertson aussagen.

Als sie die Dusche aufdreht, nimmt Tess sich vor, morgen – oder spätestens übermorgen – den Brausekopf zu entkalken. So kann es nicht weitergehen. Seit Wochen wird der Druck immer geringer, die wenigen verbliebenen Wasserstrahlen spritzen in alle Richtungen. Wie der Pissestrahl eines Pudels mit Nierensteinen.

Morgen oder übermorgen – auf jeden Fall spätestens am nächsten Wochenende – zieht die Ausrede nicht mehr, dass sie andere Dinge im Kopf hat. Dabei bereut sie es nicht, dass sie vor vier Monaten ihrer Putzfrau gekündigt hat. Jemand, für den Fußbodenputzen darin besteht, mit einem Swiffer darüberzuwedeln, ist für sie nicht mehr akzeptabel. Ganz zu schweigen von dem Gejammer über wackelige Treppen, zu hohe Fenster und die damit verbundenen Nackenschmerzen. Jetzt wischt, fegt und saugt sie selbst. Wenn sie die Zeit dazu findet.

Heute wird das Duschproblem nicht gelöst werden. Sie ist nervös wegen des Kreuzverhörs, wegen der fiesen Fragen der Staranwälte, wegen der unbarmherzigen Ansichten der Öffentlichkeit und der Presse. Doch vor allem wegen des Urteils der Geschworenen, dieser unberechenbaren Gruppe von Menschen unterschiedlichster Couleur. Nie kann man vorher wissen, ob sie sich nach den Beweisen oder den schlauen Reden eines Winkeladvokaten richten werden.

Sie checkt ihre Oberschenkel im Spiegel und kommt sich vor wie eine blöde Kuh – eine fette Kuh, die gleich den hungrigen Wölfen zum Fraß vorgeworfen werden wird. Ihre Kollegen würden sie auslachen, wenn sie wüssten, dass ausgerechnet sie, die oft bei Verhören einen Durchbruch in schwierigen Fällen erzwungen hat, Angst vor den Fragen eines Anwalts hat. Aber so ist es nun mal. Letzte Nacht haben sie die Bilder wieder heimgesucht und sie ein ums andere Mal aus dem Schlaf gerissen.

Tess prüft die Wassertemperatur und steigt unter die Dusche. Selbst jetzt, als sie mit geschlossenen Augen den dünnen Wasserstrahl auf ihre Stirn plätschern fühlt, durchlebt sie alles noch einmal aufs Neue.

Am Fuß der Treppe fanden sie das Mädchen. Rosa Häschen hoppelten über ihren Schlafanzug, und sie hielt ein Plüschkaninchen an die Brust gepresst. Sie weinte herzzerreißend.

»Bringt das Kind hier raus«, flüsterte Tess.

Kollege Hauspie hockte sich neben das Mädchen. Väterlich legte er ihm eine Hand auf die Schulter. Daraufhin weinte das Kind noch lauter.

Wir brauchen dringend mehr Frauen, dachte Tess.

Hauspie brachte das Mädchen nach draußen.

Die Tür zum Wohnzimmer stand einen Spalt offen.

»Polizei!«, rief Tess. Keine Reaktion.

Sie stieß die Tür auf. Ihre Augen mussten sich erst an das schummrige Licht gewöhnen. Eine Stehlampe warf einen schwachen Schein auf die Wand und ein dunkelrotes Chesterfield-Sofa. Auf der weißen Marmorfensterbank stand ein großer Blumentopf, der das wenige Licht von draußen abschirmte. Es erstaunte Tess immer wieder, wie Innenräume etwas Unheimliches ausstrahlten, wenn sie sie in einem solchen Moment betrat.

Der Holzfußboden knarrte unter ihren Füßen. Fischgrätparkett. Sie ließ den Blick über den großen Flachbildfernseher wandern; das Chesterfield-Sofa war leer. An der Wand hing ein modernes Gemälde, ein Wirrwarr aus Punkten und Strichen.

»Polizei!«, sagte sie erneut und ging weiter ins Zimmer hinein. Dann sah sie die Füße.

Seufzend massiert Tess ihre Kopfhaut und spült das Shampoo aus den Haaren. Sie nimmt den Badeschwamm und tastet nach dem Duschgel. Als sie danach greift, rutscht es ihr aus der Hand und fällt klappernd in die Duschtasse.

»Verdammt!«

Zum Glück ist ihr das Ding nicht auf die Füße gefallen.

Die Füße steckten in schwarzen Schuhen mit auffälligen blauen Sohlen. Hier und da war das Blau von Blutflecken lilarot verfärbt. An den Beinen: Skinny Jeans. Tess mochte keine Skinny Jeans. Sie akzentuierten die Figur, und ihre fand sie zu rund für diesen Schnitt. Männer betonten mit solchen Jeans gerne ihr Geschlecht. Sie setzten sich auf deinen Schreibtisch, die Beine leicht gespreizt, und gaben mit dem Ding dazwischen an. Skinny Jeans waren Hosen für Models und Machos.

Dieser Mann gab mit gar nichts an. Er war gegen einen Beistelltisch gesunken, auf dem ein dickes Kunstbuch lag. *This is art: Pollock*, lautete der Titel auf dem Umschlag.

Was für ein Scheiß, dachte Tess. Wäre sein Hemd nicht voller Blut gewesen, hätte man denken können, der Mann wäre im Vollrausch in sich zusammengesackt. Neben ihm lag das Telefon, das er benutzt hatte, um die Polizei anzurufen. Tess kniete sich neben ihn, Inspecteur Andy Wolkers folgte ihrem Beispiel.

»Sandra«, flüsterte der Mann, »Sandra.«

Seine Pupillen waren groß, und die Iris hatte eine seltsame Farbe. Nicht blau, nicht braun, irgendwas dazwischen. Eine Art von Grün.

»Wo ist Sandra?«, fragte Tess.

Der Mann schüttelte den Kopf, seine Augen drehten sich weg. Er schien das Bewusstsein zu verlieren.

»Ruf die Sanitäter.« Wolkers nickte und kniff die Lippen zusammen.

Tess sah sich im Zimmer um. Unter dem Esszimmertisch wirbelte Staub im Licht, das aus der Küche kam. Etwas Weißes erregte ihre Aufmerksamkeit. Es lag auf dem Küchenboden. Es war die Spitze eines Pumps.

Das liebt sie am meisten: wenn sich der Schwamm mit Wasser vollsaugt und sie es dann ausdrückt und über ihre Haut rinnen lässt. An schwierigen Tagen – nach einer kurzen

Nacht, einem nervenaufreibenden Verhör, einem aufwühlenden Tatort – fällt es ihr schwer, sich von dem Ritual zu lösen. Der Schwamm, das Wasser und sie. Wenn es nach ihr ginge, könnte es eine Ewigkeit lang so weitergehen.

Aber Tess hat nicht ewig Zeit. Sie rasiert sich die Beine, heute ausnahmsweise mal, ohne sich zu schneiden. Dann rasiert sie vorsichtig ihre Achseln und trimmt ihre Schamhaare ein wenig. Nur weil sie wie eine Nonne lebt, heißt das nicht, dass sie untenrum wie eine aussehen will.

Der hochhackige Schuh musste ihr vom Fuß gerutscht sein, als sie zu Boden gestürzt war. Tess stellte es sich so vor: Die Frau wird mit dem Messer verletzt und greift nach der Wunde. Sie verliert das Gleichgewicht, ihre Füße rutschen weg. Als sie fällt, greift sie panisch nach der Arbeitsplatte der Kücheninsel. Sie hält sich ein paar Sekunden fest, ihre Beine geben nach, sie prallt gegen die Ecke des Möbelstücks, lässt los und landet auf dem kalten Boden.

Als eine sanfte Brise von der offenen Schiebetür her hereinwehte, stellten sich die Härchen auf Tess' Armen auf. Sie schaute hinaus in den Garten, vorbei an der Plastikrutsche und den Olivenbäumen in Pflanztöpfen. Auf der Rückseite des Gartens schlug ein kleines Tor langsam hin und her, auf und zu. Darum würde sie sich später kümmern; im Moment wollte sie sich auf Sandra konzentrieren.

Tess sah schlanke Beine in dunkelblauer Anzughose. Der zweite weiße Pumps steckte noch am Fuß. Die Frau lag mit dem Po nach oben an der Ecke der Kochinsel. Die hellblaue Bluse, die bis unter den BH hochgerutscht war, war schwarz vor Blut. Das Gesicht der Frau wurde von ihrem rechten Arm verdeckt.

Auf der Kochinsel stand eine Schüssel mit Salat und Gurkenscheiben, daneben lag ein Schneidebrett mit halbierten Kirschtomaten. Einige der Tomaten waren auf den Boden gerollt. Das Küchenmesser fehlte.

Tess bemühte sich, nicht in das Blut zu treten. Doch andere hatten dies bereits getan; auf dem Boden waren undeutliche Abdrücke von Schuhsohlen zu sehen. Verschiedenen Sohlen. Tess fühlte am Hals der Frau nach einem Pulsschlag. Zu ihrer Überraschung war sie noch am Leben.

Plötzlich kommt kaltes Wasser aus der Dusche. Erschrocken dreht Tess den Hahn zu. Das Gesicht der Frau verwandelt sich in das von Tess' Mutter. *Du brauchst einen richtigen Mann im Haus*, hört sie sie sagen. *Einen, der die Männersachen für dich erledigt.* Fröstelnd steigt Tess aus der Dusche.

»Ja, Ma, ich weiß,« sagt sie, »aber im Moment ist mir nicht nach einem Mann.«

»Hopp, Jonkman, geh uns aus den Füßen.« Bernard, Leiter der Kriminaltechnik, kam in seinem weißen Overall herein. »Du hast für heute genug kontaminiert.«

Jetzt, wo die SpuSi da war, konnte Tess ihre Aufmerksamkeit von den Opfern weg und auf die Umgebung verlagern. Der Mann und die Frau waren ins Krankenhaus gebracht worden; Kollege Hauspie begleitete das Kind zu Verwandten.

Die Einrichtung und die Farbe der Wände harmonierten mit dem herrschaftlichen Charakter der Villa. Die Möbel waren klassisch und alt – offensichtlich auch kostspielig – und vermittelten in Kombination mit den schokoladenfarbenen Wänden einen stilvollen Eindruck. Es hätte auch ein Zimmer in einem Luxushotel sein können.

Und doch stimmte irgendetwas nicht. Die modernen Gemälde passten nicht zum übrigen Interieur. Die Farbe war in Schlieren aufgetragen worden, wild und grell; es erinnerte sie an das Werk von Jackson Pollock. Oder vielmehr eines Schülers von Pollock. Oder seiner sechsjährigen Nichte. Ihr Blick wanderte zurück zu dem Beistelltisch mit dem Kunstbuch.

»Ich muss dich doch nicht eigenhändig am Gürtel rausschleifen, oder?«

Tess roch den Zigarettenrauch in Bernards Atem. Sie drehte sich um und stupste ihn mit einem Finger gegen die Brust.

»Du kannst es ja mal versuchen. Dann liegst du in null Komma nichts auf dem Beistelltisch da.«

Er grinste, aber sie gab schließlich trotzdem nach. Sie löste den Blick von dem Pollock-Buch und verließ das Wohnzimmer. Auch in der Diele war der einheitliche Stil beibehalten worden. Hinter der geschmackvollen dunklen Holzverkleidung vermutete sie Einbauschränke für Mäntel und Schuhe, Strom- und Gaszähler. Die Wände waren in einem dunklen Olivgrün gestrichen, und die Decke wurde von einer kunstvollen Stuckrosette geschmückt. Hier hingen keine abstrakten Gemälde, sondern alte Kunstdrucke von Kräutern in weißen Rahmen. *Schöner Wohnen* hätte sicher gern eine Reportage hierüber gebracht.

Tess sah hinüber zur Treppe, auf der das Kind gestanden hatte. Sie musste sich zurückhalten, um nicht über den weichen Teppichboden in den ersten Stock hinaufzugehen. Denn genau das hatte die andere Person getan, diejenige, die hier gewesen war und das Paar niedergestochen hatte. Auf dem schwarzweißen Fliesenboden waren sie kaum zu sehen, nur die weißen Fliesen verrieten hier und da die blutigen Schuhabdrücke. Je mehr sich Tess der Treppe näherte, desto undeutlicher wurden sie.

Rings um die Kücheninsel und im Wohnzimmer sah man die Abdrücke von zwei verschiedenen Paar Schuhen. Nach dem einen Paar musste sie nicht lange suchen: Es befand sich an den Füßen des verwundeten Mannes. In der Diele waren nur Abdrücke des anderen Paares.

Die Frau hatte gerade einen Salat zubereitet, als sie überfallen wurde. Möglicherweise hatte der Angreifer das Haus vom Garten aus betreten, auf die Frau eingestochen und dann die Treppe zum Obergeschoss genommen. Wonach hatte er dort oben gesucht?

Sie ging einen Schritt näher an die Treppe heran und versuchte, durch die Gitterstäbe nach oben zu schauen.

Die Frau hatte ihm wahrscheinlich gesagt, wo die Wertsachen waren. Dann musste es ein kaltblütiger, dreister Typ gewesen sein. Ein Profi. Plötzlich kam der Mann überraschend nach Hause, der Eindringling wollte fliehen und wurde aufgehalten. Daraufhin hatte er auch auf den Mann eingestochen und sich davongemacht.

Das war ein mögliches Szenario.

Genauso gut konnte es sich ganz anders abgespielt haben.

Die Wand zum ersten Stock war nicht gestrichen, sondern mit einem stilvollen, üppigen Blumenmuster tapeziert. Auf den unteren Treppenstufen waren undeutliche Blutflecken zu erkennen. Tess biss sich auf die Unterlippe. Am liebsten wäre sie sofort die Treppe hinaufgestürmt. Aber so funktionierte es nicht: Das Haus war vorerst der exklusive Spielplatz von Bernard und seinem Team. Sie würden es durchkämmen, Raum für Raum, Zentimeter für Zentimeter, wie Archäologen, die ein ägyptisches Grab erforschten. Dabei würden sie ebenso akribisch nach Spuren suchen wie darauf achten, selbst keine zu hinterlassen. Der Ermittlungsgruppe blieb zunächst nichts anders übrig, als sich am nächsten Tag den Bericht der SpuSi anzuhören, ergänzt durch Bernards trockenen Humor.

Tess verbietet sich, an Bernard zu denken, während sie sich abtrocknet, und fährt mit dem Handtuch über ihren Rücken, ihre Beine, ihre Arme. Nachdem sich ihre Muskeln unter dem warmen Wasserstrahl etwas gelockert hatten, spannen sie sich jetzt wieder an, und sie rubbelt fest und verärgert über ihre Haut.

Als sie nach draußen kam, war die Sonne bereits hinter den Häusern verschwunden. Inzwischen verspürte sie ein leichtes Hungergefühl. In Situationen wie dieser war das immer so, als hätte der Tatort ihre ganze Energie aufgesaugt. Ihr schwebte ein großer Eisbecher vor. Der Lebensmittelladen auf der anderen Straßenseite war geschlossen, und auch sonst entdeckte sie keine Möglichkeit, sich etwas zu besorgen. Und in diesem Viertel gab es bestimmt keinen abends geöffneten Kiosk.

Sie ging die Treppe hinunter, und Andy Wolkers kam ihr entgegen. Er nickte ihr zu.

»Was ist mit dem Mädchen?«, fragte sie.

»Die Staatsanwaltschaft will eine Videovernehmung beantragen.«

»Wer nimmt sie in Obhut?«

»Die Großeltern väterlicherseits. Auf Sandra Robertsons Seite gibt es nur noch den Großvater, Gabriel Robertson.«

Er hielt inne, als müsste der Name Tess irgendetwas sagen.

»Hilf mir mal auf die Sprünge«, bat sie.

»Robertson-Beton, sagt dir das nichts? Steinreich. Robertson zieht im ganzen Land Wohnhäuser hoch, ihm gehört ein gutes Stück der niederländischen Küste.«

Tess interessierte sich nicht besonders für Immobilien.

»Ist die Frau stabil genug für eine Vernehmung?«, fragte sie.

»Nein, sie liegt im künstlichen Koma.«

»Und der Ehemann?«

»Nicholas Farkas.«

»Auch reiche Eltern?«

»Nein, einfacher Bauernlümmel«, antwortete Wolkers grinsend.

Tess stupste ihn an.

»Genau wie du.«

Wolkers lächelte, aber nicht von Herzen.

»Vorstrafen?«

Er schüttelte den Kopf. »Sie ist ein unbeschriebenes Blatt. Er hat eine Reihe von unbezahlten Verkehrsbußgeldern auf dem Kerbholz, aber nichts Ernstes.«

»Kann er befragt werden?«

»Die Ärzte sagen, es wäre besser …«

»… damit noch zu warten, oder?«, unterbrach ihn Tess. »Lass es mich anders ausdrücken: Ist er bei Bewusstsein?«

»Ja, aber er steht noch unter Schock und ist benommen von den Medikamenten.«

Tess seufzte und blickte die Straße hinunter. Über dem Lebensmittelgeschäft brannte Licht. Sie hatte Lust, zu klingeln und ein Regal voller Süßigkeiten zu ordern, aber in dem Moment ging das Licht wieder aus.

»Hast du heute Abend schon etwas vor, Andy?«

Er zuckte mit den Schultern.

»Wartet jemand auf dich?«

»Nein«, sagte er. Dann schien er zu begreifen, worauf sie anspielte. »Aber …«

»Schön«, sagte Tess, bevor er seine Meinung ändern konnte. »Dann kommst du mit mir ins Krankenhaus. Je eher wir Farkas befragen, desto besser.«

Auch sie wäre lieber nach Hause gefahren, hätte ein Fertiggericht in die Mikrowelle gestellt und vor dem Fernseher abgehangen. Doch wenn sie solchen Anwandlungen nachgeben würde, konnte sie sich genauso gut einen Nine-to-five-Job suchen.

Mit einem schrillen Piepton sprang die Verriegelung ihres Wagens auf, und damit war das Gespräch beendet.

Die Besuchszeit war bald vorbei, aber für die Polizei gelten Besuchszeiten nicht. Der behandelnde Arzt empfing sie mit der konfusen Eile eines Mediziners, der mit zu wenig Schlaf zu viel Stress aushalten musste.

»Kann das wirklich nicht warten?«, fragte er und führte sie mit flatterndem Arztkittel zu Farkas' Zimmer. »Obwohl die Verletzungen von Meneer Farkas eher oberflächlich sind, hat er ziemlich viel Blut verloren. Er hat Glück, dass keine lebenswichtigen Organe betroffen waren. Hauptsächlich steht er unter Schock.«

»Je eher wir ihn befragen können, desto weniger Details gehen verloren«, gab Tess zu bedenken. »Er ist unser wichtigster Zeuge.«

Sie sah wieder das Mädchen vor sich, das in seinem Schlafanzug weinend am Fuß der Treppe gestanden hatte. Es blieb abzuwarten, was die Befragung des Kindes ergeben würde, aber das wusste man natürlich nie. Der Arzt schwieg, und Tess erkannte an seinen angespannten Kiefermuskeln, dass er sie nur widerwillig zu seinem Patienten ließ. Er griff nach einer Türklinke und drehte sich zu Tess und Wolkers um.

»Machen Sie es kurz, bitte. Gleich kommt noch ein Rechtsmediziner. Wir dürfen Meneer Farkas nicht zu sehr belasten, das wäre kontraproduktiv für den Heilungsprozess.«

Tess nickte. Und du bist kontraproduktiv für unsere Ermittlungen, dachte sie und lächelte. Der Arzt lächelte zurück.

Farkas hatte die Augen geschlossen, und durch einen Schlauch tropfte eine durchsichtige Flüssigkeit in eine Vene.

»Meneer Farkas, die Kriminalpolizei ist hier, um mit Ihnen zu reden«, sagte der Arzt. Bei dem Wort »Kriminalpolizei« schlug Farkas die Augen auf. Sein Blick wanderte langsam von Tess zu Wolkers, die rechts und links neben seinem Bett standen.

»Hallo, Nicholas, ich bin Hoofdinspecteur Tess Jonkman, das ist Inspecteur Andy Wolkers.«

Farkas schloss die Augen und bewegte leicht den Kopf, was sie mit einigem guten Willen als Nicken interpretierten.

»Wir würden Ihnen gern ein paar Fragen zu den Ereignissen des heutigen Abends stellen. Wir werden dieses Gespräch mit einem Aufnahmegerät aufzeichnen. Sind Sie damit einverstanden?«

Wieder nickte er leicht und schluckte.

»Wie geht es … Sandra?«, fragte er. Seine Stimme klang heiser, und er schmatzte, als machte ihm ein trockener Mund zu schaffen.

»Sandra ist in guten Händen«, sagte der Arzt. »Wir tun alles für sie, was in unserer Macht steht.«

Tess' Blick wanderte vom Arzt zur Tür.

»Ich lasse Sie jetzt mal allein«, sagte er daraufhin. Bevor er die Tür hinter sich schloss, wandte er sich an Tess: »Bitte denken Sie daran, was wir vereinbart haben.«

Sie ignorierte ihn und drehte sich wieder zu Farkas um. »Nicholas, sind Sie damit einverstanden, dass wir dieses Gespräch aufnehmen?«

»Ja. Bitte nennen Sie mich Nick. Alle nennen mich Nick.«

»In Ordnung, Nick. Können Sie uns sagen, was passiert ist?«

Er schluckte, schmatzte und sagte mit geschlossenen Augen: »Ich kam nach Hause, die Tür stand einen Spalt offen. Ich ging ins Wohnzimmer. Sandra war nicht da …«

Er fasste sich an die Seite, die Augen aufgerissen, als blickte er dem Teufel ins Gesicht. Er stöhnte, seine Muskeln spannten sich an, und er sank zurück ins Kissen.

»Hat es Sie nicht gewundert, dass die Eingangstür nur angelehnt war?«, fragte Wolkers.

Farkas atmete langsam ein, die Zähne zusammengebissen.

»Das kommt öfter vor, wenn Sandra einkaufen geht … Sie drückt die Tür zu, aber sie fällt nicht richtig ins Schloss. Das schwere Ding. Ich habe mir nichts dabei gedacht …«

Er hustete, fasste sich wieder an die Seite, seufzte und drückte den Kopf in das Kissen.

»Sie kamen also ins Wohnzimmer, und Sandra war nicht da. Was ist dann passiert?«

»Ich dachte, sie wäre oben, bei Nina.«

Er packte Tess am Unterarm; sie musste den Impuls unterdrücken, sich loszureißen.

»Nina! Ist ihr etwas passiert?«

Er versuchte, sich aufzusetzen, aber wegen der Schmerzen musste er sich wieder hinlegen.

»Nein, Ihrer Tochter ist nichts passiert. Sie ist jetzt bei ihren Großeltern«, sagte Tess.

»Gott sei Dank«, seufzte Farkas.

»War Nina oben, als Sie nach Hause kamen?«

»Das habe ich angenommen. Ich dachte, sie wäre schon im Bett.«

»Und Sie sind nicht hinaufgegangen, um ihr gute Nacht zu sagen?«

»Nina schläft sehr schlecht. Wenn einer von uns später nach Hause kommt und das Einschlafritual unterbricht, will sie wieder aus dem Bett, und wir bekommen sie unter keinen Umständen wieder hinein.«

»Was haben Sie gemacht, als Sie ins Wohnzimmer kamen?«

»Ich wollte wissen, ob Sandra schon mit dem Abendessen angefangen hatte und bin in die Küche gegangen. Und dann … dann habe ich das Blut gesehen. O mein Gott …«

Tränen liefen ihm über die Wangen.

»Beruhigen Sie sich, Nick. Lassen Sie sich Zeit. Erzählen Sie mir eines nach dem anderen, was passiert ist.«

»Sandra lag neben der Kücheninsel. Ich habe mich neben sie gekniet, sie hat noch gelebt, hat versucht, etwas zu sagen. Dann habe ich oben ein Poltern gehört, und jemand kam die Treppe runter. Ich dachte, es sei Nina. Ich wollte nicht, dass sie ihre Mutter so sieht, deshalb habe ich ihr zugerufen, sie solle in ihrem Zimmer bleiben. Aber das Poltern wurde lauter, und da bin ich zur Wohnzimmertür gelaufen, und von da an verschwimmt alles.«

»Sie haben also nicht gesehen, wer die Treppe herunterkam?«

Farkas seufzte und schüttelte den Kopf.

»Nein, ich kann mich nicht erinnern.«

»Können Sie die Person beschreiben?«

»Es ging alles so schnell. Ich weiß es nicht mehr. Ungefähr so groß wie ich, sportlich.«

»Farbe der Kleidung?«

»Tut mir leid, ich kann mich im Augenblick nicht erinnern.«

»Aber diese Person kam von oben? Sind Sie sich da sicher?«

»Ich habe jemanden die Treppe runterkommen hören. Deswegen habe ich nachgesehen.«

»Was wollte der Angreifer oben, Nick?«

»Ich weiß nicht, was Sie meinen.«

»Gab es oben irgendetwas, was den Angreifer möglicherweise interessiert haben könnte?«

Farkas atmete langsam ein und aus. Tess und Wolkers wechselten einen Blick, Wolkers zog die Augenbrauen hoch.

»Sandras Schmuck?«, sagte Farkas schließlich. »Sie bewahrt ihn in einer Schatulle in ihrem Schminktisch auf.«

»Sonst noch etwas?«

Er schüttelte langsam den Kopf.

»In Ninas Zimmer ist nichts. Auch nicht in Sandras Arbeitszimmer, glaube ich jedenfalls. Ich weiß es nicht.«

»Haben Sie Personal?«

»Sandra nutzt einen Bügelservice. Und wir haben eine Putzhilfe, Loredana. Sie kommt aus Rumänien.«

»Kein Kindermädchen?«

»Nein. Sandra wurde selbst von Kindermädchen großgezogen. Das wollte sie Nina nicht antun.«

»Oder einen Babysitter, wenn Sie mal abends ausgehen?«

Wieder packte er sie, die grünen Augen starr auf sie gerichtet.

»Danke für das, was Sie alle tun. Versprechen Sie mir, dass Sie ihn finden!«

»Ihn?«, fragte Tess. »Nick, war es ein Mann? Haben Sie gesehen, dass es ein Mann war?«

Er entspannte sich und schien das Bewusstsein zu verlieren.

»Komm, lass uns gehen«, sagte Tess zu Wolkers. Hier würden sie nichts mehr erreichen.

Im Gang beriet sich der Notarzt mit einer Krankenschwester. Sobald er die Ermittler aus Farkas' Zimmer kommen sah, eilte er ihnen entgegen.

»Und, haben Sie etwas erreicht?«

»Nicht sehr viel«, antwortete Tess.

Der Arzt presste seine Lippen zusammen.

»Bitte entschuldigen Sie, falls ich eben ein bisschen schroff reagiert habe«, sagte er. »Ich bin seit sechs Uhr morgens im Dienst.« Er schaute auf seine Armbanduhr. »Und wie es aussieht, habe ich noch ein paar Stunden vor mir.«

Die Hand, in der er das Klemmbrett mit den Krankenblättern seiner Patienten hielt, trug keinen Ehering.

»Macht doch nichts«, sagte Tess. »Ich kenne das Gefühl. Unregelmäßige Arbeitszeiten, Müdigkeit, Stress. Dann fehlt nicht viel, um das Fass zum Überlaufen zu bringen.«

»Michael« stand auf seinem Namensschild. Sein Nachname war zu lang, um ihn auf einen Blick zu lesen.

»Das stimmt«, sagte Michael und streckte ihr die Hand hin.

Tess schüttelte sie. »Wenn Sie noch Fragen haben, können Sie mich gerne anrufen.«

»Danke. Wir wissen ja, wie wir Sie erreichen können.«

Der Arzt wollte sich schon umdrehen und zurück zur Krankenschwester gehen, als ihm bewusst wurde, dass er sich nicht von Wolkers verabschiedet hatte. Er drehte sich schnell um, schüttelte ihm die Hand, nickte Tess noch einmal zu und ging.

»Warum hast du ihm nicht gleich deine Privatnummer gegeben?«, fragte Wolkers beim Hinausgehen.

Tess boxte ihn.

»Was soll das denn?«

»Es hat ganz schon zwischen euch gefunkt, schlimmer als …«

»Ja, was?«

Wolkers wurde rot und sagte schnell: »Na ja, es hat eben irgendwie gefunkt.«

»Schon gut«, sagte Tess, »ist schon gut.«

Sie errötete noch heftiger als er.

Sogar jetzt, während sie das Handtuch um ihr nasses Haar wickelt, wird sie noch rot.

2

Sie liebt es, mit nackten Füßen über das Laminat zu laufen. Die Kühle des Bodens, die frische Luft auf ihrer Haut, den allmählich verfliegenden Duft von Lavendelhonig.

Im Schlafzimmer schaltet sie das Radio ein und öffnet den

Kleiderschrank. Sie überlegt: Hose oder Rock? In einem Rock sieht ihr Po schlanker aus, in einer Hose fühlt sie sich wohler. Im Moment erscheint es ihr besser, sich wohl zu fühlen, als attraktiv auszusehen.

Wie hatte Alice, Nick Farkas' Nachbarin, es noch einmal ausgedrückt? Sie schätze Leute, die Bescheidenheit und Eleganz zu kombinieren wussten. Besitzt sie etwas, das bescheiden und elegant zugleich ist?

Man braucht keine Zeitmaschine, um in die Vergangenheit zurückzukehren, dachte Tess, als sie Alice Mortier folgte. Die alte Frau schlurfte langsam durch den Korridor des Herrenhauses, vorbei an niedrigen Regalen voller Porzellanfiguren. Es war nicht klar, ob ihr langsames Tempo dem Alter geschuldet war oder der Vorsicht, nur ja keine Figur zu berühren. Tess hoffte, dass sie hinter sich nicht jeden Moment das Klirren von zerbrechendem Porzellan hörte, gefolgt von Wolkers' Fluchen.

Alice öffnete die Tür zum Wohnzimmer, wo eine Katze auf dem Esstisch lag und sich die Pfoten leckte.

»Hopp, runter da, Meneertje!«

Die Katze sprang mit einem leisen Knurren vom Tisch.

»Er darf das eigentlich nicht«, sagte Alice mit einem Funkeln in den Augen, »außer, wenn ich nicht da bin. Dann macht er, was er will.«

»Er?«, fragte Wolkers.

»Ja, es ist ein kastrierter Kater.«

Alice zog einen Stuhl zurück und bot Tess und Wolkers an, sich zu setzen.

»Entschuldigung, ich habe Ihnen ja noch gar nichts angeboten.« Alice blieb stehen. »Möchten Sie eine Tasse Kaffee?«

»O ja, gerne«, sagte Wolkers, bevor Tess »Nein, danke« sagen konnte.

Die alte Frau schlurfte mit der gleichen Vorsicht in die Küche wie durch den Flur. Über dem Büfett hing ein großes Gemälde von einem pflügenden Bauern, das Tess eher im Esszimmer eines Bauernhofs als in einem Stadthaus erwartet hätte. Schneller als gedacht kehrte Alice mit einem Tablett zurück. Diese alten Damen sind schon etwas Besonderes, dachte Tess. Sie sahen zerbrechlich aus, aber in Wirklichkeit waren sie zäh wie Leder. Und scharf wie ein Messer.

»Malen war ein Hobby meines Mannes«, sagte Alice, als sie die Tassen auf den Tisch stellte. Sie nahm ein paar Café-Noir-Kekse aus einer angebrochenen Packung und arrangierte sie auf einem Teller.

»Er stammte aus einer Bauernfamilie, daher die Thematik.«

Hatte sie das Erstaunen bemerkt, mit dem Tess das Bild betrachtet hatte, oder erzählte sie allen Besuchern diese Geschichte?

»Schön«, sagte Wolkers.

»Erinnert mich an Permeke«, sagte Tess. Vor allem die komischen Proportionen, dachte sie.

Alice lächelte und zuckte mit den Schultern. Ein ganzes Leben verbarg sich hinter dieser Geste. Sie schenkte Kaffee ein und bot die Kekse an.

»Köstlich!«, sagte Wolkers.

Tess nahm auch einen Keks, mehr aus Höflichkeit als aus Appetit. Sie drückte vorsichtig darauf; er war fest.

»Ich habe immer frische Café Noirs im Haus«, bemerkte Alice. »Mein Enkel Dirkje ist ganz verrückt danach.«

Kann diese Frau Gedanken lesen? Tess schüttelte die Vorstellung von sich ab und biss in den Keks.

»Aber Sie sind sicher nicht wegen der Malkünste meines Mannes oder der Lieblingskekse meines Enkels hier, oder? Sie wollen mit mir über Sandra und Nick sprechen.«

Tess nickte. Wolkers nahm einen zweiten Keks und schlug sein Notizbuch auf.

»Schon bei dem Gedanken daran läuft es mir eiskalt über den Rücken«, sagte Alice. »Einfach furchtbar!«

Sie schüttelte den Kopf.

»Kennen Sie die Familie?«, fragte Tess.

Alice klopfte mit ihrer Hand auf den Tisch.

»Es sind wunderbare Menschen.« Sie schloss die Augen und seufzte. »Sie ist die Tochter dieses Betonbauers, äh …«

Sie schnippte mit den Fingern.

»Gabriel Robertson«, half Tess ihr auf die Sprünge.

»Richtig, Gabriel. In meinem Alter, das Gedächtnis, Sie wissen schon. Sandra hat das Haus von ihrem Vater bekommen, als sie mit dem Studium fertig war. Andere bekommen von ihren Eltern eine Küche oder, wenn sie Pech haben, einen Toaster, aber sie bekam ein ganzes Haus. So ist das in diesen Familien. Ach, sie war noch so klein, als sie damals hierhergezogen sind!«

Sie trank einen Schluck Kaffee, griff nach einer Flasche Wasser und gab etwas in ihre Tasse.

»Ich habe ihn für Sie etwas stärker gekocht, aber ich muss mit meinem Magen aufpassen. Wissen Sie, ich habe immer befürchtet, Sandra würde sich zu einer arroganten, verzogenen Zicke entwickeln. Einer dieser verwöhnten Gören, die in ihrer Kindheit nur Reiten und Prinzessinnenkleider kannten. Aber nichts dergleichen. Dass sie aus reichem

Hause stammte, konnte man natürlich an ihrer Kleidung und ihrem eleganten Auftreten erkennen. Sie habe Ballettunterricht gehabt, erzählte sie mir einmal. Sie war zurückhaltend, beinahe schüchtern. Ich mag Leute, die es verstehen, bescheiden und trotzdem elegant aufzutreten.«

Der Art, wie die alte Dame sie ansah, entnahm Tess, dass sie sie entweder für nicht bescheiden oder für nicht elegant oder beides hielt.

»Sie war eine Zeit lang mit einem Architekten verheiratet, einem kleinen Mann mit Brille. Freundlich, aber wenig zugänglich und immer in Eile. Er ging frühmorgens zur Arbeit und kam erst nach Hause, wenn andere Leute schon schliefen. Sie hatten keine Kinder, zum Glück. Dieser Architekt hat Tag und Nacht für das Robertson-Imperium geackert, aber eines Tages hatte er einen Konflikt mit Vater Gabriel und war plötzlich weg. Manchmal hat man das Gefühl, dass zwei Menschen einfach nicht zusammenpassen, und dieses Gefühl hatte ich bei Sandra und ihrem ersten Mann. Jemand von ihrer Eleganz mit einem so kleinen, unscheinbaren Partner … Nun ja, das spielt jetzt keine Rolle mehr.«

Sie zuckte mit den Schultern. Tess gab Wolkers zu verstehen, dass er sich alles aufschreiben sollte.

»Und dann kam Nick.« Alice lächelte. »Nick war das genaue Gegenteil des Architekten. Vor Nick war sie lange Zeit allein, sozusagen in Trauer. Ich fand es so schade, dass sich eine solche Schönheit quasi verwelken ließ. Aber als ich ihn zum ersten Mal sah, musste ich mir eingestehen, dass sie es richtig gemacht hatte, dass sie gut daran getan hatte zu warten. Er war der perfekte Mann für sie. Groß und schlank, charmant und freundlich. Sandra ist richtiggehend aufgeblüht. Und dann bekamen sie Nina, so ein wunderbares Kind!«

»Hatten Sie engen Kontakt zu der Familie?«

»Nein, nicht mehr als zu anderen Nachbarn«, antwortete Alice. »Ein Schwätzchen auf dem Bürgersteig über das Wetter, ein Schwätzchen durch die Hecke über Nacktschnecken und Blattläuse, ein gutes neues Jahr und ein frohes Weihnachtsfest, so etwas eben. Nick ist immer freundlich und für einen Scherz zu haben. Wir lachen viel, wenn er kommt, um den Mülleimer rauszubringen. Ich habe nicht mehr die Kraft dazu, deswegen macht er das für mich, anstandslos.«

Sie presste ihre Lippen aufeinander und seufzte.

»Was haben Sie gestern zwischen sechs und acht Uhr abends gemacht?«

Alice fing an zu lachen.

»Aber Sie verdächtigen doch nicht etwa mich, oder, Frau Kommissarin?«

»Nein, natürlich nicht.« Tess lächelte.

»Ich fürchte, ich kann Ihnen nicht groß weiterhelfen. Gegen fünf Uhr habe ich in der Küche ein Butterbrot gegessen. Dann bin ich ins Wohnzimmer gegangen und habe ferngesehen. Die Nachrichten, eine Kochsendung, Serien.«

»Wissen Sie, wann Sandra und Nick gestern nach Hause gekommen sind? Haben Sie sie gesehen?«

»Nein, ich habe nicht darauf geachtet.«

»Haben Sie vielleicht etwas Ungewöhnliches gehört?«

»Mein Gehör ist zwar noch gut, aber ich habe nichts von dem gehört, was passiert ist. Überhaupt nichts Verdächtiges. Wissen Sie, das ist eine Familie mit einem kleinen Kind. Da geht es immer mal ein bisschen laut zu, und irgendwann achtet man gar nicht mehr darauf. Und wenn es etwas zu hören gab, wurde es vom Fernseher übertönt. Mir wurde erst bewusst, dass etwas nicht stimmt, als ich den Krankenwagen hörte.« Sie musste die Enttäuschung in Tess' Augen gelesen haben, denn sie fügte sofort hinzu: »Also, gehört habe ich nichts, aber ich habe etwas Seltsames gesehen.«

Sie stand auf und ging ans Fenster.

»Während der Werbespots gieße ich die Pflanzen. In meinem Alter habe ich weder Interesse an Autos mit Einparkhilfe noch an Joghurts, die den Darm anregen. Aber meine Pflanzen brauchen regelmäßig Wasser.«

Sie schob den Vorhang beiseite und offenbarte einen regelrechten Zimmerurwald. Zu Tess' Überraschung war keine Sansevieria dabei.

»Als ich gestern meine Pflanzen gewässert habe, habe ich jemanden drüben bei Belinda unter der Markise stehen sehen.«

»Bei Belinda?« Tess stellte sich neben Alice, die am Fenster auf den Lebensmittelladen auf der anderen Straßenseite zeigte.

»Eigentlich heißt der Laden 't Kruideniertje, aber die Besitzerin heißt Belinda, und wir alle sagen immer nur, dass wir bei Belinda einkaufen gehen.«

Tess beugte sich hinunter und roch einen süßlichen Duft, der von den Pflanzen ausging.

»Was genau haben Sie gesehen?«

»Da stand ein Mann unter der Markise. Normale Kunden schauen sich das Obst und Gemüse an, aber er war nicht an dem Laden interessiert. Der Kerl hat in diese Richtung geschaut.«

»Zu Ihrem Haus oder …?«

»Zu dem nebenan.« Sie sah Tess tief in die Augen. »Dem Haus von Nick und Sandra.«

»Um wie viel Uhr war das ungefähr?«

»Ungefähr um Viertel vor sechs. Der Laden schließt um sechs, und zwischendurch kam Belinda heraus und fing an, die Obst- und Gemüsekisten reinzuholen. Ich konnte praktisch von hier aus sehen, wie ihr der Mann auf die Nerven ging.« Sie kicherte. »Er ist einfach stehen geblieben und hat so getan, als würde er sie nicht bemerken, aber ich habe ihm angemerkt, dass er unruhig war.«

Wolkers hatte sich inzwischen neben ihnen positioniert.

»Wie hat er ausgesehen?«, fragte er, nachdem er den letzten Bissen seines vierten oder fünften Kekses hinuntergeschluckt hatte.

»Braunes kurzes Haar, glaube ich, aber an sein Gesicht erinnere ich mich nicht, vielleicht weil er normal aussah, ganz normal.«

»Wissen Sie noch, wie groß er war, welche Statur er hatte oder was er anhatte?«

Alice zuckte mit den Schultern.

»Nicht dick. Nicht klein. Auch nicht groß oder dünn.«

»Können Sie seine Kleidung beschreiben?«

»Hm, er war sportlich gekleidet. In so einen bequemen Pullover mit Kapuze, einen grauen. Und eine dunkle Trainingshose. Nichts Schickes, eher so eine, wie diese Typen auf den Skateboards sie tragen. Wie nennt man die noch mal?«

»Skater«, sagte Wolkers.

»Schuhe?«, fragte Tess.

»Ja, er trug Schuhe«, sagte Alice. Sie schwieg einen Moment. »Weiße, glaube ich. Und er hatte einen Umschlag dabei. Den hielt er fest an sich gedrückt.«

»Einen Umschlag?«

»Ja, so einen großen, braunen.«

Tess setzte sich wieder an den Tisch. Der Teller mit den Keksen war leer. Sie tauschte einen kurzen Blick mit Wolkers. Er senkte den Blick.

»Wir würden Sie bitten, zu uns auf die Wache zu kommen«, sagte Tess. »Es passiert oft, dass Leute sich nicht mehr an viel erinnern, aber ihr Gedächtnis aufgefrischt wird, wenn sie dabei helfen, ein Phantombild zu konstruieren.«

Auch Alice kehrte an den Tisch zurück.

»Gerne, wenn Ihnen das hilft.« Sie legte die letzten Café Noirs auf den Teller. Wolkers schaute von den Keksen zu Tess und verschränkte die Arme.

»Wissen Sie, ich glaube, Sie sollten am besten mit Belinda von gegenüber reden. Sie hat den Mann aus nächster Nähe gesehen. Bestimmt kann sie Ihnen eher weiterhelfen helfen als ich.«

Belinda De Bruyn, die Besitzerin von 't Kruideniertje, hatte schon am frühen Morgen die Polizei über die verdächtige Gestalt informiert, die am Abend zuvor unter ihrer Markise gestanden hatte.

Tess rechnete damit, auf eine mürrische Frau zu treffen, die aufgrund von Bagatelldiebstählen und zu hohen Steuern eine misstrauische Haltung gegenüber Polizei und Behörden einnahm. Schließlich hatten praktisch alle kleinen Selbstständigen in dieser Stadt schon einmal erlebt, wie das Justizsystem gleich einer monströsen Maschine Täter verschont und Opfer zermalmt hatte.

Doch Belinda De Bruyn war alles andere als verhärmt und verbittert. Sie hatte ein fröhliches Gesicht und Wangen, die mit ihrer gesunden Röte den saftigen Äpfeln in den Kisten vor ihrem Laden glichen. Im Inneren duftete es nach frischem Brot, und von den Lampen fiel ein sanftes Licht auf die Holzregale. Belinda begrüßte die Ermittler herzlich und bot ihnen Kaffee und Kuchen an. Sie war aufrichtig freundlich und zog nicht nur beflissen die Mundwinkel hoch wie manche anderen Ladenbesitzer, die ihre Kundschaft nicht vergraulen wollten. Tess lehnte ihr Angebot dankend ab – der Kaffee und der Keks von Alice Mortier lagen ihr noch im Magen. Wolkers wagte es diesmal nicht, seiner Fressgier nachzugeben.

»Er sah aus, als würde er auf jemanden warten«, sagte Belinda und deutete auf die Stelle, wo der Mann gestanden hatte. »Es kommt öfter vor, dass sich Leute hier treffen oder Schutz vor dem Regen suchen. Aber sie verhalten sich normalerweise anders. Sie gehen auf und ab, tun so, als würden sie meine Ware begutachten, schauen hinein, und manchmal kaufen sie etwas. Kurzum, sie tun das, was Leute eben so tun, die sich beim Warten langweilen.«

Tess nickte.

»Aber dieser Mann hat sich anders benommen. Er hat sich überhaupt nicht für das Geschäft interessiert, und er hat auch kaum auf die Straße geachtet. Er hat die ganze Zeit dort rübergestarrt.« Sie zeigte auf das Haus, vor dem das Absperrband flatterte. »Ich habe ihn zuerst für einen Gutachter gehalten, der eine Immobilie schätzen wollte.«

»Hat er so ausgesehen?«, fragte Wolkers.

Belinda schüttelte den Kopf.

»Nein, wie ein Notar wirkte er nicht. Eher vielleicht der junge Angestellte eines Immobilienbüros. Obwohl er dafür ein bisschen zu sportlich gekleidet war.«

»Sie haben keine Überwachungskamera, oder?«

»Nein, so etwas brauchen wir hier in der Gegend nicht.

Der Laden gehörte früher meinen Eltern. Zwar wird manchmal etwas geklaut, Süßigkeiten zum Beispiel, aber mehr ist noch nie passiert. Dreimal Holz!« Sie klopfte auf den Tresen. »Ich habe eine Alarmanlage; ich dachte, das reicht.«

Dies war ein wohlhabendes Viertel mit stattlichen, aneinander angrenzenden Villen und wenigen Einkaufsmöglichkeiten. Die Nachbarschaftsbefragung hatte bereits ergeben, dass es zwar hier und da Videoüberwachung gab, aber jeweils nur für das eigene Haus.

»Können Sie den Mann beschreiben?«, fragte Tess.

»Ja. Er war normal gebaut, ungefähr eins achtzig groß, schwarze Jogginghose, Kapuzenpulli.«

»Und welche Schuhe trug er?«

»Darauf habe ich nicht geachtet«, sagte Belinda. »Ist das wichtig?«

In diesem Fall schon, dachte Tess. »Na ja, je mehr Informationen wir über ihn in Erfahrung bringen, desto besser. Haben Sie sein Gesicht gesehen?«

»Nein, nur den Hinterkopf. Er hatte kurzes dunkelbraunes Haar.«

Was auf die Hälfte aller Männer in diesem Land zutrifft, dachte Tess.

»Und als Sie die Ware hereinholten, konnten Sie ihn da auch nicht besser sehen?«

Die Frage überraschte Belinda offenbar, denn sie errötete.

»Es war kurz vor Feierabend, und ich hatte langsam genug von dem Kerl. Er hatte nichts zum Aufschreiben dabei, wie mir aufgefallen ist, daher konnte er kein Gutachter sein. Aber er hatte einen Umschlag dabei.«

»Einen Umschlag?«

»Ja, so einen großen, braunen. Er hat ihn fest an sich gedrückt.«

Tess wechselte einen Blick mit Wolkers. »Es war keine Mappe?«

»Nein, ein Umschlag. Ich benutze die gleichen.«

»Und sonst?«

»Ich habe in Windeseile die Gestelle draußen abgeräumt und alles reingebracht. Ich habe befürchtet, er könnte etwas im Schilde führen.«

»Was denn?«

Sie errötete noch tiefer.

»Ach, man liest so viel in der Zeitung! Ich dachte, er wäre vielleicht ein Stalker oder so. Ich wollte ihn verscheuchen. Und am Ende ist er auch gegangen.«

»Er ist gegangen?«

»Ja, gegen sechs, als ich den Rollladen runtergelassen habe. Da kam gerade Sandra nach Hause.«

»Sie haben sie nach Hause kommen sehen?«

»Ja, zusammen mit Nina.«

»Haben Sie auch Nick nach Hause kommen sehen?«

»Nein, ihn nicht.«

»Was haben Sie gemacht, als Sandra ins Haus gegangen ist?«

»Ich bin noch mal kurz nach oben gegangen, von dort aus habe ich einen guten Blick auf die Straße. Aber ich habe den fremden Mann nicht mehr gesehen. Alles war ganz normal.«

Tess nickte. Belinda hatte gestern Abend von oben hinüber zum Haus ihrer Nachbarn geschaut. Sie selbst hatte Licht im Fenster über dem Lebensmittelladen gesehen. Aber als sie genauer hinsehen wollte, war das Licht erloschen.

»Hat Sie das nicht misstrauisch gemacht, dass sich hier jemand mit möglicherweise bösen Absichten und einem Umschlag unter dem Arm herumgetrieben hat?«, fragte Wolkers.

Belinda stieß ein entschuldigendes Lachen aus.

»Ich dachte, meine Fantasie wäre mit mir durchgegangen. Man sieht etwas Ungewöhnliches und denkt sofort das Schlimmste, dabei gibt es meist eine einfache Erklärung. Vielleicht war der Mann wirklich an einem Haus auf der anderen Straßenseite interessiert, oder er hat sich gar nicht Sandras Haus angeschaut, sondern es war der Enkel von Frau Mortier, und sie will ihr Haus verkaufen und in einen Seniorenpark ziehen.«

»Aber hätten Sie ihn nicht wiedererkannt, wenn es der Enkel gewesen wäre?«

»Manche Enkelkinder besuchen ihre Großeltern nie und tauchen erst auf, wenn es ein Erbe zu verteilen gibt.«

Ein Muskel zuckte in ihrem Gesicht. Von Belindas Erfahrungen mit Erbstreitigkeiten wollte Tess allerdings lieber nichts wissen.

»Was haben Sie als Nächstes gemacht?«

»Ich bin wieder runter ins Geschäft gegangen. Nach Ladenschluss habe ich ja noch längst keinen Feierabend. Ich habe aufgeräumt und etwas Verwaltungskram erledigt. Von dem … Von dem, was passiert ist, habe ich nichts mitbekommen.« Ihre Stimme klang gepresst.

Tess war skeptisch. Streifenwagen und Rettungswagen waren mit Sirenen und Blaulicht vorgefahren, die Straße war abgesperrt worden, und es hatte von Polizisten und Kriminaltechnikern gewimmelt. Und Belinda wollte von alldem nichts bemerkt haben?

»Es ist so furchtbar! Sandra ist so eine liebe Frau, immer freundlich und höflich. Obwohl sie …«

»Wir wissen, wer sie ist«, unterbrach sie Tess. »Uns interessiert jetzt in erster Linie, was Sie gemacht haben.«

»Ich bin irgendwann wieder nach oben gegangen und habe noch etwas ferngesehen. Leider waren die Nachrichten schon vorbei, sonst hätte ich mich schon viel früher gemeldet. Vielleicht hätte ich mich dann an mehr erinnert, oder Sie hätten den Mann sogar noch …«

Wieder musste sie schlucken.

Ihr Gewissen plagte sie, daran lag es. Belinda hatte die Polizei und die Rettungswagen gesehen, von hinter ihrem Vorhang im ersten Stock aus oder zwischen den Ritzen des Rollladens hindurch. Sie hatte sofort den Fremden unter ihrem Vordach in Verdacht gehabt, aber befürchtet, sich Scherereien einzuhandeln, wenn sie die Polizei anrief. Würde sie am nächsten Morgen ihren Laden öffnen können, oder würde man sie stundenlang auf der Polizeiwache verhören? Und vielleicht hatte die Polizei den Mann ja auch erwischt. Vielleicht hatten ihn auch andere Leute gesehen und bereits die Polizei alarmiert. Oder der Mann hatte gar nichts damit zu tun. Sie lief Gefahr, unnötigerweise sehr viel Zeit zu verplempern. Reden ist Silber, Schweigen ist Gold, so musste sie wohl gedacht haben.

Tess konnte sich denken, wie es vor sich gegangen war: Die Frau war zu Bett gegangen, in der Überzeugung, dass es das Beste war, nichts zu sagen. Aber sie hatte nicht schlafen können. In Gedanken war sie alles noch einmal durchgegangen. Ihr Bürgersinn rang mit ihrem Eigeninteresse, ihr Verstand mit ihrem Bauchgefühl. Reue mit Egoismus. Und schließlich, in den frühen Morgenstunden, den Kopf voller

Zweifel und mit brennenden Augen, hatte sie bei der Polizei angerufen. Natürlich hatte sie behauptet, gerade von den Vorgängen gegenüber in der Zeitung gelesen zu haben. Sie habe am Abend zuvor einen fremden Mann gesehen und wolle deshalb »sofort« Bescheid sagen.

»Sie brauchen sich keine Vorwürfe zu machen, Mevrouw«, sagte Wolkers. »Kann sein, dass der Mann gar nichts mit dem Fall zu tun hat. Aber natürlich werden wir nach ihm suchen, um das zu überprüfen.«

»Wir melden uns noch einmal bei Ihnen, denn wir brauchen Ihre Beschreibung, um ein Phantombild anzufertigen«, fügte Tess hinzu. Sie gab Wolkers einen Wink und öffnete die Tür des Lebensmittelladens.

»Und, was meinst du?«, fragte sie, als sie im Streifenwagen saßen.

Wolkers zuckte mit den Schultern.

»Wir müssen die Überwachungskameras in der Umgebung überprüfen«, sagte Tess. »Mal sehen, ob wir den Typen mit dem braunen Umschlag …«

»Oder der braunen Mappe.«

»Oder dem braunen Dingsda irgendwo entdecken können. Vielleicht ist er durch die Fußgängerzone gekommen.«

»Das wäre praktisch.«

»Jedenfalls müssen wir diesen Mann so schnell wie möglich finden, Andy. Wenn auch nur, um ihn als Täter auszuschließen.«

Irgendwo tief im Inneren spürte sie, dass es schwieriger werden würde als gedacht.

3

Während sie ratlos vor dem Schrank steht, verfliegt die angenehme Entspannung und Wärme der Dusche. Ein Schauer überläuft sie und macht ihr Gänsehaut. Ihr Magen knurrt. Normalerweise frühstückt sie jeden Tag, eine Schüssel Müsli mit Schokostückchen, im Stehen an die Küchenanrichte gelehnt und mit Blick aus dem Fenster. Heute jedoch hat sie noch keinen Bissen hinunterbekommen. Vanilleduft steigt ihr in die Nase, und für den Bruchteil einer Sekunde wünscht sie sich, Wolkers wäre hier, mit seinen Waffeln.

Der Parkplatz war voll, sodass sie ganz hinten parken mussten.

»Schönes Gebäude«, bemerkte Wolkers, als sie ausstiegen. Die Hände in die Taille gestützt, betrachtete er die Konstruktion aus Glas und Beton. Tess rümpfte die Nase.

»Das ist doch der reinste Bunker.«

Es war ihr ein Rätsel, warum das glatte, kühle Gebäude so vielen Männern gefiel. Ihre Liebe galt alten oder wiederverwendeten Backsteinen und Holzfensterrahmen, Parkettböden, Eichenmöbeln und Leinenvorhängen. Und Teelichtern.

Es duftete nach Vanille, und wie in einem Pawlow'schen Reflex kramte Wolkers eine Zweierpackung Schokowaffeln aus der Tasche. Er riss die Packung auf und bot Tess eine Waffel an.

»Wo lässt du das nur alles, Andy?«

Achselzuckend schob er sich die erste Waffel in den Mund.

»Ich kriege immer Hunger, wenn ich Stress habe.«

»Du isst wie ein Scheunendrescher.«

Er lachte leise.

»Egal, ich nehme kein Gramm zu.«

»Wie alt bist du?«

»Sechsundzwanzig.«

Warte nur, bis du dreißig wirst, dachte Tess.

»Schau mal, das ist lustig«, sagte Wolkers. Er zeigte Tess die Verpackung der Waffeln und deutete auf das Logo. Dann zeigte er auf einen fensterlosen Hangar, auf dem das gleiche Logo zu sehen war. Wolkers' Grinsen deutete an, dass hinter diesen tristen Mauern sein persönliches Paradies lag.

»Guten Tag, was kann ich für Sie tun?«, fragte die junge Frau an der Rezeption. Ihr Namensschild verriet, dass sie Emy Kimpe hieß. Ihre Augen waren rot und verweint.

»Kriminalpolizei, Hoofdinspecteur Jonkman und Inspecteur Wolkers«, sagte Tess, »wir hätten gern mit Ludo Scherpereel und Stefanie Baertsoen gesprochen.«

»Meneer Scherpereel ist gerade nicht im Haus«, antwortete die junge Frau. »Möchten Sie hier warten?«

»Und Mevrouw Baertsoen?«

»Zweiter Stock, am Ende des Flures, vor dem Aufzug. Ich sage ihr Bescheid, dass Sie kommen.« Sie deutete zum Aufzug.

»Können wir uns gleich auch noch mit Ihnen unterhalten?«, fragte Tess.

Die junge Frau erschrak.

»Natürlich, ich bin noch hier, wenn Sie herunterkommen.«

»Hübsches Mädchen«, bemerkte Tess im Fahrstuhl.

»Sehr hübsch«, bestätigte Wolkers.

»Sie hat geweint. Meinst du, es kommt oft vor, dass die Rezeptionistin weint, weil der Leiter der Marketingabteilung niedergestochen wurde?«

»Frauen wei…«

»Pass auf, was du sagst, Andy.«

»Manche Leute sind eben sensibler als andere.«

Tess betrachtete sich im Spiegel. Sie wäre schon glücklich gewesen, wenn sie nur halb so hübsch gewesen wäre wie Emy Kimpe.

»Vielleicht hat sie aus einem anderen Grund geweint«, spekulierte Wolkers.

»Weswegen denn?«

»Vielleicht hat ihr Freund mit ihr Schluss gemacht.«

»Das könnte dir so passen, was?«

Es war ein kleines Büro. Ein einfacher Schreibtisch, ein Aktenschrank mit einer ordentlichen Reihe von Ordnern, beigefarbene Wände. Um es gemütlich zu machen, hatte Stefanie Baertsoen eine Reproduktion von Monet an die Wand gehängt, und auf dem Schreibtisch stand ein Bambus mit frischen grünen Blättern. Die junge Frau, die sie begrüßte, war eher von Tess' Kaliber: Haare, die schwer zu bändigen waren, ein sympathisches, nettes Gesicht, aber eben auch nicht mehr als das, und eine Figur, die nicht perfekt in alle Kleider passte. Sie war keine Frau, in die sich Männer auf den ersten Blick verliebten, sondern nach und nach, wenn sie sie besser kennenlernten.

»Hier riecht es nach Vanille«, sagte Wolkers anstatt einer Begrüßung.

»Das kommt von Daisy Bakeries nebenan«, sagte Stefanie Baertsoen. »Von den Waffeln.«

»Inspecteur Wolkers ist ihr größter Fan«, sagte Tess. Anders als die junge Frau an der Rezeption zeigte Stefanie Baertsoen keine Anzeichen von Kummer, obwohl sie dunkle Ränder unter den Augen hatte und müde aussah.

»Wir möchten Ihnen ein paar Fragen über Nick Farkas stellen«, sagte Tess. Stefanie schaute von ihr zu Wolkers, der gerade sein Notizbuch aufschlug. Sie verlagerte das Gewicht auf dem Bürostuhl, versuchte, eine natürliche Haltung einzunehmen, und verschränkte die Arme vor der Brust. Sie wappnete sich.

Es war immer dasselbe, wenn man die Kollegen von Leuten befragte, die mit einem Fall zu tun hatten. Sie hielten es allgemein und verrieten niemals alle Details. Wir haben uns gut verstanden, Mevrouw, es gab kaum Konflikte. Es war, als säßen sie nicht einer Polizei-Inspecteurin, sondern dem Personalchef bei einem Vorstellungsgespräch gegenüber. So war es auch bei dieser Stefanie Baertsoen. Ja, es habe hier und da Meinungsverschiedenheiten gegeben; Nick und sie seien gegensätzliche Charaktere, und man müsse im Leben eben Kompromisse machen, nicht wahr?

Es war etwas Besonderes, diese Omertà in der Geschäftswelt, das uneingeschränkte Tabu, einen Kollegen vor Vorgesetzten oder Außenstehenden zu kritisieren, das Schweigen über die Leistungen anderer – unter Personalchefs ein Indiz für größtmögliche Professionalität. Da sie nur wenig über die internen Beziehungen erfahren würden, begann Tess mit den Fakten.

»Um gleich auf den Punkt zu kommen: Wann haben Sie Nick Farkas zum letzten Mal gesehen?«

»Gestern Abend. Wir hatten ein Treffen, um achtzehn Uhr. Es hat eine Viertelstunde gedauert.«

»Worum ging es bei dem Treffen?«

»Nur um das laufende Geschäft.«

»Also ist Nick Farkas um achtzehn Uhr fünfzehn gegangen?«

»Unser Treffen war um Viertel nach sechs zu Ende. Daher muss es achtzehn Uhr dreißig gewesen sein, als er aus dem Parkhaus fuhr. Wenn er sofort nach Hause gefahren ist.«

»War sonst noch jemand anwesend?«

»Bei unserem Treffen?«

»Nein, im Gebäude.«

»Um diese Zeit sind normalerweise schon alle nach Hause gegangen.«

»Wie lange sind Sie geblieben?«

Stefanies Blick fiel auf ihre Hände.

»Ich weiß es nicht mehr genau. Ich habe noch eine Akte fertiggestellt. Ich glaube, ich habe meinen Computer gegen neunzehn Uhr heruntergefahren. Zu diesem Zeitpunkt war niemand mehr im Gebäude, da bin ich mir sicher.«

»In Ordnung.«

»Vielleicht war Emy noch da, als Nick gegangen ist.«

»Wie kommen Sie darauf?«

Sie zuckte mit den Schultern. »Emy bleibt manchmal ein bisschen länger.«

»Wir werden sie gleich noch befragen«, sagte Wolkers. Er konnte ein Lächeln nicht unterdrücken.

Tess und Wolkers standen auf.

»Nur noch eine Frage«, sagte Tess. »Zwei Zeugen haben kurz vor der Tat einen verdächtigen Mann beobachtet. Etwa eins achtzig groß, kurze braune Haare, grauer Kapuzenpulli, dunkle Trainingshose, vermutlich weiße Turnschuhe. Passt diese Beschreibung auf jemanden, den Sie kennen?«

Stefanie schüttelte den Kopf und starrte auf das Monet-Gemälde.

»Kurze braune Haare, grauer Kapuzenpulli, dunkle Trainingshose, weiße Turnschuhe«, wiederholte sie nachdenklich. »Nein, das sagt mir nichts.«

4

Sie sucht einen Slip aus. Das ist schon mal ein Anfang. Vielleicht sollte sie einfach ihre Lieblingssachen auf dem Bett ausbreiten und sie kombinieren. Sie nimmt eine Bluse vom Kleiderbügel und wendet sich dem Bett zu, dessen Decke auf einer Seite zurückgeschlagen ist. Wie viele Nächte hat sie hier schon allein gelegen? Zu viele in Anbetracht der Tatsache, dass sie sich kaum erinnern kann. Ihr Bett dient inzwischen nur noch zum Schlafen und zum Auslegen möglicher Outfits.

Im Radio laufen die Nachrichten. Sie hört zu. Ob der Prozess erwähnt wird?

»Wir haben uns durch die Privatkorrespondenz von Robertson und Farkas gegraben«, sagte Bernard am Telefon, »und ich habe zwei Dinge für dich.«

Tess schaltete den Lautsprecher ein und winkte Wolkers zu sich.

»Zuerst die langweiligen Tatsachen. Robertson war so brav wie eine Nonne. Mails und SMS an Versicherungen, Banken, Freunde, Verwandte, die Putzfrau, den Babysitter … Nichts Besonderes.«

»Aber?«, fragte Tess.

»Am Abend der Tat ist etwas Seltsames passiert. Sie hat zwei Anrufe von einer unbekannten Nummer erhalten, kurz bevor sie erstochen wurde. Den ersten Anruf hat sie nicht beantwortet, der zweite dauerte etwa eine Dreiviertelminute.«

»Weißt du, zu wem die Nummer gehört?«

»Nein, es war ein anonymes Prepaid-Handy.«

»Mist!«

»Und da ist noch etwas. Sandra mag eine brave, treue Ehefrau sein, aber Nick ist definitiv kein Kind von Traurigkeit. Er steht auf attraktive Blondinen.«

Tess dachte an Sandra und an die Empfangsdame von Scherpereel mit ihren verweinten Augen.

»Blondinen«, wiederholte sie.

»Ja, Plural. Ich leite dir mal ein paar Textnachrichten weiter, die nicht viel der Fantasie überlassen. Stör dich nicht an den Rechtschreibfehlern, es wimmelt nur so davon.«

Sie wunderte sich, dass ein Marketingmanager nicht auf seine Orthografie achtete, und vielleicht noch mehr, dass Bernard Wert darauf legte.

»Und woher weißt du, dass es um Blondinen geht?«

Bernard lachte.

»Lang lebe WhatsApp. Man sollte meinen, dass nur naive Teenager sich dazu verleiten lassen, aber anscheinend haben erwachsene Damen auch nichts dagegen, gelegentlich ihre Reize zu zeigen.«

»Oje«, seufzte Tess.

»Ich lasse dir die Fotos zukommen. Wobei die meisten wirklich nur etwas für Erwachsene sind.«

»Ich glaube, ich kann das verkraften.«

»Ich weiß, aber halte Wolkers fern.«

Er lachte, Tess kicherte. Rote Flecken erschienen auf Wolkers Hals. Er hüstelte.

Bernard verschluckte sich vor Lachen. »Tess, du hast doch nicht etwa das Telefon auf Lautsprecher gestellt?«

5

Natürlich ist der Prozess Thema in den Nachrichten. Während sie sich mit einem Wattestäbchen die Ohren reinigt, hört Tess zu, wie die Nachrichtensprecherin den Fall Robertson kurz zusammenfasst. Dann folgt die tiefe, angenehme Stimme von Jean-Paul Van Steedam, einem Topanwalt, der sich auf Fälle wie diesen spezialisiert hat. An anderen Tagen würde die Stimme ihr das gleiche Gefühl vermitteln wie eine Tasse heiße Schokolade, eine Daunendecke mit frisch gewaschenem Bezug, ein Kaminfeuer an einem verschneiten Tag. Heute läuft es ihr kalt über den Rücken bei dem Gedanken an den skrupellosen Mann hinter der Stimme, dessen feurige Plädoyers eher mit den Emotionen als mit dem Intellekt der Geschworenen spielen. Heute wird er ihr direkt gegenüberstehen.

»Wir können in diesem Fall nur auf Freispruch plädieren«, sagt er.

Dieser Mann wird versuchen, sie zu zerquetschen. Für ihn zählt nur eines: den Fall zu gewinnen, so oder so. Der Pressesprecher erklärt ebenso selbstgewiss, dass die Staatsanwaltschaft eine lange Haftstrafe wegen Totschlags fordern wird.

Die Nachricht von Sandras Tod kam am Samstagmorgen. Tess lag im Pyjama vor dem Fernseher, eine Packung Donuts auf dem Schoß. Sie aß die Erdbeer-, Banane- und Vanille-Donuts zum Frühstück. Die mit Schokolade und Zucker hob sie für später auf, für zwischendurch.

Im Fernsehen brach eine ältere Frau mit riesigem Busen und schlechten Zähnen in hysterisches Geschrei aus. Im Eifer des Gefechts – bei einer TV-Kochshow, in der die Kandidaten immer zu wenig Zeit hatten, um eine Aufgabe zu erledigen – hatte sie vergessen, ihre Backform zu fetten, und nun war es zu spät: Ihr Gewürzkuchen war bereits im Ofen. Auf Händen und Knien, das Hinterteil in der Luft, beobachtete sie durch das Ofenfenster, wie ihr Signature-Gericht in der Backform aufquoll, doch anstatt sich zu freuen, brachte der Anblick sie zur Verzweiflung. Die Moderatorin kam zu ihr und tat so, als wollte sie sie trösten, dabei versperrte sie der Kandidatin nur den Fluchtweg und versetzte sie so in noch größere Panik. Es blieb keine Zeit, noch einmal neu anzufangen, und ihre Zutaten waren aufgebraucht. Wie konnte jemand mit so viel Erfahrung so einen dummen Fehler machen? Die ältere Frau fluchte, und Tess lachte über ihre englischen Kraftausdrücke.

Ihr Handy vibrierte; es hatte sich irgendwo im Niemandsland von Kissenfalten, der Fleecedecke und ihrem Po verfangen. Sie hob eine Pobacke und griff danach. Währenddessen stellte sie den Ton des Fernsehers leiser. Die verzweifelte Frau hatte Hilfe bei einem gut aussehenden indischen IT-Berater mit einer Vorliebe für verzierte Cupcakes gesucht.

WOLKERS, sagte das Display. Sie wischte darüber, aber nichts passierte. Welcher Sadist hatte sich diese dämliche Technik für Smartphones ausgedacht?

»Tut mir leid, dass ich nicht gleich drangegangen bin, Andy«, sagte sie, als es ihr endlich gelang. »Ich hab diese Wischtechnik einfach noch nicht drauf.«

»Tess«, keuchte er ins Telefon, »Sandra Robertson ist tot!«

»Wie bitte?«

»Sie ist heute Morgen ihren Verletzungen erlegen.«

Während der meisten Ermittlungen kommt man irgendwann an den Punkt, an dem alle Hinweise in eine Richtung deuten. Die Ergebnisse der Kriminaltechnik werden durch die Erkenntnisse der Ermittler bestätigt oder umgekehrt, das Puzzle nimmt allmählich Gestalt an, und die fehlenden Teile lassen sich ergänzen. Der beste Moment ist, wenn der Staatsanwalt die Verhaftung des Täters anordnet und die Konfrontation mit den Ermittlungsergebnissen ihn zu einem Geständnis bewegt.

Tess versucht, den Verlauf eines Prozesses so wenig wie möglich an sich heranzulassen, um sich die Frustration zu ersparen, falls es nur zu einer Bewährungsstrafe kommt und ein grinsender Täter auf freien Fuß gesetzt wird.

Manchmal jedoch führen die Untersuchungsergebnisse in alle möglichen Richtungen, und es ist, als würde man eine Kiste mit den losen Teilen hundert verschiedener Puzzles ausleeren.

Was hatte die Spurensuche von Bernards Team ergeben? Unter einem Sofa hatte die Mordwaffe gelegen: ein einfaches Kartoffelmesser mit dem Blut von Sandra und Nick, aber ohne verwertbare Fingerabdrücke. Hatte der Angreifer es verloren? Oder hatte er es mit Absicht zurückgelassen? Wenn man wusste, dass die Polizei nichts damit anfangen konnte, war das eine bessere Idee, als damit gesehen zu werden, oder noch schlimmer: mit der Tatwaffe in der Jackentasche verhaftet zu werden.

Sandras Körper wies drei Stichwunden in der Brust und im Unterleib auf, sowie eine Abwehrwunde am rechten Arm. Unter ihren Fingernägeln hatten die Rechtsmediziner ihr eigenes Blut und Spuren von dem Gemüse gefunden, das sie geschnitten hatte. Außerdem hatten sich Stofffasern unter einigen Nägeln der linken Hand befunden. Die Herkunft dieser Fasern konnte bisher nicht bestimmt werden. Sie hätten von allen möglichen Kleidungsstücken stammen und auf verschiedenen Wegen unter Sandras Nägel gelangt sein können.

Der Rechtsmediziner stellte bei Nick zwei Wunden fest: eine Stichwunde in der linken Körperseite und eine Schnittwunde am linken Arm. In der Akte hatte er vermerkt: *Sandra Robertsons Verletzungen wurden ihr mit Sicherheit von einer anderen Person zugefügt. Im Fall von Nick Farkas lässt sich das nicht mit hundertprozentiger Sicherheit feststellen.* So war das mit den Wissenschaftlern: Selbst beim geringsten Zweifel hielten sie es für notwendig, ihn zu erwähnen.

Auf Nicks Kleidung wurde Blut von ihm selbst und von Sandra gefunden. Sandras Blut war nicht daraufgespritzt, sondern hatte den Stoff durchdrungen, als Nick sie berührte. In Verbindung mit den Abdrücken seiner Schuhe schien dies seine Aussage zu bestätigen.

Die wichtigsten Spuren waren die Abdrücke der anderen Schuhe. Sie verliefen von Sandras Blutlache zur Treppe. Die Informationen zu den Schuhen ließen sich an der Sohle ablesen: Sneakers von Philipp Plein, Größe 43, Verkaufswert rund fünfhundert Euro.

Die Spurensicherung hatte auch Blutspuren auf der Treppe gefunden. Im Obergeschoss war nur das Kinderzimmer unangetastet. Sandras Arbeitszimmer war komplett umgekrempelt worden. Sämtliche Schubladen waren aus dem Schreibtisch herausgezogen worden. Auf den über den Boden verstreuten Papieren befanden sich schwache Blutspuren, was darauf hindeutete, dass die Durchsuchung von Sandras Schreibtisch nach der Messerstecherei stattgefunden hatte. Ob etwas aus ihrem Arbeitszimmer verschwunden war, konnte man zunächst nicht feststellen.

Die zweite Etage und der Dachboden wurden von der Familie nur selten genutzt. Sie dienten als Lagerräume, und es gab keinerlei Hinweise darauf, dass der Täter dort gewesen war.

Sicher war nur, dass das Kästchen mit dem Familienschmuck verschwunden war. Sandra hatte es in ihrem Schminktisch aufbewahrt. Sie hatte den Schmuck von ihrer verstorbenen Mutter geerbt, die ihn wiederum von ihrer Großmutter bekommen hatte. Der Schmuck konnte bei einer Auktion leicht einen sechsstelligen Betrag einbringen. Der emotionale Wert: unschätzbar. Keines der Schmuckstücke wurde im Haus gefunden.

Weiterhin war festgestellt worden, dass die Haustür, die Schiebetür der Küche und das Gartentor offen gewesen waren. »Die hatten da Tag der offenen Tür, verdammt noch mal«, hatte Wolkers geknurrt, als Bernard es ihm erzählte. Der Täter konnte also entweder von vorn oder von hinten eingedrungen und entkommen sein.

Am Gartentor fand Bernards Team die üblichen Hunde- und Katzenpfoten – Tess vermutete, dass die Fingerabdrücke des Täters irgendwo dazwischen waren. Man fand aber auch Abdrücke von Schuhen. Ältere und neuere Spuren von Kinderschuhen, eine Damenschuhgröße 39 und die Herrenschuhgrößen 42 und 43. Auf dem Küchenboden lagen Erdkrumen, aber es war unmöglich zu sagen, wie lange sie schon dort gewesen waren – höchstens seit Loredanas letztem Putzeinsatz – und ob sie von Schuhen stammten, die Abdrücke am Gartentor hinterlassen hatten.

In der Küche wurden Finger- und Handspuren von Nick, Sandra, Nina, Loredana und einer Babysitterin gefunden, auf der Kücheninsel Spuren von Sandra und Nina.

»Es gab nur sehr wenige Spuren, weshalb wir vermuten, dass Sandra vor der Essenszubereitung jedes Mal die Oberflächen gewischt hat«, sagte Bernard triumphierend während seiner Präsentation. »Die Putzfrau und Nick Farkas haben uns das bestätigt. Wir haben aber auch einige Finger- und Handabdrücke einer unbekannten Person gefunden. Sie sind nicht in der Datenbank; die Person ist nicht aktenkundig. Der Zeitpunkt, an dem diese Abdrücke hinterlassen wurden, kann nicht genau bestimmt werden, aber da sie von guter Qualität sind ...«

»... war die unbekannte Person höchstwahrscheinlich am betreffenden Abend im Haus«, fügte Tess hinzu.

Was hatten die Zeugen ausgesagt?

Nina hatte eine verworrene Erklärung abgegeben. Das schüchterne Kind hatte sich an sein Plüschkaninchen geklammert und die Antworten auf die Fragen mehr bei ihrem Großvater und den Ermittlern gesucht als in ihrer eigenen Erinnerung. Ihre Mama hatte sie ins Bett gebracht und »schlaf schön« gesagt. Sie hatte von unten Lärm gehört und dann auch oben, deswegen hatte sie sich unter ihrer Decke versteckt. Sie hatte nach ihrer Mama gerufen. Sie hatte lautes Gepolter von Schritten gehört, und dann hatte ihr Vater gerufen, dass sie in ihrem Zimmer bleiben sollte. Sie hatte Angst gehabt und wollte nach ihrer Mama suchen, aber sie traute sich nicht weiter als bis zur Treppe. Dann war ein dicker Mann gekommen und hatte sie nach draußen gebracht. Da waren noch viele andere Leute wie der dicke Mann gewesen, und Blaulicht und Krach, und sie war froh gewesen, dass sie ihren Kuschelhasen bei sich hatte.

Nick hatte gegen achtzehn Uhr dreißig die Firma verlassen. Nach eigener Aussage hatte er dann mit dem Auto eine kleine Spritztour unternommen. Er sei einfach ein bisschen herumgefahren, sagte er, um sich abzulenken. Seine Aussage musste noch auf ihren Wahrheitsgehalt überprüft werden. Tess hatte Farkas bisher noch nicht zu den Fotos und Textnachrichten von seinem Smartphone vernommen. Zuerst waren die betroffenen Frauen und ihre Partner an der Reihe; dann konnten sie Nick mit deren Aussagen konfrontieren, falls diese für die Ermittlungen von Bedeutung waren.

Als Nick nach Hause gekommen war, wurde er, nachdem er Sandra in der Küche gefunden hatte, im Wohnzimmer von einem Mann angegriffen, der aus dem ersten Stock kam. Es war ihm gelungen, den Mann abzuwehren. Alice Mortier und Belinda De Bruyn hatten eine verdächtige Person unter der Markise des Lebensmittelladens stehen sehen. Der Mann hatte sportliche Kleidung und einen braunen Umschlag/eine braune Mappe unter den Arm geklemmt.

Es gab keine brauchbaren Überwachungskameras in der Nachbarschaft, und die Kameras im Einkaufs- und Vergnügungsviertel hatten niemanden registriert, auf den die Beschreibung der Nachbarinnen passte. Vermutlich war er mit dem Auto zu dem Haus gefahren oder durch den Stadtpark gekommen – auch das war möglich. Der Stadtrat hatte längst

Kameras im Park installieren wollen, um auf die Beschwerden der Anwohner über Drogendealer und herumlungernde Homosexuelle zu reagieren, aber wie üblich waren sie am Widerstand der Datenschützer gescheitert. Im Stadtpark würde es niemals Kameras geben, davon war Tess überzeugt.

Am Abend der Tat hatte Putzfrau Loredana ein rumänisches Abendessen für ihre Nachbarn organisiert, bei dem *Urzici* und *Sarmale* serviert wurden.

»*Urzici?*«, hatte Wolkers interessiert gefragt.

»Gekochte Brennnesseln in saurer Sahne«, hatte Loredana geantwortet. »Sehr lecker mit Speck und Eiern.«

Was *Sarmale* war, wollte er schon nicht mehr wissen. Loredana und ihre Familie waren unbescholtene Leute; keine Vorstrafen, keine Schulden, keine Verbindungen zu osteuropäischen Diebesbanden.

Fest stand, dass der Täter auf Sandra eingestochen hatte, in ihr Blut getreten und die Treppe hinaufgegangen war, Sandras Arbeitszimmer verwüstet und das Schmuckkästchen aus dem Schlafzimmer entwendet hatte. Der Täter konnte entweder durch den Garten oder durch die Haustür eingedrungen und entkommen sein.

War es ein Raubüberfall gewesen? Die meisten Opfer händigten innerhalb von fünf Minuten freiwillig ihre Autoschlüssel oder Familienjuwelen aus. Nur sehr selten weigerte sich jemand, meist ein Alphamännchen mit großem Ego und hohem Testosteronlevel. Doch das traf nicht auf Sandra zu, sondern eher auf ihren Vater. Und auf Nick Farkas.

Warum hatte der Angreifer auf sie eingestochen? Warum hatte er anschließend Sandras Schreibtisch auseinandergenommen? Hatte er erwartet, dort Beute zu finden? Hatte sie versucht, ihn abzulenken, indem sie ihn dorthin schickte?

Dann blieb noch die Frage: War der Mann unter der Markise der Angreifer gewesen? Oder nur ein Aufpasser? Oder hatte er überhaupt nichts mit der ganzen Sache zu tun? Warum hatte er einen Umschlag dabeigehabt? Wie viele Eindringlinge waren es gewesen?

Oder ging es um eine Erpressung? Oder eine Geldübergabe? Hatte Sandra den Mann gekannt? Hatte er in ihren Kreisen verkehrt? Sie ließ ihn rein, er versuchte, sie zu erpressen, die Sache lief aus dem Ruder, und er stach sie ab. Im ersten Stock suchte er etwas in ihrem Schreibtisch. Aber warum hatte er den Schmuck gestohlen? Ging es bei der Erpressung darum? Oder lenkte er nur vom eigentlichen Grund für den Überfall ab? All diese Fragen wirbelten Tess durch den Kopf, ohne dass es befriedigende Antworten gegeben hätte.

Und dann war da noch die Sache mit den Anrufen.

6

»Das ist doch blanker Unsinn, was Sie da reden«, sagte Gabriel Robertson und reinigte sich die Hände mit einem Feuchttuch. Er saß gegenüber von Tess und Wolkers in seinem geräumigen Büro, das sich im Penthouse eines Wohnblocks befand. Die Aussicht war atemberaubend. In der Ferne zeichnete ein soeben gestartetes Flugzeug einen weißen Streifen über den blauen Himmel.

»Wir müssen alle Möglichkeiten ausloten, Meneer Robertson. Zwei wichtige Zeugen haben kurz vor der Tat jemanden gesehen, der Sandras Haus beobachtet hat.«

»Er hatte einen braunen Umschlag dabei«, fügte Wolkers hinzu, während er das Formular mit Robertsons Fingerabdrücken einsteckte. Der Untersuchungsrichter hatte angeordnet, dass von allen Verwandten der beiden Opfer, die älter als sechzehn Jahre waren, Fingerabdrücke genommen werden sollten, ebenso wie von den Familien der Putzfrau und des Babysitters sowie von Farkas' Blondinen und deren Partnern. Wenn es nach dem Ermittlungsrichter gegangen wäre, hätte die ganze Stadt ihre Finger in Tinte tauchen müssen.

Kurz nachdem der Mann vor dem Lebensmittelladen gesehen und kurz bevor sie erstochen worden war, hatte Sandra einen Anruf erhalten. Zwei Anrufe, um genau zu sein; den ersten hatte sie nicht angenommen. Der Anrufer hatte keine Nachricht auf ihrer Mailbox hinterlassen. Den zweiten Anruf hatte Sandra angenommen, und das Gespräch hatte achtundvierzig Sekunden gedauert. Die Identität des Anrufers konnte nicht ermittelt werden, da er eine Prepaid-SIM-Karte verwendet und damit ausschließlich Sandra angerufen hatte. Das konnte kein Zufall sein.

»Sandra hat einen Anruf von jemandem erhalten, der anonym bleiben wollte«, fasste Wolkers zusammen.

Robertson stand am Fenster und blickte auf die Skyline der Hauptstadt. Wie viele millionenschwere Deals hatte er geplant, während er so, mit den Händen in den Taschen, auf das Treiben tief unter ihm hinabgeschaut hatte?

»Eine Prepaid-SIM-Karte? Ich dachte, die kann man nicht mehr anonym kaufen, seit …«

»… seit den Anschlägen in Paris«, ergänzte Wolkers.

Robertson nickte, ohne sich zu ihnen umzudrehen.

»Leider ist das alles graue Theorie – es ist ein großer Unterschied zwischen dem Gerede der Politiker und dem, was in der Realität passiert«, bemerkte Tess. »Leider.«

»Manchmal ist es auch ein Glück, Mevrouw Jonkman.« Er atmete tief durch. »Erpressung ... eine Abrechnung ... Ich dachte, Sie gingen von einem Raubüberfall aus?«

»Wir ermitteln in alle Richtungen«, erwiderte Tess.

»Hatte Sandra Konflikte mit irgendjemandem?«, fragte Wolkers.

Robertson drehte sich um, sah ihn einen Moment lang an und wandte dann seinen Blick wieder nach draußen.

»Wenn ja, hat sie mir nie etwas davon erzählt. Fragen Sie Nick. Vielleicht hat sie mit ihm darüber geredet.«

»Hatten Sie viel Kontakt zu ihr?«

»Es geht. Wir führten beide unser eigenes Leben. Sandra hat von klein auf gelernt, selbstständig zu sein. Ihnen ist vermutlich klar, dass ich durch die Firma nicht jederzeit für sie da sein konnte. Wobei sie sich nie darüber beschwert hat. Mehr möchte ich nicht darüber sagen; ich lege Wert auf Diskretion.« Er lachte freudlos. »Wir haben uns regelmäßig per E-Mail über die Firma ausgetauscht und uns bei Meetings und Firmenfeiern gesehen. Unsere berufliche Beziehung war sehr geschäftsmäßig. Ich wollte den Eindruck vermeiden, dass Sandra eine Vorzugsbehandlung erhielt, weil sie meine Tochter war.«

»Sie hatten also nicht das Gefühl, dass es irgendwelche beruflichen Spannungen gab?«

Er fasste sich mit einer Hand an die Stirn, als fühlte er eine plötzliche Migräne aufkommen.

»Es ist unvermeidlich, irgendwelche Kollegen oder Kunden gegen sich aufzubringen, wenn man eine so hohe Position erreicht hat. Aber so sehr, dass jemand sie ermorden würde?

Nein, das würde zu weit gehen. Die einzige Person, die mir einfällt, ist ihr erster Ehemann. Er hat damals für mich gearbeitet, aber wir waren zu oft uneins. Als er die Firma verließ, verließ er auch Sandra. Ich hatte den Eindruck, dass er damit auf eine erwachsene Art und Weise umging. Aber man weiß ja nie, was den Leuten so durch den Kopf schwirrt.«

»Wir werden den Exmann Ihrer Tochter noch vernehmen«, sagte Wolkers.

Er war im Ausland gewesen, und die Beschreibung des Mannes unter der Markise passte nicht auf ihn, aber natürlich gab es genügend Leute, die lieber andere die Drecksarbeit für sich erledigen ließen.

»Wie ist Ihr Verhältnis zu Nick Farkas?«

Es ging eine leichte Bewegung durch Robertsons Körper, als wollte er mit den Schultern zucken, sähe dann jedoch davon ab.

»Er ist ein charmanter Mann. Sandra hat ihn geliebt, daher habe ich ihn akzeptiert.«

»Haben Sie ihm eine Stelle in der Firma angeboten?«

»Nochmals, bei mir gibt es keine Vetternwirtschaft.«

»Hat er sich jemals bei Ihnen beworben?«

Robertson setzte sich an seinen Schreibtisch.

»Ich will nicht unbescheiden klingen, aber dieses Unternehmen ist für viele Leute beruflich interessant. Hier gearbeitet zu haben, macht sich gut im Lebenslauf, und ich zahle anständig. Natürlich war Nick interessiert; er erwähnte gelegentlich auf Feiern, wie sehr ihm die Firma gefalle.«

Robertson hielt inne, als erinnerte er sich an eine bestimmte Situation.

»Die Betriebsfeiern mochte er besonders gern.« Er warf einen kurzen Blick auf Tess: »Wissen Sie, Nick mag ein guter

Marketingmanager sein, aber ich beschäftige bereits exzellente Marketingleute. Wenn es keine Stelle gibt, werde ich auch keine schaffen. Das gibt nur Ärger.«

Tess nickte.

»Wusste Ihre Tochter, dass Nick Farkas sie betrog?«

Das offen auszusprechen wirkte in diesem Umfeld geradezu ungeheuerlich. Doch Robertson verzog keine Miene.

»Wie heißt es so schön: Die Betrogenen sind immer die Letzten, die es erfahren?«

»Wir wissen von mindestens drei Frauen, zu denen Nick während seiner Ehe mit Sandra kurz- oder längerfristige Beziehungen hatte. Hat Ihnen Ihre Tochter jemals etwas darüber erzählt?«

»Ich denke, in Sandras Fall wäre ich die letzte Person, der sie es erzählen würde. Warum ermitteln Sie nicht in diese Richtung? Ein eifersüchtiger Partner von einer von Nicks Gespielinnen?«

»Der Modus Operandi entspricht leider nicht dem eines Verbrechens aus Leidenschaft. Normalerweise sucht der Partner der Frau, die ihn betrogen hat, deren Liebhaber auf und verprügelt ihn. Anonyme Anrufe und ein verwüstetes Büro passen nicht dazu. Außerdem wäre Nick das Opfer gewesen, nicht Sandra.«

»Vielleicht war es eine der Frauen? Sie war in Nick verliebt und eifersüchtig auf Sandra? Eine Frau ist oft heimtückischer und gefährlicher als ein Mann.«

»Bitte überlassen Sie uns die Ermittlungen, Meneer Robertson.« Tess rutschte auf ihrem Stuhl nach vorne. »Wir brauchen alle Dateien von Sandras Rechner und alle technischen Geräte, die sie beruflich genutzt hat: Laptop, PC, Smartphone …«

Robertson breitete die Arme aus.

»Nehmen Sie sich, was Sie brauchen, Mevrouw Jonkman. Es ist von größter Bedeutung für mich, dass Sie den Mörder oder die Mörderin meiner Tochter finden. Obwohl ich nicht glaube, dass er oder sie in ihrem beruflichen Umfeld zu suchen ist.«

»Man könnte meinen, dass man sich in der Baubranche, in der es um Millionen geht, schnell Feinde macht«, bemerkte Wolkers.

Robertson lächelte freundlich.

»Die Leute denken oft, dass man das große Geld nur durch Betrügereien macht und dass jeder erfolgreiche Mensch korrupt ist. Aber ich kann Ihnen versichern, dass Sandra eine durch und durch integre Person war.«

»Das werden die Untersuchungen sicherlich bestätigen.«

Robertson nickte.

»Die Frage klingt vielleicht etwas merkwürdig, Meneer Robertson, aber welche Schuhgröße haben Sie?«, fragte Wolkers.

»Einundvierzig«, antwortete Robertson sachlich. Er wäre genauso ungerührt geblieben, wenn sie ihn nach der Farbe seiner Unterwäsche gefragt hätten.

Schweigen trat ein. Tess und Wolkers standen auf. Robertson begleitete sie zur Tür.

»Es würde mir sehr viel bedeuten, wenn Sie den Schmuck wiederfänden, Mevrouw.«

»Eine Beschreibung der einzelnen Stücke ist an alle Polizeidienststellen gegangen.«

Das war eine kleine Notlüge. Die Schmuckstücke waren in eine Datenbank eingetragen worden, einige wenige unter tausenden anderen verschwundenen Juwelen, die nur mit etwas Glück gefunden werden würden.

»Ich möchte, dass meine Tochter sie bei ihrer Beerdigung trägt. Meine verstorbene Frau und ihre Großmutter hätten das auch so gewollt.«

Seine Augen glänzten verräterisch.

»Wir werden unser Bestes tun, Meneer Robertson.«

Als sie sich ihren Weg durch den Stau auf der Umgehungsstraße bahnten, klingelte Tess' Handy. Eine unbekannte Nummer. Sie hasste unbekannte Nummern.

»Jonkman.«

»Mevrouw Jonkman, stimmt es, dass Sie im Fall Robertson nach einem Stalker von Mevrouw Robertson suchen? Einem Mann, der von mehreren Zeugen gesehen wurde?«

»Mit wem spreche ich?«

»*Het Algemeen Nieuws*. Können Sie bestätigen, dass Sie von einer möglichen Erpressung im Zusammenhang mit dem Robertson-Imperium ausgehen?«

»Kein Kommentar. Sie wissen, dass wir über laufende Ermittlungen nicht reden dürfen. Wenden Sie sich an unseren Pressesprecher.«

»Weiß man schon, von wem die Fingerabdr...« Tess drückte den Anrufer weg.

»Eine Presse-Schmeißfliege?«, fragte Wolkers.

»Woher haben die bloß immer ihre Informationen?«, schimpfte Tess. »Hast du irgendetwas über den Fall auf Facebook gepostet, Andy?«

»Nein, natürlich nicht! Wie kannst du ...«

»War ein Witz, Andy!« Sie knuffte ihn von der Seite. »Die Suche nach dem Typen unter Belindas Markise ist wie die nach der sprichwörtlichen Stecknadel im Heuhaufen«, seufzte sie, nun wieder ernst.

»Die Nachbarin und die Ladenbesitzerin sind gerade auf dem Revier und helfen, ein Phantombild des Mannes zu erstellen«, erklärte Wolkers. »Und wir haben noch genug Tinte für Tausende von Fingerabdrücken auf Lager.«

»Aber stammen die Fingerabdrücke auf der Kochinsel von dem Mann unter der Markise?« Tess atmete tief durch. »Die Presse hat Blut geleckt. Wir brauchen Ergebnisse, Andy. Sonst sind wir aufgeschmissen.«

7

Auf dem Bett liegen zwei Röcke, drei Hosen und zwei Blusen. Die Arme in die Seiten gestützt, im Slip und jetzt auch in einem passenden BH, das Handtuch immer noch wie eine Schlumpfmütze um den Kopf gewickelt, wägt Tess die Kombinationen ab. Sie tendiert zu der dunkelblauen Hose. Sie sieht gut an ihr aus; sie trägt sie oft, wenn sie ein bisschen schicker aussehen will. Perfekt mit den hochhackigen Ankleboots.

In Ordnung.

Jetzt das passende Oberteil. Sie entscheidet sich für die weiße Bluse mit dem breiten Kragen und dem dezenten grauen Schmetterlingsmuster.

Darüber der blaue Blazer. Lässiger Schick.

Als sie die anderen Kleider wieder in den Schrank hängt, fällt ihr ein, dass sie das gleiche Outfit auf Sandra Robertsons Beerdigung getragen hat.

Sie hatte es nicht geschafft. Gabriel Robertson war wütend geworden, als sie ihm sagen musste, dass die Beerdigungsfeierlichkeiten ohne den Familienschmuck stattfinden müssten. Zwar war die Suche praktisch aussichtslos gewesen, aber Robertson war eindeutig ein Mann, der erwartete, dass auch unmögliche Aufgaben erledigt wurden.

Sie machte ihm keinen Vorwurf für seine heftige Reaktion. Im Geschäftsleben musste man seine Emotionen deckeln. Dass das Pulverfass dann gelegentlich explodierte, war kaum verwunderlich. Als seine Wut verraucht war, entschuldigte er sich knapp und beendete das Gespräch.

Sie empfand Mitleid mit ihm, als sie ihn die Treppen der Kathedrale hinaufsteigen sah, mürrisch und stur, unfähig, seine Gefühle zu zeigen. Als sein Schwiegersohn, der neben ihm herging, ihn am Arm nehmen wollte, wehrte er ihn ab. Nick Farkas' Miene spiegelte gequälte Trauer wider, trotz der Sonnenbrille. Während Robertson die Treppe hinaufstürmte, blieb Farkas stehen. Er schaute sich in der Menge um, nickte den Leuten hier und da zu und nahm die Beileidsbekundungen der Umstehenden entgegen. Dabei zog er seine Tochter dicht an sich. Wie ein König oder ein Staatsmann lenkte er die Aufmerksamkeit auf sich und weckte die Sympathie der Zuschauer.

In diesem Moment war ihr der Gedanke in den Sinn gekommen: Das ist eine andere Kategorie von Menschen. Die Neureichen mit ihren großen Häusern, ihren Penthouse-Büros und teuren Autos. Robertson mit seinen Millionen, mit denen er sich alles kaufen konnte, was er wollte. Farkas, der wie ein Model aussah in seinem engen schwarzen Anzug und der Sonnenbrille.

Er ging ein paar Stufen die Treppe hinauf. Ihr Blick fiel auf seine Schuhe.

»Entschuldigung, Entschuldigung«, sagte sie, während sie versuchte, sich nach vorn zu drängen. Farkas sprach mit einer Frau mittleren Alters. Seine Tochter zog ihn am Arm, und er setzte seinen Fuß auf die nächste Stufe.

Sie hatte richtig gesehen. Es waren schwarze Schuhe mit blauen Sohlen. Genau die gleichen Schuhe wie an dem Abend, als sie ihn gefunden hatte, an einen Beistelltisch gelehnt, die Augen verdreht und das Hemd voller Blut. Nur waren diese Schuhe jetzt in einer Plastiktüte in der Asservatenkammer der Kriminaltechniker.

»Wie viele Paar Schuhe besitzt du?«, hatte Tess Wolkers während Bernards Präsentation gefragt.

»Zwei, wenn ich meine Gartengummistiefel nicht mitzähle«, hatte seine Antwort gelautet.

Sandra Robertson hatte fünfzehn Paar gehabt, Farkas neun. Bestimmt waren welche dabei gewesen, die er bei dieser Gelegenheit hätte tragen können. Warum hatte er also wieder genau die gleichen Schuhe gekauft wie die, die er in jener Nacht getragen hatte, Schuhe, die für immer mit einem schrecklichen Trauma verknüpft sein mussten?

Er schaute plötzlich in ihre Richtung, und ein Lächeln erschien auf seinem Gesicht. Durch die Sonnenbrille konnte sie nicht erkennen, ob er sie ansah, aber als er kurz nickte, nickte sie zurück. Sie nahm ihr Handy und wählte Wolkers' Nummer.

»Ja?«

»Andy, bitte lege die Akte Nick Farkas ganz oben auf den Stapel.«

»Äh, alles klar. Warum denn?«

»Ist so ein Gefühl. Wir müssen uns vergewissern, dass wir nichts übersehen.«

»Wonach suchen wir?«

»Nach allem.«

Tess beobachtete Farkas, als er in der Kathedrale verschwand. Sie drehte sich um und ließ ihren Blick über die Menge schweifen. Sie suchte nach Männern, etwa eins achtzig groß, mit kurzen braunen Haaren. Sportlich gekleidet. Sie entdeckte schnell vier, fünf von ihnen. Aber war er unter ihnen?

Sie drehte sich wieder um und dachte an das Phantombild. Hatte sie einen Mann gesehen, der ihm ähnelte? Ja, vielleicht …

Nur widerwillig hatte sie den Fahndungsaufruf freigegeben. Die Presse, die immer scharf auf Flops war, würde ihn unter Umständen als verzweifelten Versuch werten. Die Polizei hat versagt und bittet um Mithilfe der Bevölkerung. Ein Stillstand bei den Ermittlungen war ärgerlich, aber besorgniserregend wurde es erst, wenn die Öffentlichkeit davon erfuhr. Besonders in einem Fall wie diesem. Schon kurz nach der Messerstecherei hatte sich das Interesse der Medien gelegt. Durch Sandras Beerdigung und das Phantombild des Mannes unter der Markise war es jedoch am heutigen Tag wieder aufgeflammt. Von nun an würde die Presse ihr keine Ruhe mehr lassen. Alles, was sie bei der Suche nach Sandra Robertsons Mörder unternahm, würde genauestens beobachtet werden.

8

Tess hasst das. Die Nase fast am Spiegel, drückt sie ein paar Mitesser aus. Ihre Augenbrauen sind noch einigermaßen in Ordnung, daran macht sie nichts. Sie hat einen Kajal und Mascara bereitgelegt, um ihre Augen zu betonen. Außerdem trägt sie eine dezente Foundation und Lippenstift in einem natürlichen Farbton. Das sollte reichen.

Sie nimmt den Kajal zur Hand.

Auf in den Kampf.

Es überraschte sie nicht, dass sie vom Polizeichef um einen Zwischenbericht gebeten wurde, normalerweise ein Euphemismus für eine Strafpredigt. Ohne anzuklopfen, betrat sie sein Büro. Genauso machte er es auch bei ihr.

»Setzen Sie sich, Tess«, sagte er freundlich. Er tupfte sich die Stirn mit einem Taschentuch ab; sein Hemd hatte dunkle Schweißflecken. Obwohl alle Fenster geöffnet waren, herrschte brütende Hitze in seinem Büro. Der Polizeichef sehnte sich vermutlich am meisten von ihnen allen nach dem neuen Polizeigebäude, dessen Planung sich endlos hinzog. Das Grundstück am Stadtrand, auf dem es gebaut werden sollte, war als landwirtschaftliche Fläche ausgewiesen, und Naturschutzverbände protestierten, weil ein seltener Vogel dort brütete. Die Anwohner befürchteten zu viel Lärmbelästigung, und die politische Opposition wollte nicht einsehen, warum gerade dieses Stück Land erschlossen werden sollte, wo es doch genug Platz im Industriegebiet gab.

Also blieben sie vorerst im »Palais« im Stadtzentrum, erbaut in einer Epoche, in der man der Ansicht war, dass die Polizei durch Marmortreppen und hohe Decken Prestige und Autorität ausstrahlen müsse. Im Winter wurde man zum Eiszapfen, im Sommer kochte man im eigenen Saft.

Eine Zeitung lag aufgeschlagen vor dem Polizeichef. Tess' eigenes Exemplar war in tausend Stücke zerrissen im Papierkorb gelandet.

POLIZEI FAHNDET NACH MYSTERIÖSEM MANN, lautete die Überschrift des Artikels, den die Redaktion sehr geschickt neben einer Fotoreportage über Sandras Beerdigung platziert hatte. Fotos von Gabriel Robertson, Farkas und seiner kleinen Tochter, Sandras blumenbedecktem Sarg und der Menschenmenge auf dem Kirchenvorplatz. Eine Nahaufnahme von zwei gerührten alten Damen hinter einer Absperrung, die von einer Polizistin ein Taschentuch gereicht bekamen.

Der Kontrast zu dem kühlen Phantombild hätte nicht krasser sein können. Die reinste Verbrechervisage. Der Tonfall des Artikels war kritisch gegenüber der Polizei, die »seit geraumer Zeit im Dunkeln tappe« und sich deshalb »aus purer Ohnmacht an die Öffentlichkeit wende«. »Raubmord, Vergeltung oder Erpressung?«, lautete eine Zwischenüberschrift. Laut einer zuverlässigen Quelle aus dem nahen Umfeld der Kripo habe die Polizei sich auf diese Möglichkeiten konzentriert. »Doch es gibt kaum Fortschritte bei den Ermittlungen«, sagte die Quelle. Tess fragte sich, wer diese Quelle war.

»Möchten Sie einen Kaffee oder ein Wasser?«, fragte der Polizeichef.

»Nichts, danke. Lassen Sie uns lieber gleich zur Sache kommen.«

Er lächelte. »Von mir aus.«

»Sie wollten über den Robertson-Fall sprechen?«

Er faltete die Hände über der Zeitung.

»Ja. Wie ist der Stand der Ermittlungen?«

Tess blickte auf die veraltete Europakarte, die hinter seinem Schreibtisch hing. Deutschland war noch zweigeteilt, die Balkanländer hießen noch Jugoslawien.

»Keine Spur von dem Schmuck. Die Chancen stehen ja immer schlecht, dass so etwas wiederauftaucht. Zurzeit sind wir dabei, Sandras Unterlagen zu durchforsten.«

»Hat sich dabei schon etwas ergeben?«

»Nein. Im Moment sieht es so aus, als hätte ihr Vater recht gehabt. Sie war eine vollkommen unbescholtene Frau; es gibt keinerlei Hinweise auf Erpressung, Ehebruch oder Fehlverhalten.«

»Wobei da das letzte Wort noch nicht gesprochen ist. Gibt es irgendetwas Neues über Ihr Phantom unter der Markise?«

Sie verzog das Gesicht.

»Wir haben ein paar Tipps bekommen, aber Sie wissen ja, wie das läuft. Ein paar Witzbolde, ein paar Frustrierte und ein paar Bekloppte, die den Aufruf falsch verstanden haben.«

»Kein sachdienlicher Hinweis?«

Sie schüttelte den Kopf.

»Für vernünftige Hinweise brauchen wir Zeit, und noch mehr Zeit kostet es uns, die sinnlosen zu überprüfen.«

Der Polizeipräsident trommelte mit den Fingern auf den Tisch.

»Die Fingerabdrücke haben auch nichts ergeben. Bisher können wir nur ausschließen, dass jemand aus der Familie von Robertson oder Farkas am betreffenden Abend dort war«, seufzte er.

»Wir durchleuchten zurzeit die Kollegen von Robertson. Wenn dabei nichts herauskommt, knöpfen wir uns die Kollegen von Farkas vor.«

»Wie geht es Ihrer Meinung nach mit dem Fall voran, Tess?«

»Ich habe eben noch zu Wolkers gesagt: Wir brauchen dringend Ergebnisse!«

»Dann sind wir uns ja einig.«

Er schaute einen Moment lang an ihr vorbei, ehe er fortfuhr. »Ich weiß nicht, ob wir das allein schaffen.«

»Wir bekommen bereits Hilfe von …«

Er hob die Hand. »Augenblick, Tess. Hier geht es nicht um Ihre Fähigkeiten oder die der Ermittlungsgruppe. Sie leisten sehr gute Arbeit. Aber wollen wir mal ehrlich sein: Nachbarschaftsstreitigkeiten, weggelaufene Kinder, Verbrechen aus Leidenschaft … Das, womit wir es hier womöglich zu tun haben, ist von einem ganz anderen Kaliber. Ein professioneller Raubüberfall? Erpressung unter den oberen Zehntausend? Damit haben wir kaum Erfahrung. Das sollten wir den dafür ausgebildeten Kolleginnen und Kollegen überlassen.«

»Steckt Robertson dahinter?«, fragte Tess.

»Was willst du damit sagen?«

»Ganz einfach: Steckt Gabriel Robertson dahinter? Er ist sauer, weil der Familienschmuck verschwunden ist, und ruck, zuck sind wir aus dem Rennen.«

Der Polizeipräsident schüttelte den Kopf. »Robertson hat hier nichts zu sagen.«

»Hier vielleicht nicht. Aber bei seinen alten Seilschaften in der Geschäftswelt. Er braucht nur von seinem Plüschsessel im Herrenclub aus seinen Einfluss ein bisschen spielen zu lassen.«

»Tess, ein Mann wurde dabei gesehen, wie er das Haus beobachtet hat, es gab einen Anruf mit einem anonymen Prepaid-Handy, wir haben nicht identifizierte Fingerabdrücke auf der Kochinsel gefunden, und es wurde Schmuck gestohlen, für dessen Gegenwert wir uns beide einen Sportwagen kaufen könnten. Es geht um Totschlag, vielleicht sogar Mord, um einen gewalttätigen Überfall. Du hast sämtliche Endgeräte von Sandra Robertson beschlagnahmt. Dir muss doch klar sein, dass wir das nicht allein bewältigen können.«

»Wir gehen weiterhin jeder noch so kleinen Spur nach, mit Hilfe unserer Experten. Vorerst ist noch nichts dabei herausgekommen, aber wir machen weiter.«

Sie hielt inne und lenkte ihren Blick von der verschwitzten Stirn des Polizeichefs zu einem unbestimmten Punkt auf der Landkarte.

»Vielleicht konzentrieren wir uns zu sehr auf den verschwundenen Schmuck, und es handelt sich doch um ein Verbrechen aus Leidenschaft.«

Der Polizeichef sah sie skeptisch an.

»Wie kommst du darauf?«

»Ich möchte Nick Farkas noch einmal gründlich durchleuchten.«

»Das ist doch schon geschehen, oder nicht?«

»Ich möchte noch einmal genauer hinsehen. Er war schließlich die einzige andere Person am Tatort. Wir haben ihn nie gänzlich als möglichen Täter ausgeschlossen. Irgendetwas stimmt nicht an der Art und Weise, wie er sich verhält. Und mir ist noch einmal der Bericht des Rechtsmediziners in den Sinn gekommen, in dem steht, dass er sich seine Wunden durchaus selbst zugefügt haben könnte.«

Der Polizeichef starrte auf ein Stück Papier, das er zwischen den Fingern zerknüllte.

»Du weißt doch, wie die Forensiker sind. Wenn es nur den geringsten Zweifel gibt, wollen sie keinerlei Möglichkeiten ausschließen, auch wenn sie noch so abwegig erscheinen. Farkas' Aussage ist glaubwürdig. Laut dem Psychologen ist er immer noch traumatisiert.«

»Jemand, der traumatisiert ist, kauft nicht noch einmal die gleichen Schuhe wie die, die er am Abend der Tat getragen hat.«

»Wie bitte?«

Er warf ihr einen verständnislosen Blick zu.

»Es könnte sein, dass Nick Farkas eiskalt ist und berechnender, als alle glauben. Er war alles andere als ein perfekter Ehemann. Er ist zum Beispiel mit Emy Kimpe von Scherpereel und mit der Babysitterin fremdgegangen, um nur mal zwei seiner Geliebten zu nennen.«

»Wir können den Mann doch nicht verhaften, weil er eine ausgeprägte Libido hat?«

»Aber vielleicht hat Sandra herausgefunden, dass er sie betrog, oder vielleicht hat der Mann unter dem Vordach ihr davon erzählt. Oder er hat versucht, sie zu erpressen.«

»Wir haben Farkas' Geliebte und deren Partner überprüft. Dabei ist nichts herausgekommen, Tess.«

»Und wenn sie ihn verlassen wollte? Dann wäre es mit seinem bequemen Luxusleben vorbei gewesen.«

»In den Mails und Textnachrichten der Ehepartner gibt es keine Hinweise darauf.«

Der Polizeipräsident zuckte mit den Schultern. Die Geste ärgerte Tess; Männer tendierten dazu, die Seitensprünge ihrer Geschlechtsgenossen zu verharmlosen – die Hormone, seine Frau wollte keinen Sex mehr, es gab immer eine Ausrede. Außer, es handelte sich bei der betrogenen Frau um die eigene Tochter, dann würden sie den Schweinehund am liebsten an den Eiern am nächsten Baum aufhängen.

»Farkas und Robertson hatten Gütertrennung vereinbart, Tess. Familien wie die Robertsons schützen ihr Vermögen. Er erbt kaum etwas.«

»Aber seine Tochter. Weißt du, ich behaupte ja gar nicht, dass Nick Farkas der Täter ist, aber ich finde, dass wir ihn bisher nicht hundertprozentig ausschließen können.«

Der Polizeipräsident seufzte.

»In Ordnung, ich spreche mit dem Untersuchungsrichter darüber.« Er sah wieder auf. »Aber was die übrigen Ermittlungen angeht, ist die Entscheidung bereits gefallen. Die werden jetzt von ganz oben weitergeführt.«

Fluchend ließ sich Tess auf ihren Schreibtischstuhl plumpsen, griff nach einer Akte und warf sie in den Mülleimer. Sie landete daneben, und der Inhalt flatterte in alle Richtungen.

»Hey!«, rief Wolkers.

»Verdammter Mist, verdammter«, murmelte Tess und hob die Papiere auf. Das Telefon klingelte.

»Geh du ran«, sagte sie.

»Es ist aber deins«, erwiderte Wolkers.

»Geh ran!«

Er meldete sich.

»Wolkers. Ja, Augenblick, ich reiche Sie weiter.« Er hielt ihr das Telefon hin. »Ist für dich.«

Fluchend rappelte sich Tess auf.

»Tut mir leid, wenn ich euch störe«, sagte die Kollegin in der Zentrale, »aber ich habe hier eine Alice Mortier in der

Leitung. Sie fragt nach der freundlichen Polizistin, die bei ihr zu Hause war. Zusammen mit dem dünnen Polizisten, der so gerne Kekse isst.«

»Hat sie gesagt, warum sie anruft?«

»Nein, nur, dass es dringend sei.«

»Ist gut, stell sie durch.«

Ein Klicken in der Leitung.

»Jonkman.«

»Guten Tag, Juffrouw Jonkman, hier ist Alice Mortier. Die Nachbarin von Sandra und Nick, Sie waren kürzlich mit Ihrem Kollegen bei mir.«

»Ich weiß, wer Sie sind, Mevrouw Mortier«, sagte Tess freundlich trotz der Betitelung als »Fräulein«.

»Umso besser. Konnten Sie mit dem Phantombild etwas anfangen? Haben Sie den unheimlichen Mann schon gefunden?«

»Nein, bisher nicht, aber keine Sorge, wir spüren ihn schon noch auf. Sie wollten mir etwas Wichtiges sagen?«

»Ja, und ich glaube, Sie sollten noch einmal vorbeikommen.«

»Ist Ihnen noch etwas eingefallen? Das können Sie mir auch am Telefon sagen.«

»Nein, aber ich habe etwas gefunden. Und ich möchte lieber nichts anfassen.«

Tess spürte, wie ihr Herz schneller schlug.

»Was haben Sie gefunden?«

»Ein Stück Stoff. Ein Hemd, glaube ich.«

Jetzt setzte ihr Herz einen Schlag aus.

»Es ist ganz voller Blut. Sind Sie noch da, Juffrouw Jonkman?«

»Kommen Sie herein.«

Alice Mortier hielt die Tür auf, und Tess betrat den Flur mit den Porzellanfiguren. Bernard warf eine Zigarettenkippe auf den Boden und setzte einen Fuß auf die Schwelle. Weiter kam er nicht.

»Heben Sie das bitte auf?«, sagte Alice und versperrte ihm mit ihrer schmalen Gestalt die Tür.

Bernard sah sie erstaunt an.

»Den Zigarettenstummel«, sagte Alice. »Heben Sie den bitte auf?«

Bernard tauschte einen verwirrten Blick mit Tess, die sich ein innerliches Grinsen nicht verkneifen konnte.

»Da«, sagte Alice und deutete auf die Kippe.

Gehorsam trat Bernard die Kippe aus, hob sie auf und kam ins Haus. Alice streckte die Hand aus wie eine Reiseführerin nach einer Tour. Bernard legte den Zigarettenstummel hinein.

»Man sollte ja immer vor der eigenen Tür kehren, es sei denn, man erwischt den Schmutzfinken auf frischer Tat«, sagte Alice ausgenzwinkernd zu Tess.

»Entschuldigen Sie bitte«, brummte Bernard, als Alice vor ihnen her durch die Küche und einen Abstellraum in den Garten ging.

»Ist Ihr Kollege nicht mitgekommen, der so gerne Café Noirs isst?«

»Nein«, sagte Tess, »wir haben uns aufgeteilt.«

»Ach so.«

Über einen Weg, der durch ein kleines, ordentlich gemähtes Rasenstück führte, gingen sie zu einem Gartenschuppen. In den Beeten ringsum blühten üppige Hortensien. Zwei Augen lugten zwischen den Blättern hervor. Plötzlich rannte die Katze über den Rasen und verschwand im Beet auf der anderen Seite.

»He, Meneertje! Ach, mir ist es nie gelungen, meinen Männern Manieren beizubringen«, seufzte Alice und öffnete die Schuppentür.

»Die Tür hat kein Schloss; hier drin sind nur die Müllsäcke und ein paar Gartenutensilien.«

»Bitte warten Sie einen Moment, Mevrouw Mortier«, sagte Bernard. Er machte schnell ein paar Fotos und zog seine Handschuhe an. Im Schuppen stand ein Müllsackhalter mit zwei Tüten. Die Klappe für den Restmüll war geöffnet. An dem Sack lehnte eine zugeknotete Plastiktüte.

»Ich wollte die Tüte in den Restmüll werfen. Ich hatte sie erst gar nicht gesehen; ich habe etwas Gerümpel beiseitegeschoben, und dahinter habe ich sie entdeckt.«

Bernard schoss weitere Fotos.

»Da ist ein Hemd drin«, stellte er fest. »Und irgendetwas ist darin eingewickelt.«

»Kannst du erkennen, was es ist?«

Bernard kramte vorsichtig in der Tüte herum. Er pfiff zwischen den Zähnen hindurch.

»Was ist es?«, fragte Tess.

»Schuhe. Weiße Sneakers.«

Tess stieß einen unterdrückten Fluch aus.

»Entsorgen Sie Ihren Müll nur in solchen Plastiksäcken, Mevrouw Mortier?«, fragte Bernard, nachdem er vorsichtig etwas in der Tüte angehoben hatte.

»Ja.«

Er warf Tess einen Blick zu.

»Da ist noch etwas anderes drin, unter dem Hemd und den Schuhen.«

»Was?«

»Ein Holzkästchen.«

Tess wandte sich an Alice.

»Wer außer Ihnen hat sonst noch Zugang zu dem Schuppen?«

»Mein Sohn, wenn er kommt, um den Rasen zu mähen, und Nick, wenn er den Müll rausbringt.«

Tess ging zum Gartentor und stellte sich daneben.

»Hat Nick Farkas einen Schlüssel für das Tor?«

»Ja, natürlich, sonst kommt er ja nicht rein.«

»Wann haben Sie oder Ihr Sohn zum letzten Mal das Tor geöffnet?«

Alice kratzte sich am Kopf. Meneertje kam aus dem Beet und schmiegte seinen Kopf gegen ihre Beine.

»Ich weiß es nicht mehr genau. Es ist schon eine ganze Weile her.«

»War es vor oder nach dem Vorfall bei den Nachbarn?«

»Vorher.«

Wieder sah sich Tess das Tor an. Es war abgeschlossen; sie sah den Riegel des Schlosses im Spalt zwischen der Tür und dem Pfosten.

Sie rief ihren Kollegen an.

»Wolkers.«

»Andy, ich bin's, Tess. Volltreffer.«

»Hoffentlich sieht unser neues Gebäude auch so aus wie das hier«, seufzte Wolkers.

»Und dein Büro wie das von Ludo Scherpereel?«

Wolkers lachte. Wieder lag der Geruch von Vanille in der Luft, aber diesmal kramte Wolkers keine Kekse aus der Jackentasche. Vielleicht war sein Vorrat für den Tag schon aufgebraucht. An der Rezeption wurden sie von der Spiegelung des Sonnenlichts in den Metallbuchstaben des Firmennamens geblendet. Emy Kimpe führte ein angeregtes Telefonat, doch ihr Lächeln verschwand, sobald sie die Ermittler auf sich zukommen sah. *Die Polizei, dein Freund und Helfer*: Der alte Slogan galt vermutlich nicht mehr für die Geliebte des Hauptverdächtigen in ihrem Fall.

»Hallo, Emy«, sagte Tess, »wir hätten gern noch einmal mit Stefanie Baertsoen gesprochen.«

Die Erleichterung, dass sie nicht ihretwegen gekommen waren, war ihr deutlich anzusehen.

»Stefanie ist nicht da«, antwortete Emy kurz angebunden.

»Wann kommt sie zurück? Notfalls warten wir einen Augenblick.«

»Sie kommt nicht so bald. Sie ist krankgeschrieben.«

Tess und Wolkers warfen sich einen schnellen Blick zu.

»Sie ist erschöpft, hat einen Burn-out«, fuhr Emy ohne merkliche Regung fort. »Oder so was Ähnliches, mal wieder. Beim letzten Mal war sie monatelang nicht in der Firma.«

»Haben Sie ihre Adresse?«, fragte Wolkers. Eine unnötige Frage; die Adresse hatten sie längst in Erfahrung gebracht. Emy beugte sich zu ihrem Computer hinunter und begann zu tippen, was Wolkers die Gelegenheit gab, in ihr Dekolleté zu spähen. Emy las die Adresse von ihrem Computerbildschirm ab.

»Danke«, sagte Wolkers.

Tess warf ihm einen giftigen Blick zu.

»Aber vielleicht können Sie uns auch weiterhelfen«, sagte Tess und wandte sich wieder an die junge Frau. »Wissen Sie zufällig noch, welche Schuhe Nick Farkas am Tag des Überfalls getragen hat?«

Emy seufzte und verdrehte die Augen, als stünde die Antwort an der Decke geschrieben.

»Die weißen. Die Edelsneakers.«

9

Tess steht vor dem großen Spiegel im Flur und denkt: Gute Wahl, die Hose mit der Bluse und den Ankleboots. Du siehst immer noch aus wie eine Polizistin, aber das bist ja nun mal. Du bist geschminkt wie eine Polizistin, die versucht, sich zu schminken. Ein kleines bisschen zu viel, ein kleines bisschen zu auffällig. Aber jetzt ist es zu spät, um noch etwas zu ändern.

Sie sieht sich leicht verzerrt, da der Spiegel an der Wand lehnt; sie sollte ihn aufhängen. Auf jeden Fall vor dem nächsten Besuch ihrer Mutter, die ihr ansonsten wieder eine Predigt über wählerische Frauen halten wird, die ihre biologische Uhr ignorieren und allein und verbittert alt werden. Tess könnte ihr entgegenhalten, dass es genügend Fälle von gequälten Kindern gibt, die ihren übergriffigen Müttern den Schädel eingeschlagen haben. Wobei solche Morde im Übrigen weitaus häufiger vorkommen als die Gangsterüberfälle, von denen ihre Mutter befürchtet, Tess könne ihnen eines Tages zum Opfer fallen.

»Warum arbeitest du nicht zum Beispiel als Postbotin, das ist doch auch ein interessanter Beruf?«, sagt sie jedes Mal. »Du trägst eine Uniform, du kommst raus unter Menschen, aber wenigstens hast du nichts mit Kriminellen zu tun.«

Auch damit liegt sie falsch, aber Tess weiß es besser, als ihrer ewig nörgelnden Mutter etwas darauf zu erwidern.

Schweigen ist die beste Antwort. Außerdem hat ihre Mutter ja nicht ganz unrecht.

Sie begutachtet sich ein letztes Mal im Spiegel, bereit, zum Gericht aufzubrechen, als sie plötzlich dringend auf die Toilette muss. Das passiert immer, wenn sie nervös ist, und zwar jedes Mal auf den letzten Drücker und aus heiterem Himmel. Ihr Magen krampft sich zusammen, ihre Eingeweide wollen alles loswerden.

Angst-Flitzkacke.

Er wippte auf seinem Stuhl herum, in engen Skinny Jeans, die Arme vor der Brust verschränkt. Ein Lächeln im Gesicht. Nein, eher ein Grinsen. Er schaute sich im Vernehmungsraum um, als würde er den Anstrich inspizieren. In Wirklichkeit war er auf der Suche nach Kameras. Er glaubte immer noch, die Situation unter Kontrolle zu haben. Doch da irrte er sich. Sie würde ihm seinen schicken Schal immer enger um den Hals ziehen, bis er keine Luft mehr bekam.

»Und, was meinst du?«, fragte sie Wolkers.

»Dass wir das ohne die Schwergewichte von oben hinkriegen«, antwortete er.

Tess schaute sich den anderen Mann im Raum an. Er blätterte ruhig in seinen Papieren. Der Einfluss eines Anwalts während eines Verhörs war begrenzt, aber Leute wie Jean-Paul Van Steedam durfte man nicht unterschätzen.

»Um welche Uhrzeit genau sind Sie nach Hause gekommen?«, fragte Tess.

»Apropos, wann kann ich eigentlich endlich wieder nach Hause? Ich wohne jetzt schon lange genug mit Nina bei meinen Eltern.«

»Je zügiger Sie unsere Fragen beantworten, desto schneller sind wir hier fertig. Also, wann genau sind Sie nach Hause gekommen?«

»Es muss so gegen Viertel vor acht gewesen sein, die genaue Zeit weiß ich nicht mehr. Drehen Sie mir keinen Strick daraus, falls es fünf Minuten früher oder später war.«

»Wie lange dauert die Fahrt von der Arbeit nach Hause?«

»Zwanzig bis fünfundzwanzig Minuten in der Hauptverkehrszeit, sonst fünfzehn Minuten.«

»Abends also ungefähr eine Viertelstunde.«

»Ja, so in etwa.«

»Laut Ihren Kollegen haben Sie an jenem Tag die Firma um achtzehn Uhr dreißig verlassen, direkt nach einem Meeting. Die Uhrzeit wird von zwei Kolleginnen, Stefanie Baertsoen und Emy Kimpe, bestätigt. Letztere hat Sie mit dem Auto wegfahren sehen«, sagte Wolkers.

»Wenn Sie um halb sieben die Firma verlassen haben, hätten Sie um Viertel vor sieben zu Hause sein müssen. Sie sind jedoch erst um Viertel vor acht, also eine Stunde später, dort angekommen. Was haben Sie in der Zwischenzeit gemacht?«

»Aber das habe ich doch bereits ausgesagt, oder? Es war ein wunderschöner Tag. Ich fahre gern Auto. Es lenkt mich ab. Ich habe einen sehr anstrengenden Job. Ich trage große Verantwortung. Normale Leute glauben häufig, dass jemand in meiner Position nur delegiert und zu Geschäftsessen geht. Aber das ist ein Irrtum. Die Leute neigen dazu, nur solche Arbeit anzuerkennen, die praktisch und sichtbar ist. Müllmänner, Bauarbeiter, Kassiererinnen, sie alle arbeiten. Was diese Leute nicht begreifen, ist, dass ihre Arbeit auf dem fußt, was in den Köpfen der Denker seinen Ursprung hat. Derjenigen, die Politik machen, die die Welt strukturieren und dafür sorgen, dass andere Menschen, ohne nachzudenken, ihre Arbeit verrichten können. Es sind die Denker, die die Welt verändern, und ich bin ein Denker.«

»Waren Sie allein mit dem Auto unterwegs?«

»Es mag prätentiös klingen, aber ich bin nie allein, ich bin ständig von meinen Gedanken umgeben. Körperlich war ich natürlich allein. Mit meinen Gedankengängen und klassischer Musik. Zum Beispiel dem *Messias* von Händel. Es ist wunderbar, zu diesen Klängen durch die Landschaft zu fahren.«

»Es gibt also eine Stunde an dem betreffenden Tag, für die Sie keine Zeugen haben.«

»Sagen Sie, Wolkers, haben Sie Zeugen für alles, was Sie tun? Sind Sie zum Beispiel mit Jonkman verwachsen?«

»Eine lustige Idee, aber nein.«

»Hören Sie, Nick, wir glauben einfach nicht, dass Sie eine Stunde lang nur herumgefahren sind. Laut Emy Kimpe waren Sie sehr aufgeregt und sind mit Vollgas losgerast«, sagte Tess.

»Es ist aber so, wie ich sage. Es stimmt, dass ich ein bisschen aufgeregt war. Bei der Arbeit gab es ein paar Probleme. Meine Untergebene konnte schlecht damit umgehen, dass ich die Kommunikation auf eine professionelle Ebene bringen wollte. Es hat sich herausgestellt, dass sie für ihre Stelle nicht geeignet ist und wir ihr kündigen müssen. Ich habe überlegt, wie ich das Ludo Scherpereel beibringen sollte.«

»Reden Sie von Stefanie Baertsoen?«

»Ja. Wissen Sie, Ludo lässt sich eher von seinen Gefühlen leiten. Es ist natürlich gut, als Manager emotionale Intelligenz zu besitzen, aber man darf seine Emotionen nicht in seine Entscheidungen einfließen lassen. Wenn er jemanden sympathisch findet, steht er dem- oder derjenigen kritiklos gegenüber. Aber mit dieser Einstellung kann man ein Unternehmen nicht zum Erfolg führen. Ich wollte ihm am nächsten Tag vorschlagen, dass wir Stefanie entlassen. Wir brauchen jemanden, der talentierter ist und eine professionellere Einstellung hat. Ich bereite so ein Gespräch gerne im Auto vor, sonst geht es mir die ganze Nacht durch den Kopf.«

»Sie engagieren sich sehr für die Arbeit.«

»Es ist meine Pflicht, ich werde dafür bezahlt. Wenn ich an etwas glaube, gebe ich alles. Und ich glaube an meine Fähigkeiten als Marketingexperte.«

»Sie sind also die Art von Mann, der ständig mit seiner Arbeit beschäftigt und immer verfügbar ist.«

»So ist es. Daran sollten sich viele mal ein Beispiel nehmen.«

»Sie waren also auch erreichbar, als Sie allein durch die Gegend fuhren?«, fragte Tess.

»Wie meinen Sie das?«

»Dass Sie Ihr Smartphone dabeihatten. Und es, wie ich annehme, über Bluetooth mit dem Auto verbunden war?«

»Das … das könnte sein, aber ich weiß es nicht mehr genau. Der Akku hält nicht lange, und manchmal schalte ich mein Smartphone auch einfach aus. Man muss ein bisschen aufpassen mit diesem ›rund um die Uhr erreichbar sein‹. Man muss eine gute Work-Life-Balance finden. Jeder braucht von Zeit zu Zeit *digital detox.*«

»Am Abend der Tat war Ihr Akku geladen. Wie Sie selbst gesagt haben, waren Sie nicht allein im Auto. Sie wurden von Ihren Gedankengängen und zugleich von der ganzen Welt begleitet.«

»Das hat Hoofdinspecteur Jonkman jetzt aber schön poetisch ausgedrückt«, übernahm Wolkers. »Technisch gesehen war Ihr Handy mit den Sendemasten in der Umgebung verbunden. Daher wissen wir ungefähr, wo Sie waren, und zwar zu jedem Zeitpunkt des betreffenden Abends.«

»Sie sind von der Arbeit direkt nach Hause gefahren, Nick.«

»Und Sie haben kein Alibi für den wichtigen Zeitraum zwischen dem Verlassen der Firma und dem Moment, als Sandra erstochen wurde. Was haben Sie dazu zu sagen?«

»Meneer Wolkers, Mevrouw Jonkman, mein Mandant muss dazu gar nichts sagen. Ich beantrage, das Verhör zu unterbrechen, damit ich mich mit meinem Mandanten beraten kann.«

»Wie ist das Verhältnis zu Ihren Nachbarn?«, fragte Tess.

»Mit denen auf der einen Seite haben wir kaum Kontakt. Das Haus ist in drei Wohnungen aufgeteilt. Man grüßt sich, mehr nicht. Der Mann im zweiten Stock hat Sandra oft beobachtet, wenn sie sich gesonnt hat. Das war ihr sehr unangenehm.«

»Wir haben die Nachbarn überprüft. Der Mann hat ein wasserdichtes Alibi«, sagte Wolkers.

»Und er bestreitet, Ihrer Frau jemals nachspioniert zu haben.«

»Das wundert mich nicht. Er würde es Ihnen gegenüber doch kaum zugeben, oder? Tja, wer weiß schon, was im Kopf eines solchen Typen vor sich geht.«

»Und die anderen Nachbarn?«

»In den Wohnungen gibt es eine ziemliche Fluktuation; wir verschwenden keine Energie durch soziale Kontakte mit diesen Leuten. Ehe man sie richtig kennt, sind sie schon wieder umgezogen. Auf der anderen Seite wohnt Alice Mortier, eine ältere Dame; sie ist Witwe.«

»Wie würden Sie die Beziehung zu ihr beschreiben?«

»Alice ist eine freundliche Person. Nicht wirklich reich, nur obere Mittelschicht. Es gefällt ihr, dass eine junge Familie nebenan wohnt. Es halte sie jung, sagte sie. Sie war wie eine Großmutter für Nina. Sie schenkte ihr immer Süßigkeiten, wenn wir sie besuchten.«

»Sie schätzt Sie sehr.«

»Ich helfe ihr manchmal ein bisschen im Haus.«

»Wobei helfen Sie ihr denn so?«

»Die Hecke schneiden, eine Glühbirne auswechseln, das Übliche.«

»Helfen Sie ihr auch mit dem Müll?«

»Mein Mandant muss nicht …«, mischte sich Van Steedam ein.

»Meneer Van Steedam, Sie sind nicht befugt, anstelle Ihres Mandanten zu antworten. Meneer Farkas hat freiwillig entschieden, mit uns zu sprechen«, mahnte Tess.

»Das weiß ich, aber ich kann meinen Mandanten darauf hinweisen, dass er nicht alle Fragen beantworten muss.«

»Ihr Mandant wurde unmissverständlich über seine Rechte aufgeklärt. Und Sie hatten genügend Zeit, sich zu beraten.«

»Nick, haben Sie ihr auch mit dem Müll geholfen?«, fragte Wolkers.

»Ich finde es amüsant, dass Sie mich danach fragen. Vielleicht möchten Sie auch die Einkaufslisten der letzten Wochen haben? Oder wissen, wie oft Alice gebügelt hat? Ich habe keine Ahnung. Einmal im Monat hat ihre Haushaltshilfe die Fenster geputzt. Bitte missverstehen Sie mich nicht, ich finde Sie beide recht sympathisch für Polizisten, aber wenn die Leute weniger Zeit verschwenden würden, hätten sie auch weniger Probleme mit Arbeitsdruck.«

»Das hier ist keine Zeitverschwendung, Nick, und das wissen Sie genauso gut wie wir. Laut Alice Mortier haben Sie ihr mit dem Müll geholfen. Aus diesem Grund haben Sie einen Schlüssel zu ihrem Gartentor. Was haben Sie dazu zu sagen?«, fragte Tess.

»Wenn ich meinen Anwalt richtig verstehe, habe ich dazu gar nichts zu sagen.«

»Gut, dann machen wir mit den Schuhen weiter«, sagte Wolkers.

»Erkennen Sie diese Art von Schuh wieder?«, fragte Tess und fügte für die Aufzeichnungen hinzu: »Inspecteur Wolkers zeigt ein Bild von weißen Turnschuhen, Marke Philipp Plein.«

»Nein, die sagen mir nichts. Schöne Schuhe.«

»Laut Ihren Kollegen tragen Sie solche Schuhe.«

»Wissen Sie, wie viele Modelle von weißen Sneakers es gibt? Ja, vermutlich habe ich welche getragen. Aber nicht diese. Im Übrigen habe ich nicht den Eindruck, dass meine Kollegen besonders modebewusst sind.«

»Emy Kimpe erinnert sich daran, dass Sie ihr die Schuhe gezeigt haben, ich zitiere: ›Er sagte, dass es teure Schuhe seien, fünfhundert Euro oder mehr, von einem Designer, der bei Fußballern beliebt ist. Ein Deutscher, Filip sowieso.‹«

»Ich erinnere mich an weiße Sneakers, aber nicht daran, dass ich so etwas zu Emy gesagt hätte. Emy ist nicht die Hellste. Sie verwechselt mich wahrscheinlich mit jemand anders.«

»Stefanie Baertsoen sagte, ich zitiere: ›Er hatte mehrere Paar Schuhe, aber die weißen Sneakers waren die auffälligsten. Er war stolz auf sie, sie waren exklusiv, von einem angesagten Designer.‹ Das ist doch ziemlich eindeutig, nicht wahr, Nick?«

»Welche Schuhgröße haben Sie?«, fragte Wolkers.

»Das wissen Sie doch. Sie haben mehrere Paar Schuhe von mir in der Asservatenkammer. Wann bekomme ich sie zurück?«

»Welche Schuhgröße haben Sie?«

»Oder sind sie Ihnen schon abhandengekommen? Hat sich Wolkers damit aus dem Staub gemacht?«

»Welche Schuhgr...«

»Dreiundvierzig.«

»Diese Schuhe haben Größe 43.«

»Es ist eine häufige Männergröße.«

»Aber nur wenige Männer besitzen Philipp-Plein-Schuhe Größe 43 im Wert von fünfhundert Euro, deren Abdrücke wir in Ihrem Haus gefunden haben und die mit Sandras Blut bedeckt sind.«

»Inspecteur Wolkers zeigt Fotos von zwei blutigen Philipp-Plein-Schuhen.«

»Sie wissen, wo wir diese Schuhe gefunden haben, oder?«

»Nein.«

»Sie waren im Müll von Alice Mortier. In dem Müllsack, den Sie drei Tage später an die Straße gestellt hätten.«

»Die Schuhe waren in ein Hemd voller Blutspritzer eingewickelt. Sandras Blut. Zufälligerweise hat das Hemd ebenfalls Ihre Größe«, fuhr Tess fort.

»Stefanie Baertsoen hat bestätigt, dass Sie am Tag des Vorfalls die weißen Sneakers getragen haben.«

»Stefanie, aha … Wenn sie so viel Ahnung von Kommunikation hätte wie von meiner Garderobe, dann wäre unsere Zusammenarbeit wesentlich besser gelaufen.«

»Auf den Schuhen haben wir Ihre Fingerabdrücke gefunden, Nick. Nur Ihre. Wir können ganz einfach überprüfen, ob Sie sie getragen haben, aber wir glauben nicht, dass das wirklich notwendig ist«, sagte Wolkers.

»Bestimmt ist es Ihnen nicht leichtgefallen, das können wir gut verstehen.«

»Was verstehen Sie, Jonkman?«

»Wie schwer es Ihnen gefallen sein muss, Ihre teuren Schuhe zusammen mit Alice' Müll zu entsorgen.«

»Was verstehen Sie schon davon, Sie kleine Politesse? Sie glauben, Sie wüssten alles, aber Sie wissen gar nichts! Und von jetzt an sage ich kein Wort mehr.«

»Erkennen Sie diesen Schmuck wieder?«

»Ich mache von meinem Schweigerecht Gebrauch.«

»Wir haben ihn in Sandras Schmuckkästchen gefunden, unter Ihren Schuhen und Ihrem Hemd, im Müllsack von Alice Mortier. Gabriel Robertson hat ihn sofort erkannt.«

»Warum versteckt ein Dieb so wertvollen Schmuck in Alice Mortiers Müllsack? Haben Sie eine Ahnung, Nick?«

»Kein Kommentar.«

»Ihnen muss klar sein, dass dieser Fund uns sagt, dass es gar keinen Einbrecher gegeben hat. Damit können wir Raubmord ausschließen.«

»Wie oft muss ich es noch sagen? Kein Kommentar.«

»Es hat keinen Sinn zu schweigen, Nick. Das wird Ihnen nicht weiterhelfen. Alles weist auf Sie als den Täter hin. Sie mussten improvisieren, vielleicht sind Sie in Panik geraten.

Deshalb haben Sie die Sachen in Mevrouw Mortiers Müll versteckt. Dort hätten Sie sie bequem später abholen können. Dachten Sie. In Anbetracht der Umstände war das ein ziemlich kluger Schachzug.«

»Kein Kommentar.«

»Es wäre besser für Sie, wenn Sie kooperieren würden. Das könnte sich positiv auf Ihr Urteil auswirken. Man wird es vor Gericht berücksichtigen.«

»Mevrouw Jonkman, Sie üben ungebührlichen Druck auf meinen Mandanten aus.«

»Warum haben Sie Sandra getötet, Nick?«

»Wissen Sie, was ich bedaure, Jonkman? Sie könnten ziemlich attraktiv sein. Ein paar Kilo weniger, ein paar schickere Klamotten. Aber so sind Sie einfach nur unansehnlich.«

»Sie sitzen hier nicht als Stylist.«

10

Als sie auf der Toilette sitzt und die Minuten verrinnen, die sie bräuchte, um ohne Zeitdruck zum Gerichtsgebäude zu fahren, denkt sie zum x-ten Mal über die Ermittlungen nach. Es ist belastend, den Täter eines Verbrechens nicht zu finden. Noch schlimmer ist es, wenn du den Täter findest, aber die Staatsanwaltschaft ihn laufen lässt. Am schlimmsten ist jedoch, wenn du den Täter findest und ein gewiefter Anwalt ihn freipaukt.

Diese selbstgefällige Visage des Anwalts – einfach widerlich! Dass ihr Täter ungeschoren davonkommt, ist nicht einmal das Entscheidende; aber dass Staatsanwaltschaft und Polizei sich geschlagen geben müssen, ist eine bittere Pille. Es geht hier um den Klassenkampf zwischen den Großverdienern – den *high performers*, wie sie sich selbst sehen – und den Versagertypen des Justizsystems. Auch jetzt erscheinen wieder Interviews in der Presse, in denen Anwälte immer dasselbe herunterleiern. Dass jeder ein Recht auf Verteidigung habe und die Rechtsstaatlichkeit gewahrt werden müsse. Sie spielen mit der Angst der Leserschaft: Angenommen, du würdest jemals zu Unrecht beschuldigt und wärst einer Kripo mit Tunnelblick ausgeliefert? Würdest du nicht auch wollen, dass ein Anwalt die Akte auf Verfahrensfehler überprüft?

Doch dass sie auf die Rechtsstaatlichkeit pochen, bedeutet noch lange nicht, dass sie auch Recht geschehen lassen wollen, wie sie die Öffentlichkeit so gern glauben machen. In Wahrheit kann ihnen die Gerechtigkeit weitgehend gestohlen bleiben. Fälle, in die unschuldige Bürger verwickelt sind, interessieren sie nur, wenn es dabei mediale Aufmerksamkeit oder einen Koffer voller Geld einzuheimsen gibt. Die richtig armen Teufel müssen sich mit desinteressierten Novizen begnügen. Nein, die großen Damen und Herren Anwälte verteidigen lieber reiche Gangster und Drogendealer, Mörder und Pädophile. Ohne Skrupel, nur für Image und Geld.

Der Milchschaum verschwand in einem Strudel. Tess zog den Rührstab aus dem Kakao, klopfte damit auf den Becher und kostete ihr Getränk. Es war lecker, aber noch ein bisschen zu heiß.

»Woran denkst du, Andy?«

Wolkers stand mit dem Rücken zu ihr und starrte auf die Bilder an der Tafel. Sandra Robertson, Nick Farkas, das Phantombild des Mannes unter der Markise.

»Warum fallen Frauen immer auf solche Typen herein?«

Sie stellte sich neben ihn und wollte schon erwidern, dass er unrecht hatte, aber sie spürte, dass sie ihn besser ausreden lassen sollte.

»Ich meine, dieser Typ ist doch ein absoluter Blender! Ein Angeber, der nur an sich selbst interessiert ist. Auf seiner Stirn steht in Großbuchstaben ›Schleimbeutel‹, und trotzdem gehen ihm alle auf den Leim.«

Tess betrachtete das lange Pferdegesicht und die knochige Gestalt ihres Kollegen. Musste er bei Farkas an sein eigenes Liebesleben denken? Sie konnte sich vorstellen, dass er nie viel Erfolg bei Frauen gehabt hatte. Dass er als Teenager mit Jungs konkurrieren musste, die Fußball oder Gitarre spielen konnten, später mit denen, die mit dem Geld ihres Vaters protzten, und dass ihm heute die Hipster mit gut bezahlten Jobs und Leasingautos den Rang abliefen.

»Nicht alle Frauen fallen auf sein Gesülze herein.«

Wolkers zuckte mit den Schultern und seufzte, als wollte er sagen, dass Farkas zwar nicht alle Frauen erobert hatte, aber die, die zählten. Die überdurchschnittlich attraktiven. Natürlich war Farkas ein Schleimscheißer, aber Tess konnte nicht leugnen, dass sie die Frauen durchaus verstehen konnte. Wenn man Andy Wolkers anschaute, sah man herumliegende Socken und Fertigmahlzeiten. Bei Farkas sah man abenteuerliche Urlaube und aufregenden Sex. Sie dachte an Michael, den Notarzt ohne Ehering.

Die Melodie ihres Handys holte sie zurück in die Realität.

»Jonkman.«

»Mevrouw Jonkman«, sagte eine angenehme, tiefe Stimme, die sie sofort erkannte, »hier ist Rechtsanwalt Van Steedam.«

»Guten Morgen, Herr Rechtsanwalt.«

Als er den Titel hörte, drehte sich Wolkers zu ihr um, und Tess hob die Augenbrauen.

»Mein Mandant möchte seine Aussage ändern.«

»Seine Aussage ändern?«

Jetzt zog Wolkers die Augenbrauen hoch.

»Meneer Farkas ist jetzt bereit, die ganze Wahrheit zu sagen.«

11

»Ich habe die Firma um halb sieben verlassen und bin von dort aus direkt nach Hause gefahren, wie Sie am Standort meines Handys erkennen können. Als ich ankam, stand die Tür einen Spalt offen. Ich ging in die Diele und hörte Stimmen. Eine Stimme erkannte ich als die von Sandra. Die andere Stimme war die eines mir unbekannten Mannes. Ich ließ die Haustür angelehnt, damit sie mich nicht kommen hörten, und lauschte an der Tür zum Wohnzimmer. Sie waren in eine Auseinandersetzung verwickelt. Es war offensichtlich, dass sie sich kannten.«

»Nick, wir glauben nicht, dass …«

»Hören Sie, Jonkman, entweder, Sie lassen mich ausreden, oder ich sage kein Wort mehr. Sie glauben vielleicht, dass Sie die Wahrheit kennen, aber in Ihren Ermittlungen gibt es viele lose Enden, und das wissen Sie selbst nur zu gut.«

»Na schön. Fahren Sie fort.«

»Die Situation war äußerst seltsam. Der Mann klang aufgebracht. Mir schoss alles Mögliche durch den Kopf. Dann hörte ich Sandra schreien, und ich rannte ins Wohnzimmer. Der Mann flüchtete durch die Schiebetür, Sandra sank mir in die Arme. Sie blutete, in ihrem Bauch steckte ein Messer. Da war so viel Blut, und ich … Ich glaube, da hat es in meinem Gehirn einen Kurzschluss gegeben, ich konnte nicht normal denken. Ich wollte ihr helfen. Ich hätte das Messer stecken lassen sollen, ich weiß inzwischen, dass es besser ist, das Messer stecken zu lassen, um es nicht noch schlimmer zu machen. Aber ich handelte instinktiv. Ich zog das Messer also heraus. Da kam noch mehr Blut, es spritzte auf mich, sie ist gestürzt und … in dem Moment habe ich einen noch größeren Fehler begangen. Ich frage mich das die ganze Zeit, es geht mir ständig durch den Kopf: Warum habe ich nicht sofort die Polizei gerufen? Warum habe ich nicht einfach gesagt, was passiert war? Sandra lag da in einer großen Lache … Es war schrecklich. Ich beugte mich über sie; ihre Augen waren weit aufgerissen, sie krallte sich an mir fest. Da bekam ich es mit der Angst zu tun. Hören Sie, ich weiß, wie die Polizei denkt. Sie wollen ein Verbrechen so schnell wie möglich aufklären. Und Sie halten denjenigen für den Täter, den Sie beim Opfer finden. Ich hielt das Messer in der Hand, Sandras Blut war auf meiner Kleidung, ich hatte ihren Angreifer nicht richtig gesehen. Also würde man mich für den Mörder halten. Ganz einfache Schlussfolgerung. Aber ich wollte nicht für einen Mord ins Gefängnis gehen, den ich nicht begangen habe.«

»Zu diesem Zeitpunkt gab es keinen Mord. Sandra war noch am Leben.«

»Ich bereue es so sehr! Wenn ich könnte, würde ich alles

ungeschehen machen. Aber ich bin in Panik geraten und habe mich wie ein egoistischer Mistkerl verhalten. Ich wusste, dass Sie alles überprüfen würden, was ich getan habe. Ich bin nicht stolz darauf, dass ich Sandra betrogen habe. Aber es war ihre Schuld. Die Äpfel in Nachbars Garten schmecken bekanntlich immer besser, und zwar umso mehr, wenn der eigene Garten eine Wüste ist. Da stand ich also, ein ehebrecherischer Ehemann, neben meiner erstochenen Frau, das Messer in der Hand. Deshalb habe ich spontan beschlossen, einen Überfall zu inszenieren. Ich bin die Treppe hochgerannt und habe Sandras Schreibtisch verwüstet. Ich habe Nina zugerufen, sie solle in ihrem Zimmer bleiben. In unserem Schlafzimmer habe ich ein frisches Hemd und andere Schuhe angezogen. Ich habe Sandras Schmuckkästchen von ihrem Schminktisch genommen und es nach unten gebracht. Den Rest können Sie sich ja denken.«

»Dafür, dass Sie angeblich verwirrt und in Panik waren, haben Sie sehr klar gedacht und strukturiert gehandelt.«

»Das mag im Nachhinein so erscheinen, aber ich habe wie auf Autopilot gehandelt. Wer unter Schock steht, tut seltsame Dinge. Ich bin durch den Garten hinüber zu Alice gegangen und habe den Schmuck, das Hemd und die Schuhe in den Müllsack gesteckt. Ich hatte vor, den Sack ein paar Tage später in die Müllabfuhr zu geben.«

»Sie wollten den Familienschmuck einfach wegwerfen?«

»Mir blieb nichts anderes übrig. Ich war außer mir. Ich habe überhaupt nicht nachgedacht, ich habe nur agiert.«

»Sie haben nur an sich selbst gedacht. Was haben Sie anschließend gemacht?«

»Ich bin wieder hineingegangen, habe das Messer genommen und auf mich eingestochen.«

»Das ist leichter gesagt als getan. Leute, die sich selbst verletzen, tun das meist nur oberflächlich. Bei Ihnen dagegen ging der erste Stich ziemlich tief.«

»Es war … Es tat höllisch weh. Ich muss unzurechnungsfähig gewesen sein.«

»Uns erscheint Ihr Verhalten sehr rational, Nick. Es waren keine Fingerabdrücke auf dem Messer, also müssen Sie es abgewischt haben, bevor Sie es unter das Sofa warfen.«

»Wir haben Sandras Lebenswandel überprüft. Wir haben keinerlei Anzeichen für Erpressung, finanzielles Fehlverhalten oder eine außereheliche Beziehung gefunden. Keine E-Mails, keine Textnachrichten, nichts. Was in dieser Nacht geschah, war kein Raubmord. Es gab keinen Liebhaber. Es ging auch nicht um Erpressung oder eine Abrechnung. Wer hätte sie töten wollen?«

»Ich habe gesagt, was ich zu sagen hatte.«

»Eine schöne Geschichte, Nick. Gut konstruiert, aber wir glauben sie nicht. Sie haben versprochen, uns die Wahrheit zu sagen, aber das haben Sie nicht getan.«

»Erstens haben wir die Philipp-Plein-Schuhe und Ihr Hemd genauer untersuchen lassen. DNA-Analysen kosten eine Menge Geld, wir fordern sie nur an, wenn es wirklich notwendig ist.

Zweitens war diese Analyse ihr Geld mehr als wert. Die Menge an Blut auf dem Hemd sowie das Muster der Spritzer deuten darauf hin, dass Sie sie erstochen haben, Nick. Das ist die einzige Möglichkeit, wie eine solche Menge Blut auf Ihr Hemd gekommen sein könnte. Sie haben selbst auf sich eingestochen, um die Tatsache zu vertuschen, dass Sie der Mörder sind.

Drittens sind Ihre Schuhe wirklich zwei Prachtexemplare. Das Muster der Blutspritzer spricht Bände. Die Höhe, aus der das Blut kam, die Richtung, in der es spritzte, wir können alles nachvollziehen. Es beweist, dass die Schuhe von der Person getragen wurden, die Sandra erstochen hat. Sagen Sie uns endlich die Wahrheit, Nick!«

»Mevrouw Jonkman, Meneer Wolkers, jetzt tun Sie es schon wieder! Sie setzen meinen Mandanten mit Ihren angeblichen Beweisen unter Druck. Wobei wir für alles, was Sie hier anführen, ein Gegengutachten anfordern werden.«

»Wir haben keine Angst vor Ihrem Gegengutachten, Herr Rechtsanwalt. Und von Druck ausüben kann keine Rede sein.«

»Die Aussage meines Mandanten ist schlüssig, und das Gegengutachten wird ihren Wahrheitsgehalt bestätigen.«

»Es war noch jemand im Haus in dieser Nacht, Jonkman. Wissen Sie …«

»Warte, Nick, es ist nicht nötig, dass …«

»Wissen Sie inzwischen, von wem die Fingerabdrücke auf der Kochinsel stammen, Jonkman? Wissen Sie, wer Sandra angerufen hat, Wolkers? Haben Sie den mysteriösen Mann unter Belindas Markise identifiziert? Es gibt eine dritte Person, die in den Fall involviert ist. Das weiß ich, und das wissen Sie. Und ich sage, dass diese andere Person Sandra getötet hat.«

12

Tess zieht die Autotür zu. Sie bleibt einen Moment reglos sitzen, bevor sie den Schlüssel ins Zündschloss steckt; für einen Augenblick will sie die Stille genießen, den Geruch von Fritten, der noch im Innenraum hängt, die Ruhe auf der

Straße. Sie atmet langsam ein und aus, hier in ihrem Kokon, während sie die geparkten Autos und die Blumenkästen auf den Fensterbänken der Nachbarn von gegenüber betrachtet. Die blauen und rosa Blumen erinnern sie an Alice Mortier.

Ein Mann radelt langsam vorbei, die Knie nach außen, den Lenker fest umklammert. Er schaut sie an, als fühlte er sich ertappt und fragte sich zugleich, was sie da im Auto sitzend macht. Zu dieser Stunde, auf dieser Straße. Sie erwidert seinen Blick, nickt, aber der Mann ist schon vorbei. Als ihr klar wird, dass sie nicht länger zögern darf, lässt sie den Motor an.

Aus dem Radio ertönt das fröhliche Lachen einer Moderatorin; sie plaudert munter mit einer Frau, die im Namen ihrer Firma ein paar Songs aussuchen darf.

»Darf ich noch jemanden grüßen?«, bittet sie.

»Ja, aber ganz schnell«, sagt die Moderatorin, während das Intro des nächsten Songs bereits eingesetzt hat. Die Anruferin leiert eine Reihe von Namen herunter, bis weit in die erste Strophe hinein. Dann noch ein »Tschü-hüss!«

Tess rangiert aus der Parklücke; der Duftanhänger am Rückspiegel tanzt hin und her. Er duftet schon lange nicht mehr, aber Tess lässt ihn hängen, weil er einen ulkigen kleinen Rasta-Mann darstellt. Sie stupst ihn an, und der kleine Mann dreht sich um die eigene Achse.

Sie fragt sich plötzlich, ob der Notarzt als Zeuge vorgeladen wurde. Michael mit dem langen Nachnamen, Michael ohne Ehering. Ist es üblich, dass Krankenhausärzte ihren Schmuck während der Arbeit ablegen, oder wird das nur bei Operationen gemacht?

Tess schüttelt den Kopf. An so etwas will sie jetzt nicht denken. Sie muss sich auf die Verhandlung konzentrieren, auf nachher, wenn sie im Zeugenstand sitzt und die Verteidigung alles daransetzen wird, dass sie wie ein Kind auf einem zugefrorenen Teich ausrutscht und auf die Nase fällt.

13

Sie nennen es das Aquarium. Im Sommer auch schon mal Treibhaus, wenn die Klimaanlage mal wieder ausfällt und die Temperaturen in den verglasten Fluren Fegefeuerniveau erreichen. Die komplette Fassade des Gerichtsgebäudes ist verglast, und als Tess zum ersten Mal die auf und ab fahrenden Aufzüge und die wimmelnden Menschen sah, dachte sie an die Ameisenhaufen, in denen sie als Kind herumgestochert hatte.

Auch heute herrscht hektisches Treiben. Schon seit Tagen lechzt die Sensationspresse nach dem Prozess. Wird Nick Farkas verurteilt werden? Die Journalisten haben Topanwälte, *crime watchers* (was auch immer das sein mag), ehemalige Richter und Psychiater interviewt, kurzum jeden, der eine Meinung zu dem Fall beisteuern konnte und wollte.

Der Prozess könne so oder so ausgehen, so die selbst ernannten Experten. Trotz der erdrückenden Beweislage und der hohen Wahrscheinlichkeit von Farkas' Schuld halten es manche für möglich, dass er freigesprochen wird. Farkas selbst ist es gelungen, Zweifel zu säen, indem er auf die ungeklärten Faktoren hingewiesen hat – ein kluger Schachzug.

Tess steigt aus und nimmt die Sonnenbrille ab. Mit zusammengekniffenen Augen blickt sie auf das spiegelnde Gerichtsgebäude. Leute wie Nick Farkas sind Blender, denkt sie.

Sie sind der Leuchtkasten, auf den jeder starrt. Wenn sie Aufmerksamkeit wollen, ziehen sie sie auf sich; wenn sie Aufmerksamkeit fürchten, lenken sie sie ab. Das Licht geht aus, und noch während man blinzelt, sind sie weg. Auch sie selbst hat irgendwann nur noch in eine Richtung geschaut: zu der Stelle, auf die Farkas die Scheinwerfer gerichtet hatte.

Es gibt eine dritte Person, die in den Fall involviert ist. Das weiß ich, und das wissen Sie.

Während er es ausgesprochen hat, hat er sich selbstzufrieden zurückgelehnt. Er hat ihren Schwachpunkt erwischt. Weiß Farkas, wer die mysteriöse dritte Person ist? Möglich wäre es. Farkas hat die Geschehnisse seit der Messerstecherei perfekt orchestriert. Er hat geschwiegen, während die Polizei in seinem Leben herumstocherte und er den trauernden Ehemann spielte. Er hat sich in dem aufsteigenden Nebel versteckt; je länger die Identität des Mannes unbekannt blieb, desto besser war es für ihn. Zu Tess' Überraschung hat sich die Presse auf die Seite von Farkas geschlagen. Seine Untreue und seine Gier nach einem extravaganten Luxusleben wurden von den Skandalgeschichten in den Hintergrund gedrängt, die es über Gabriel Robertson zu berichten gab.

Tess seufzt tief und setzt die Sonnenbrille wieder auf.

Ein Mann mit grauem Haar in einem schicken Anzug geht, flankiert von Männern mit Designeraktentaschen, die Eingangstreppe hinauf. Sofort schwärmen die Kameraleute aus und umringen ihn. Wahrscheinlich hat man ihm einen Parkplatz irgendwo tief unter dem Gerichtsgebäude reserviert, in der Nähe des Fahrstuhls zum Gerichtssaal. Doch er ist keine Ratte, die sich versteckt. Da geht er in aller Öffentlichkeit, er geht offen dahin, umringt von der Presse, und weigert sich zu sprechen. Das ist seine Rache für den Rufmord. Er lässt sie springen, tanzen, um ein Wort betteln. Er beherrscht sie.

Tess vermutet, dass Jean-Paul Van Steedam hinter der Schmutzkampagne steckt, die in der Boulevardpresse gegen Gabriel Robertson losgetreten wurde. Der Anwalt hat Chefredakteure, Meinungsmacher und Politiker auf sein toskanisches Anwesen eingeladen, ist regelmäßig als Experte in Fernsehsendungen und Magazinen aufgetreten, ist immer bereitwillig und schnell mit seiner Meinung zur Stelle gewesen. Kurzum, für die Presse war er Gold wert. Für Gabriel Robertson galt das genaue Gegenteil.

Natürlich war der Vater ein gefundenes Fressen für die Pressemeute, der Tycoon, der trauernde Hinterbliebene. Doch er hatte nicht kooperiert. Er hatte stur geschwiegen, die Journalisten rausgeschmissen, sein Telefon blockiert. Doch Journalisten ignoriert man nicht ungestraft. Ein Familiendrama in der High Society lassen sie sich nicht nehmen. Deshalb schrieben sie über sein Imperium, das laut anonymen Quellen und internen Dokumenten auf dubiosen Geldflüssen, undurchsichtigen Beziehungen zu Politikern, Beamtenbestechung, feindlichen Übernahmen und Baustellen basiert, auf denen grob gegen Arbeitsgesetze verstoßen wurde. Die Artikel wurden von anonymen Zeugen mit Fakten und Fabeln über Mätressen, eine unglückliche Ehefrau und deren mysteriösen Tod sowie emotional vernachlässigte Kinder gewürzt.

Das Foto, auf dem er bei Sandras Beerdigung Farkas' stützenden Arm abwehrt, wurde in der Boulevardpresse und in Magazinen als Beweis für seine rachsüchtige Natur interpretiert. Das i-Tüpfelchen war ein Neffe, der auf die schiefe Bahn geraten und von Robertson aus dem Geschäft gedrängt worden war. Von seiner schäbigen Wohnung aus, in der der Schimmelpilz besser genährt war als er, zeichnete der Neffe das Bild eines rücksichtslosen Geldhais, der für seinen Erfolg über Leichen ging. Ein Mann, vor dem die ganze Familie zitterte und bebte.

Es war die reinste Goldgrube für Farkas' Verteidigung. Die Öffentlichkeit sah Robertson als mürrischen reichen Mann, abgestumpft durch die Vorstellung, dass man mit Geld alles kaufen könne, inklusive Vertuschung und Straffreiheit. Jemand mit so viel Reichtum und Macht konnte nicht anders, als einen langen Schatten zu werfen, und es gab keinen Zweifel daran, dass der Schatten auch auf seine Tochter gefallen war. Und auf ihre Familie. Die Zeitungen stürzten sich auf Sandras Exmann, den kleinen, bebrillten Architekten, der genauso hartnäckig schwieg wie Vater Robertson. Dieses Schweigen wurde von den Pressefuzzis gekonnt mit Argwohn betrachtet, noch geschürt durch den plötzlichen Weggang des Architekten aus der Firma, sogar aus dem Land. Zahlreiche Kommentare in den Online-Artikeln deuteten an, dass es sich um eine Scheinehe gehandelt habe und die Scheidung mit einer großen Geldsumme erkauft worden sei.

Außerdem wurde das Bild des naiven Lebemannes Nick Farkas gezeichnet, der Sandra zwar aufrichtig geliebt, aber die eiskalte Familienmentalität nicht ertragen hatte. Wie war die Beziehung zwischen ihm und Gabriel Robertson? Warum hatte man ihm nie einen Job im Familienbetrieb gegeben? Wollte Robertson ihn aus dem Weg räumen, genau wie den Architekten? War diese ganze Sache ein außer Kontrolle geratener Versuch von Gabriel Robertson, Nick Farkas von der Bildfläche verschwinden zu lassen? War der Mann unter dem Vordach, die Person, die Fingerabdrücke auf der Kücheninsel hinterlassen hatte, von Vater Robertson geschickt worden? Die Medien versprühten Nebel, und mit der Zeit tasteten alle blind umher.

Tess nutzt den Moment. Während sich die Presse um Gabriel Robertson schart, stolpert sie die Treppe hinauf, hastig, darauf bedacht, nicht verfolgt zu werden, ein wenig verlegen, weil sie vermutet, dass der Pressemob auch an ihr interessiert sein könnte, an der Frau, die die Ermittlungen gegen Farkas geleitet hat – und die vielleicht schon bald die Frau ist, deren vielversprechende Karriere von Jean-Paul Van Steedam zerstört wird.

Teil III

1

Der Saal ist brechend voll. Durch die vielen Menschen herrscht stickige Hitze, und angespanntes Gemurmel steigt auf, als wartete eine Gruppe von Fans auf einen Popstar. Alex dreht sich um und blickt in das Gesicht eines älteren Mannes, der ihn anlächelt. Rasch wendet er sich wieder ab. Als er im Gerichtsgebäude gewartet hat, hat sich der Mann zu ihm gesellt, auf der Suche nach einem neuen Gesicht und einem offenen Ohr. Alex hörte sich das Gerede des ehemaligen Steuerprüfers an und nickte gelegentlich. Der ältere Herr hat seit seiner Pensionierung keine einzige Gerichtsverhandlung verpasst. Betrogene Ehemänner, die dem Liebhaber ihrer Frauen den Schädel einschlagen, Drogenabhängige, die ihre Großmutter erwürgen, ein Raubüberfall, der mit einem Mord endet – alles schon dabei gewesen.

Aus dem sensationslüsternen Unterton, mit dem der Mann davon erzählte, hat Alex geschlossen, dass er den Nervenkitzel dieser düsteren Geschichten auskostete, auch wenn der Pensionär es nie offen zugegeben hätte. Sein Lieblingsprozess war der gegen den Metzger aus Blaashoek, der in einem Anflug von Wahnsinn einen Lebensmittelkontrolleur ermordet und ausgebeint hatte. Dieser Fall hat ihn persönlich getroffen; man merkte es am Zittern in seiner Stimme. Als Steuerprüfer weiß er nur zu genau, wie die Wut über die Vernunft triumphieren kann; auch er hat oft um sein Leben gebangt.

Der Mann klebt seitdem an Alex wie Kaugummi an einer Schuhsohle. Als er beim Betreten des Gerichtssaals auf zwei leere Stühle gezeigt hat, ist Alex schnell in eine andere Reihe geschlüpft.

Jetzt blickt er sich im Saal um. Stefanie ist nicht da. Unvorstellbar, dass sie nicht bei der Verhandlung anwesend sein will. Das kann nur eines bedeuten: Sie ist als Zeugin vorgeladen worden und darf der Verhandlung nicht beiwohnen, bis sie mit ihrer Aussage an der Reihe ist.

Alex konzentriert sich auf das Notizbuch auf seinem Schoß. Aus Nervosität und um sich von seiner Umgebung abzuschotten, zeichnet er einen Wal auf die erste Seite. Es hätte auch etwas ganz anderes werden können – normalerweise kritzelt er Quadrate oder abstrakte Formen –, aber diesmal ist es ein Wal. Er steigt aus dem Meer auf und spritzt fröhlich Wasser in die Luft. Ein Wal ist nicht schwer zu zeichnen; im Grunde malt man nur ein großes Ei mit einer Schwanzflosse.

Er fragt sich zum zigsten Mal, ob das junge Paar, dem sie das Haus verkauft haben, das Kinderzimmer so gelassen hat, wie es war. Würde der Wal jemals über einer Wiege …? Es spielt keine Rolle mehr. Bei dem Gedanken daran überkommt ihn wieder die Enttäuschung, wie damals, als er, nachdem alles fertig war, dagestanden und das Ergebnis betrachtet hatte. Das Zimmer war mehr als ein Projekt gewesen, es war sein persönlicher Raum geworden. Ein Kamerad, mit dem er ein Geheimnis teilte. Es tat ihm leid, dass Stefanie nichts davon wissen wollte, aber er hatte ihren Widerstand zu seinem Vorteil genutzt. Das Zimmer gehörte ihm allein; er konnte dort tun und lassen, was er wollte. Es war der Ort, an dem er seine Pläne geschmiedet hatte.

Wo er die Kleidung versteckt hatte.
Und den blutigen Umschlag.

Am Tag nach dem Angriff auf Sandra Robertson hatte Alex den Grill aus dem Gartenschuppen geholt. Das Wetter war schön, ideal, um mit dem Grill herumzuhantieren, ohne Verdacht zu erregen. Keiner der Nachbarn schien zu Hause zu sein. Wobei der einzige, der ihm wirklich Sorgen bereitet hatte, der Pensionär Denis war, der immer einen Grund fand, draußen zu sein: Auto waschen, Unkraut zwischen den Pflastersteinen zupfen, in der Garage werkeln, mit den Enkelkindern spielen. Dabei hatte er immer mit einem Auge seine Umgebung im Blick, falls zufällig jemand vorbeikam, den er anquatschen konnte.

Alex betrachtete die hintere Fassade von Denis' Haus. Die Vorhänge waren zugezogen. Nirgends ein Zeichen von Leben. »Wenn das Wetter so schön wird wie vorhergesagt, wollen Elsa und ich die Woche über ans Meer fahren«, hatte er am Wochenende zuvor gesagt. Alex stellte sich vor, wie Denis vor seinem Wohnmobil saß, die Zehen im Sand, neben einem Plastiktisch mit einem kalten Bier. Der Nachbar kommentierte Zeitungsmeldungen, seine Frau war in ein Kreuzworträtsel vertieft.

Alex ging in den hinteren Teil des Gartens. Nirgendwo bei den Nachbarn stand ein Fenster offen. Gut.

Er füllte den Grill mit Zeitungspapier. Darauf türmte er Holzkohle, mit genügend Luftlöchern, damit das Feuer richtig zog. Er zündete die Zeitung an. Eine dicke graue Rauchwolke wirbelte empor. Die Holzkohle, die bereits von den ersten Flammen angeleckt wurde, begann zu knistern.

Alex ging wieder rein und lief die Treppe hoch. Er öffnete

die Tür des Kinderzimmers und schloss sie hinter sich, mehr aus Gewohnheit als aus Notwendigkeit. In der Mitte des Raumes atmete er mit geschlossenen Augen ein. Der Geruch der Farbe lag immer noch in der Luft. Er mochte das.

Er nahm eine noch in Plastik verpackte Tapetenrolle vom Malertisch. Es war eine etwa zwanzig Zentimeter breite Bordüre. Er wiegte sie in seinen Händen. Vor einem weißen Hintergrund kräuselten sich blaue Wellen, aus denen fröhliche Wale hervorschauten. Alex legte die Rolle zurück und nahm das Plastikröhrchen mit dem großen Aufkleber. Ein Foto in der Röhre zeigte, wie das Endergebnis aussehen würde: ein großer weißer Wal auf einer blauen Wand. Er zögerte. Bordüre oder Aufkleber? Oder beides? Er konnte Stefanie fragen; sie hatte ein gutes Auge für solche Dinge. Sie würde wieder zu sich kommen, jetzt wo Farkas aus dem Weg war. Er hatte ihr heute Morgen eine SMS geschickt – *Und? Wie ist es gelaufen?* –, um sich zu erkundigen, was Ludo zu ihren Aufzeichnungen gesagt hatte. Auch wenn er genau wusste, dass Ludo die Konfrontation nicht zu Ohren käme. Nicht nach dem, was letzte Nacht passiert war.

Sein Blick wanderte in die Ecke des Raumes, wo hinter leeren Farbeimern die Kapuze des Hoodies zu sehen war. Zurück zur Tagesordnung. Er fasste in den Pullover, der Umschlag knisterte bei seiner Berührung. Er nahm den Kapuzenpullover, die Trainingshose und die Schuhe und ging wieder nach draußen. Der Grill qualmte nicht mehr. Die Kohle glühte.

Zuerst der Umschlag. Trotz der Hitze, die die Luft zum Flirren brachte, lief es Alex kalt über den Rücken. Er wurde zurückversetzt unter die Markise, zum Gartentor, zu Sandra mit den großen fragenden Augen und der Blutlache.

Er warf den Umschlag auf die Glut. Zuerst passierte nichts. Dann stieg Rauch auf. Der Umschlag wurde an den Rändern schwarz und fing plötzlich Feuer. Die Blutflecken verschwanden, Flammen loderten auf. Alex warf die Jogginghose darüber. Auf der Hose waren Sandras Fingerabdrücke, vielleicht sogar ihre DNA.

Die Rauchwolke wurde immer dichter und trieb in den Garten des Nachbarn, begleitet von einem penetranten Gestank. Wenn Denis da gewesen wäre, hätte er längst bei ihnen Sturm geklingelt, und in der Ferne hätte man schon die Sirene der Feuerwehr gehört. Alex zögerte, warf dann aber auch den Kapuzenpulli ins Feuer. Er brannte lichterloh. Mit dem Qualm hätte ein Indianer Grüße an seine Familie in Amerika schicken können.

Zum Schluss waren die Schuhe an der Reihe. Sie hatten dicke Gummisohlen. In den Rillen hingen Steinchen und Erde, und weiß Gott welche Spuren sonst noch darauf zu finden waren. Er erschien ihm jedoch keine gute Idee, sie zu verbrennen. Er schnitt sie mit der Gartenschere in Stücke, was schwieriger war als gedacht.

2

»Ruhe im Saal!«

Alex schreckt aus seinen Erinnerungen auf.

Das Gemurmel der Stimmen im Raum erstirbt.

Er reckt den Kopf, um sehen zu können, was vorne passiert. Die Richter betreten den Raum, begleitet von einem Blitzlichtgewitter. Der Vorsitzende ist ein glatzköpfiger Mann mit einem kurzen grauen Bart. Seine rote Robe kaschiert sein Übergewicht. Er schließt die Augen, während er sich hinsetzt. Zwei Beisitzer in schwarzen Roben nehmen rechts und links von ihm Platz; ein ernster Mann mit Brille und eine Frau mit langen blonden Haaren. Ihre Mienen sind ausdruckslos.

»Der Anklagte kann hereingebracht werden«, sagt der Vorsitzende.

Die Kameras blitzen wie wild, als Nick Farkas zwischen zwei Polizisten den Saal betritt. Farkas wendet sich von den Fotografierenden ab, als würde er von den hellen Lichtern geblendet. Er beugt sich zu seinem Anwalt, flüstert ihm etwas ins Ohr, lächelt und blickt forschend ins Publikum. Sofort verändert sich sein Gesichtsausdruck; er presst die Lippen zusammen, und seine Augen drücken Kummer aus.

Es könnte auch Enttäuschung sein. Der Verhandlungssaal ist überraschend klein, die anthrazitgraue Einrichtung zweckmäßig. Das einzige frivole Element sind die grünen Bankerlampen. Kurzum: Der Saal kann in keiner Weise mit der Erhabenheit des alten Gerichtsgebäudes konkurrieren. Zweifellos hätte es Farkas vorgezogen, dort vor Gericht gestellt zu werden, zwischen den Marmorsäulen und den hohen Möbeln, in einem Gebäude, das durch und durch Ehrwürdigkeit ausstrahlt. Doch da steht er nun, vor seinem einfachen Plastikstuhl. Ergonomisch zwar, aber so billig wie aus dem Besprechungsraum eines Fahrradreifenherstellers. Wenn er den Blick hebt, schaut er nicht auf hohe Deckengemälde in verschnörkelten Stuckrahmen, sondern auf weiße Styroporplatten, hinter denen die Klimaanlage leise summt.

Er ist makellos gekleidet, sein Haar ist ordentlich geschnitten, und er ist frisch rasiert. Der ideale Schwiegersohn.

Alex folgt seinem Blick, mit dem er die Jurymitglieder mustert. Er weiß, was Farkas denkt: Niemand hier kann ihm das Wasser reichen. Lehrer im Vorruhestand, Hausfrauen, kleine Beamte. Leute in Konfektionskleidung. Dumm, leicht manipulierbar. Für den Bruchteil einer Sekunde erscheint ein Lächeln auf seinem Gesicht. Man hätte es leicht als Zeichen der Sympathie missverstehen können.

Der Vorsitzende beugt sich zu seinem Mikrofon.

»Hiermit erkläre ich die Sitzung des Geschworenengerichts zur Verhandlung im Fall Nicholas Farkas für eröffnet.«

Der Staatsanwalt erhebt sich, setzt die Lesebrille auf und räuspert sich. Er klingt wie ein Priester bei einer Frühmesse ohne Gemeindemitglieder.

»Der Angeklagte behauptet, dass seine Ehefrau von einer unbekannten Person getötet worden sein muss, doch er kann diese Person nicht beschreiben oder sachdienliche Hinweise zu ihr liefern. Nicholas Farkas ist angeklagt, seine Ehefrau Sandra Maria Rita Robertson in ihrem Haus in Leperyck vorsätzlich getötet zu haben. Ob er schuldig ist, wird das Geschworenengericht entscheiden.«

Erst als er die Brille abnimmt, klingt er engagierter.

»Nicholas Farkas braucht keine Beweise zu liefern«, fügt er hinzu. »Es obliegt der Staatsanwaltschaft, unterstützt von den Zivilparteien, zu beweisen, dass er schuldig ist am Tod von Sandra Robertson.«

Er sammelt seine Papiere ein und setzt sich.

»Ich übergebe das Wort der Verteidigung«, sagt der Vorsitzende.

Jean-Paul Van Steedam fährt sich mit der Hand durch sein gewelltes graues Haar und reibt sich den Bart. Seine hübsche rothaarige Assistentin schaut zu ihm auf. Farkas lehnt sich zurück.

»Meine Damen und Herren Geschworenen«, beginnt Van Steedam, mit wesentlich kräftigerer und leidenschaftlicherer Stimme als der Staatsanwalt, »Sie sollten sich in den nächsten Wochen eines deutlich vor Augen führen. Am Ende können nur Sie über die Schuld oder Unschuld von Nick Farkas zweifelsfrei entscheiden. So steht es im Gesetz.« Er reckt den rechten Zeigefinger in die Luft, als stünde Gott auf seiner Seite. »Über jeden vernünftigen Zweifel erhaben!«

Der Generalstaatsanwalt rutscht auf seinem Stuhl hin und her, zieht ein weißes Taschentuch hervor und tupft sich den Schweiß von der Stirn. Der Anwalt merkt es gar nicht, denn er mustert jetzt die Geschworenen, einen nach dem anderen, wie ein Hypnotiseur auf einem Jahrmarkt.

»Am Ende des Prozesses dürfen Sie Ihre Meinung nicht einfach wieder ändern. Sie wissen nicht genau, wer es getan haben könnte? Dann bringen Sie eben Nick Farkas hinter Gitter, mit dem Argument: Dann muss er es gewesen sein. Aber nein, so funktioniert das nicht. Am Ende des Prozesses müssen Sie erklären, warum Sie der Meinung sind, dass er es getan hat, und nur er.«

Er deutet auf seinen Mandanten, der, sich der Blicke auf ihn bewusst, die Arme vor der Brust verschränkt.

»Wir müssen für diesen Mann kämpfen, der trotz vieler entgegenlautender Meinungen seine Unschuld beteuert. Dem niemand während der Ermittlungen geglaubt hat. Wir sind hier, um den Menschen eine Stimme zu geben, die ihre Unschuld beteuern, die aber kein Gehör finden.«

Alex schaut Farkas starr an, in der Hoffnung, dass er den Kopf dreht und ihm in die Augen schaut. Doch Farkas ignoriert das Publikum, blickt weiterhin unbeirrt nach vorn und lehnt sich nonchalant zurück. Er hat seit seiner Verhaftung zugenommen; sein Gesicht ist dicker, und er zeigt Ansätze eines Doppelkinns. Im Gefängnis gibt es anscheinend weder ein Fitnessstudio noch eine Geliebte, um sich die Pfunde abzutrainieren.

Alex blättert die Seite mit dem Wal um, strafft den Rücken und hält seinen Stift bereit, so wie die Pressevertreter in der ersten Reihe.

Sein Interesse an Nick Farkas war zunächst nur von Neugier getrieben. In einem Moment der Muße hatte er sich Farkas' LinkedIn-Profil und die Fotos angesehen, die Stefanie ihm gezeigt hatte.

Erst später durchforstete er mit neu erwachtem Interesse das Netz und stolperte über die Jahresberichte von PACIN.

Noch später, nachdem Stefanie Farkas' Strategiepapier gefunden hatte, schaute er sich dessen Twitter-Profil an. Er scrollte zum neuesten Fitnessfoto. Es zeigte das Display eines Crosstrainers mit allerlei Zahlen. Ein Passant blickte durch das Fenster im Hintergrund; sein Gesicht war verschwommen, wie ein impressionistisches Gemälde. In anderen Konturen erkannte er einen Poller und die orange Markierung, dass man dort nicht parken durfte.

Dadurch wusste er, wo das Foto entstanden war, und zwar im Jonno Gym. Stefanie und er kamen manchmal dort vorbei, wenn sie in der Stadt essen gingen. Schau dir die Hamster auf ihren Rädern an, sagte er dann amüsiert.

In den darauffolgenden Wochen teilte er seine Zeit als Hausmann anders ein. Er wischte schneller, putzte das Haus oberflächlicher und achtete weniger darauf, wo die Butter im Angebot war.

Er würde ein Hamster unter Hamstern werden. Einer mit scharfen Zähnen.

3

Alex tritt mit der gleichen Entschlossenheit in die Pedale wie damals, als er zum ersten Mal auf einem Ergometer im Jonno Gym saß. Das Fahrradfahren hilft ihm, die Eindrücke des ersten Prozesstages zu verarbeiten. Er entscheidet sich, nicht über die Ringstraße zu seiner Wohnung zu fahren, in der er lebt, seitdem Stefanie ihn verlassen hat. Er nimmt die Route durch das Stadtzentrum, vorbei am alten Justizpalast, der noch zum Verkauf steht. Er kommt auch an der Polizeistation vorbei, die im gleichen bombastischen Stil erbaut wurde. Er erinnert sich, wie er auf der anderen Straßenseite gestanden und auf die beleuchteten Fenster geschaut hat, das zusammengefaltete Foto aus der Zeitung in der Innentasche seiner Jacke. Er sah überhaupt nicht aus wie die Gestalt auf dem Foto, was sehr beruhigend war. Aber der Gedanke daran, dass die Polizei nach ihm suchte, hatte ihm schlaflose Nächte bereitet.

Fast manisch verfolgte er die Berichterstattung über den Fall. Es frustrierte ihn, dass er mit dieser begrenzten Informationsquelle auskommen musste. Am liebsten wäre er auf dem Polizeirevier gewesen, in dem Raum, in dem die Ermittler sich berieten und Fotos an eine Wand gepinnt hatten; zumindest, falls es im echten Leben genauso zuging wie im

Film. Er hätte die Bilder an den richtigen Stellen aufgehängt und die Pfeile in die richtige Richtung gezeichnet. Mit wachsender Verärgerung stellte er fest, dass die Polizei sich auf eine dritte Person, auf ihn, konzentrierte, anstatt zu erkennen, wer der wahre Täter war. Der Schauspieler, der sich an ihren Schultern ausweinte, der in der Presse das Opfer spielte.

Es war nicht gerade hilfreich, dass Stefanie die Nachrichten mit dem gleichen Interesse verfolgte. Sie las mit Bestürzung von den Ereignissen, sie war schockiert, als Sandra starb, eine Nachricht, die auch ihn bis ins Mark erschüttert hatte. Mit Tränen in den Augen hatte sie sich die Bilder von der Beerdigung in den Fernsehnachrichten angesehen. Das Phantombild schien ihr keine Ruhe zu lassen. Sie stellte Alex unverfängliche Fragen. Warum er so gereizt darauf reagiert habe? Und warum er ihren Fragen ausgewichen sei? Er hatte sich dadurch nur umso verdächtiger gemacht.

Er radelt am Stadtpark vorbei, durch den er in dieser Nacht gerannt war, als wäre ihm der Leibhaftige auf den Fersen. Sein Atem rauschte durch seine Kehle, der blutige Umschlag scheuerte an seiner Haut. Es ist, als würde er jetzt wieder dieses Reiben spüren, als würden sich wieder kleine Schürfwunden auf seiner Brust bilden.

Die Konfrontation mit Farkas setzte ihm stärker zu, als er es sich vorgestellt hatte. Während des Wartens hatte sich die Neugier so hochgeschaukelt, dass sie in seinem Herzen und in seinen Eingeweiden zu summen schien. Er spürte Farkas' Arroganz sogar körperlich. Es war ein Juckreiz, als hätte man vorsichtig den Schorf von einer Wunde gekratzt, die daraufhin aufgerissen war und zu bluten begann. Jedes Grinsen, jeder mitleidige Blick auf die Geschworenen, schließlich sogar jeder Atemzug Farkas' rissen die Wunde weiter auf. Am Ende der Sitzung hatte er wie in Trance den Saal verlassen.

Er hielt am Ende einer Straße im Einkaufsviertel an, einen Fuß auf dem Asphalt nahe der orangefarbenen Streifen, die anzeigten, dass das Parken nicht erlaubt war. Er starrte hinauf zum hell erleuchteten Fenster des Jonno Gym. Hier hatte alles angefangen.

Er hatte am Eingang gestanden und auf die Fitnessgeräte gestarrt, während sich in seinen Ohren der Beat der Popmusik mit dem Pochen seines Herzens vermischte. Er hatte seine alte Trainingshose hervorgekramt und seine alten Sportschuhe anprobiert.

Der Kontrast zu dem Mann vom Jonno Gym hätte nicht größer sein können. Er trug ein ärmelloses Shirt und enge schwarze Shorts. Alex' Blick wurde von dem muskulösen Körper angezogen, der von glänzendem Öl auf gebräunter Haut akzentuiert wurde. Das ist es, was du mit Fitness erreichen kannst, sagte der Körper.

»Hi, ich bin Jon, was kann ich für dich tun?«

»Ich würde gern etwas für meine Fitness tun«, sagte Alex und spürte, wie die Augen des Mannes über seinen Körper wanderten, als könnte er auf einen Blick beurteilen, wie hoch Alex' Fettanteil war oder wie viel Gewicht er heben konnte.

Jon führte ihn in den Trainingsraum, der weitgehend leer war. Vor der verspiegelten Wand stemmten zwei Bodybuilder Gewichte und schnauften dabei ihr Spiegelbild an.

»Möchtest du abnehmen und deine Ausdauer verbessern, oder willst du auch Muskelmasse aufbauen?«

Alex' Blick wanderte über den muskulösen Rücken eines Bodybuilders, sein kräftiges Gesäß und die definierten Beine. Es war kein Gramm Fett an dem Kerl.

»Ich will meine Kondition verbessern und abnehmen«, sagte Alex. Seitdem er die dreißig hinter sich gelassen hatte, kaufte er seine Hosen regelmäßig eine Nummer größer. Dass seine Jogginghose noch passte, war allein dem Gummizug zu verdanken.

»Okay«, sagte Jon. »Dann machen wir zuerst mal einen Fitnesscheck.«

Nach einer Minute auf dem Fahrrad schwitzte Alex wie ein Ochse, und das Blut stieg ihm zu Kopf.

Ich will meine Ausdauer gar nicht verbessern, ich will etwas ganz anderes, dachte er, aber diese Erkenntnis schien nicht bis in seine Beine vorzudringen. Er versuchte, seine Atmung zu kontrollieren.

»Rücken gerade und gleichmäßig atmen«, hatte Jon gesagt, nachdem er Alex auf das Fahrrad gesetzt hatte.

Er schloss die Augen, richtete den Rücken auf, atmete tief ein und aus und ließ die Beine in einem langsameren Rhythmus kreisen. Sein Hintern schmerzte vom harten Sattel. Hin und wieder stand er auf, was den Schmerz ein wenig linderte.

»Noch zwei Minuten Cool-down«, sagte Jon, als er den Pulsmesser abschaltete. Er warf einen kurzen Blick auf die Ergebnisse auf dem Display und verschwand hinter dem Schreibtisch, wo er begann, aufmerksam zu tippen.

Alex entspannte sich und legte seine Arme locker auf das Lenkrad. Das T-Shirt klebte an seinem Rücken, und er bekam Gänsehaut. Er war nicht nur froh, dass die Tortur fast vorbei war, er wollte auch weg vom Fenster. Mit dem Rücken zum Saal konnte er nicht sehen, wer hereinkam. Er stieg von dem Gerät; ihm schwindelte, und er ging mit kribbelnden Beinen zum Empfangstresen.

»Und, wie hat es dir gefallen?«, fragte Jon und reichte ihm einen Becher mit dem orangefarbenen Zeug, das aus einer kühlenden Fontäne sprudelte.

Alex kippte es in einem Zug hinunter.

»Es war eine Tortur.«

Jon lachte leise.

»Am Anfang ist das immer so. Aber es wird bald besser.«

Alle Kardiogeräte, bis auf zwei Rudermaschinen, standen am Fenster. Die Kraftmaschinen waren strategischer angeordnet.

»Ich würde doch gern zusätzlich etwas Krafttraining machen«, sagte Alex.

Jon reichte ihm ein paar Blätter Papier. »Das ist das Ergebnis deines Tests und der Entwurf eines Trainingsplans.«

»Danke«, sagte Alex.

»Und, hast du dich schon entschieden?«

»Ja, ich nehme ein Drei-Monate-Abo.«

»Das ist schon mal ein guter Anfang. Möchtest du duschen gehen? Sieht aus, als hättest du es nötig.«

Die Dusche tat gut. Das Wasser beruhigte seinen erhitzten Körper, massierte seine schmerzenden Muskeln. Er war zufrieden, auch wenn Farkas nicht aufgetaucht war. Man kann nicht vom ersten Tag an Glück haben.

Er drehte den Wasserhahn zu. Die Handtücher waren dick und flauschig. Die Tür zur Umkleidekabine wurde geöffnet, Schritte ertönten, eine Sporttasche plumpste auf die Holzbank. Das neu eingetroffene Mitglied des Fitnessclubs war offenbar bester Laune und pfiff die Melodie eines Zeichentrickfilms. Alex war zu erledigt zum Pfeifen.

Im Hinausgehen spähte er durch die Glastür des Trainingsraums, aus dem leise die Beats von Popmusik erklangen. Er schlich näher heran. Zwischen den Maschinen sah er eine Bewegung in der Spiegelwand, dann ein Hemd, eine Schulter, einen Arm. Dann erschien Jon in der Tür. Alex erschrak.

»Und, wie war die Dusche?«

»Perfekt«, sagte Alex. »Auch die Handtücher. Ich habe sie in der Umkleide lie...«

»In Ordnung. Kann ich sonst noch irgendetwas für dich tun?«

»Nein«, sagte Alex.

»Dann vielen Dank und bis zum nächsten Mal!«

»Bis zum nächsten Mal.«

Jon verschwand wieder zwischen den Maschinen. Alex drehte sich um und warf noch einen letzten Blick in den Trainingsraum. Dabei wäre er beinahe mit jemandem zusammengestoßen.

»Oh, tut mir leid«, murmelte er.

»Schon okay«, sagte eine junge Frau. Sie trug das gleiche ärmellose Shirt wie Jon und die gleichen schwarzen, eng anliegenden Shorts. Sie war schlank und muskulös, ihr Busen ein echter Hingucker. Rasch schaute ihr Alex ins Gesicht, beeindruckt von den großen blauen Augen. Die blonden Haare waren zu einem Zopf gebunden. War sie das *no* in Jonno?

Sie lächelte ihn an, wie sie es bei allen Männern tat, die sie ansahen, aber nie zwischen ihren Laken landen würden. Mit einer Art freundlicher Herablassung in den Augen.

4

Nora. So hieß sie bestimmt. Jon und Nora, Jonno Gym.

Noor war auch möglich. Noë. Noëmie. Noëlla. Nein, er tippte auf Nora.

Er trat fester in die Pedale. Er war jetzt zum siebten Mal im Fitnessstudio, und das Training fiel ihm schon viel leichter, wie Jon es ihm prophezeit hatte. Auch der Hintern tat ihm nicht mehr so weh. Jon kam ab und zu vorbei, nickte zustimmend, sagte manchmal »Rücken gerade« oder »atmen«, aber das war alles an Trainingsanleitung. Die Frau hatte Alex auch schon mehrmals gesehen. Sie kam ab und zu in den Trainingsraum, verschwand dann aber meist in einem kleinen Raum im hinteren Teil.

Alex ging in das Cool-down.

»Hi!«, hörte er Jon jemanden begrüßen, und er schaute schnell zur Tür. Es war einer der Bodybuilder, von denen ungefähr zehn hier trainierten; eine kleine Sekte innerhalb des Fitnesscenters. Sie scherten sich nicht groß um die anderen Mitglieder, machten Kniebeugen, stemmten Hanteln und taxierten im Spiegel ihre Muskeln, sonst nichts. Vielleicht spritzten sie sich auch auf der Toilette heimlich Wachstumshormone, wer weiß.

Denjenigen, dem er hier auflauerte, hatte er noch nicht gesehen. Er überprüfte täglich Farkas' Twitter-Profil, der in letzter Zeit vier Fitnessfotos gepostet hatte. Immer am Abend. Auf einem Foto war die linke Seite der Uhr über der Tür zu sehen, und da kein Zeiger sichtbar war, bedeutete das, dass das Foto am späten Nachmittag aufgenommen worden war.

Alex stieg vom Ergometer, nahm sein Handtuch vom Sattel und ging zur Maschine für die Gesäß- und Rückenmuskulatur. Er steckte den Stift bei dreißig Kilo ein, ging dann auf fünfundzwanzig Kilo runter und begann mit der Übung. Während er mit einem Bein das Gewicht wegdrückte und spürte, wie sich die Muskeln in seinem Gesäß und im unteren Rückenbereich anspannten, zählte er die Wiederholungen.

Er pausierte, zählte bis zehn und wollte gerade den nächsten Satz in Angriff nehmen, als er wieder die Zeichentrickfilmmelodie hörte. Ein Mann in einem eng anliegenden Oberteil und einer schwarzen Trainingshose legte ein Handtuch auf den Sitz der Brustmaschine und nahm mit dem Rücken zu Alex darauf Platz.

Alex erkannte den langen Hals und den kleinen Kopf sofort. Er beendete in Ruhe seine Übung und nahm sich einen Becher von dem orangen Zeug am Trinkbrunnen. Jon scharwenzelte bereits um Farkas herum. Sie unterhielten sich, doch durch die laute Musik konnte Alex kaum etwas verstehen. Er leerte den Becher, knüllte ihn mit einer Hand zusammen und warf ihn in den Mülleimer. Dann verließ er den Trainingsraum und ging zu den Umkleidekabinen.

Am Steuer seines Wagens sitzend wartete er darauf, dass Farkas herauskam, begierig darauf, seinen Plan auszuführen: Farkas verfolgen und Fotos machen.

Alex umklammerte mit beiden Händen das Lenkrad. Er war kein geübter Fahrer; er benutzte das Auto nur, um Besorgungen zu machen, zweimal in der Woche. Die wenige Fahrpraxis hatte ihn ungeschickt werden lassen.

Er schaute zur Tür des Jonno Gym und sah Farkas durch den Gang zum Ausgang gehen. Endlich kam er heraus. Mit vorgerecktem Kinn in der Luft und seinem selbstgefälligen Lächeln um den Mund blinzelte Farkas gegen das helle Sonnenlicht. Eine Pose, als lauerte eine Horde Paparazzi im Gebüsch. Seine Sporttasche hatte er lässig über eine Schulter geschwungen, und in einer Hand trug er einen blauen …

War das ein Helm?

Was machte er mit einem Helm?

Alex schlug auf das Lenkrad, als Farkas auf einen Unterstand zuging. Die hellblaue Vespa! Er fluchte. Er hatte erwartet, dass Farkas auf den grauen Volvo zugehen würde, der auf einem Behindertenparkplatz in der Nähe des Eingangs geparkt war. Wie sollte er einem wendigen Roller durch die Innenstadt folgen, die nur aus Fußgängerzonen bestand? Doch er hatte keine Zeit, sich viele Fragen zu stellen. Farkas hatte sich den Helm über den kleinen Kopf gestülpt und setzte sich auf die Vespa, mit kerzengeradem Rücken, so wie Alex auf dem Ergometer sitzen sollte.

Alex startete den Wagen und fuhr aus der Parklücke. Farkas sauste an ihm vorbei, wich zwei Fußgängern aus und schoss auf die Straße wie ein waschechter italienischer Casanova. Alex schnitt einem Autofahrer den Weg ab, indem er, ohne anzuhalten, hinterherraste. Entschuldigend hob er die Hand. Farkas war schon fast hundert Meter weiter und bog links in eine Straße ab. Alex reihte sich auf die Abbiegerspur ein, und kurz bevor die Ampel von Orange auf Rot umschaltete, bog er ebenfalls ab. Die Vespa sauste vor ihm her. Alex trat aufs Gaspedal. Er stellte sich vor, wie er Farkas so dicht auf die Pelle rückte, dass er sein Aftershave riechen könnte.

Ein kleiner Schubs würde reichen.

Die Erkenntnis verursachte ihm ein Kribbeln wie Eiswürfel auf warmer Haut. Die Vespa rutschte weg, krachte in ein parkendes Auto, und Farkas fiel ihm vor die Räder.

In Wahrheit war Farkas bereits in eine andere Straße eingebogen. Alex folgte ihm, aber immer mit sicherem Abstand. Die Sonne war hinter einem Gebäude verschwunden, das einen dunklen Schatten warf.

Es war eine ruhige Straße; kaum Fußgänger, keine anderen Fahrzeuge außer ihm und der Vespa.

Es war möglich.

Er konnte es tun. Es wäre ganz klar ein Unfall. Er beschleunigte, die Finger um das Lenkrad verkrampft. Er hörte auf zu denken. Er sah nichts außer der Vespa von hinten.

Dann verschwand Farkas aus seinem Blickfeld.

Alex stieg auf die Bremse und hielt ruckartig an. Er fuhr langsam rückwärts und schaute seitlich die verkehrsberuhigte Einkaufsstraße hinunter.

Farkas fuhr im Slalom zwischen den Pollern hindurch. Er hupte ein paar Spaziergänger an, bevor er um die Ecke verschwand, tiefer ins Herz der Stadt.

Alex fluchte.

Beim nächsten Mal hatte er mehr Glück. Es regnete.

Alex wendete die gleiche Taktik an. Sobald Farkas hereingekommen war, verließ er den Trainingsraum. Am Fahrradunterstand war keine blaue Vespa zu sehen. Heute würde er ihm nicht entwischen.

Er wartete geduldig darauf, dass Farkas herauskam. Wieder hatte er vorher kurz in den Trainingsraum geschaut, wie ein Politiker, der sich die versammelte Presse ansah, bevor er eine wichtige Nachricht verkündete. Alex machte rasch ein paar Aufnahmen mit dem Handy. Dann ging Farkas auf einen Volvo zu und öffnete ihn mit der Fernbedienung. Geschmeidig fuhr er aus der Parklücke heraus.

Es war viel los um diese Zeit, die Straßen waren überfüllt mit Eltern, die ihre Kinder von der Schule abholten. Alex konnte Farkas im Schneckentempo folgen.

Das änderte sich, als Farkas nicht wie von Alex erwartet ins Stadtzentrum fuhr, sondern die Ringstraße nahm. Er fuhr langsam, nahm wann immer möglich die Überholspur, beschleunigte halsbrecherisch und reihte sich dann in letzter Minute ein. An jeder Ampel atmete Alex erleichtert auf, dass sie nicht gerade rot geworden war. Am Krankenhaus bog Farkas erneut in Richtung Innenstadt ein. Sie gelangten in eine schmale Straße mit kleinen Arbeiterhäusern. Alex folgte Farkas in einem Abstand von ungefähr zwanzig Metern.

Plötzlich leuchteten die Bremslichter des Volvos auf. Er manövrierte rückwärts in eine Parklücke. Alex verlangsamte das Tempo und parkte hastig ein. Sein Auto holperte über den Bordstein. Farkas stieg aus und ging auf die andere Straßenseite, wo er an einem Haus klingelte. Die Tür wurde umgehend geöffnet, als wäre er erwartet worden. Farkas lächelte eine junge blonde Frau an. Sie kam Alex bekannt vor, aber erst als er ihren Pferdeschwanz schwingen sah, wusste er Bescheid. Ohne das ärmellose Shirt und die schwarzen Shorts erkannte er sie kaum wieder.

Ihr Name war Anita. Das hatte ihm Jon gesagt, der immer öfter zu seinem Ergometer kam, um sich zu unterhalten. Alex hatte sich vorsichtig nach der jungen Frau erkundigt.

»Ist sie das *no* in Jonno?«

Jon lachte amüsiert.

»Nein, das wäre eine Katastrophe. Ich bin ja selbst nicht die hellste Kerze auf der Torte, aber Anita – so heißt sie – hat wirklich gar nichts im Kopf. Nein, das *no* gehört zu Arno, meinem Mann.«

Alex errötete.

»Oh, das wusste ich nicht …«

»Tja, nicht alle Schwulen sind tuntig, Alex«, sagte Jon und fragte mit Lachfältchen in den Augenwinkeln: »Interessierst du dich etwa für Anita?«

»Nein, nein, wirklich nicht«, antwortete Alex, der spürte, dass er noch tiefer errötete.

Zweiundzwanzig war sie, die schöne Anita. Sie konnte unmöglich diejenige sein, die Farkas am Strand von Miami eine Babysocke geschenkt hatte. Sie war also nicht seine Ehefrau, sondern etwas anderes, und Alex musste nicht lange raten, was.

Es wurde ihm zur Gewohnheit. Er ging ins Jonno Gym, machte seine Übungen, verließ das Studio, sobald Farkas ankam, duschte, wartete im Auto und verfolgte seine Beute in gebührendem Abstand. Obwohl seine Vorsicht absolut unnötig war, denn Farkas achtete nicht auf Durchschnittsmenschen wie Alex. Seine Aufmerksamkeit galt ausschließlich ihm selbst, oder Frauen mit den richtigen Körpermaßen.

Jon war zu einer interessanten Informationsquelle geworden, und Alex lenkte ihre Gespräche regelmäßig wie durch Zufall auf Farkas.

»Ein charmanter Mann«, sagte Jon eines Tages und stützte sich verträumt auf ein Ergometer. »Er hat wirklich alles.«

»Was meinst du damit?«

Ein Piepton signalisierte, dass die Trainingseinheit auf dem Fahrrad vorbei war. Jon warf einen Blick auf Alex' Werte.

»Schön, du machst prima Fortschritte.«

Alex fand mehr und mehr Gefallen an seinem Fitnesstraining. Er mochte das Gefühl, dass sein Körper straffer wurde, dass er leichter Treppen steigen oder schwere Sachen heben konnte.

»Ach, weißt du, Nick hat wirklich ein Riesenglück gehabt«, fuhr Jon fort. Und dann erzählte er von Sandra Robertson.

Sie hatte kein LinkedIn-Profil. Alex fand zwar einen Facebook-Account, aber auf den konnten nur Freunde zugreifen. Die Fotos von ihr zeigten eine blonde Frau, geschmackvoll gekleidet, mit einem sanften, freundlichen Blick. Sie sah nicht schlecht aus, hatte aber wesentlich weniger Sexappeal als Anita.

Wie würde Farkas reagieren, wenn seine Beziehung auf dem Spiel stünde? Wenn sein bequemes Leben in Gefahr wäre? Es war eine gute Idee gewesen, Fotos für Stefanie zu machen, aber diese Idee war noch besser. Er machte zwar weiterhin Aufnahmen für Stefanies Akte, aber auch noch andere, von denen er ihr nichts erzählte.

5

»Ich schwöre, ohne Hass und ohne Angst zu sprechen, die ganze Wahrheit zu sagen und nichts als die Wahrheit.«

Alex hat den Satz schon oft gehört. Er blättert durch das Notizbuch und denkt an die Zeugen, die bereits vor Gericht erschienen sind.

»Meneer Farkas hatte eine Schnitt- und eine Stichwunde«, hatte der Rechtsmediziner gesagt.

»Worin genau besteht der Unterschied?«, fragte der Vorsitzende.

»Eine Schnittwunde ist oberflächlich, eher lang als tief. Eine Stichwunde geht tiefer. Die Wunde in Meneer Farkas' Seite war eine Stichwunde, die an seinem Arm eine Schnittwunde. Letztere kann durch Selbstverteidigung entstanden sein, wir nennen das eine Abwehrverletzung.«

»Der Verdächtige gibt an, dass er sich die Wunden selbst zugefügt hat. Kann diese Aussage zutreffen?«

»Angesichts der anatomischen Lage ist es möglich.«

»Können Sie das näher erläutern?«

»Es gibt Stellen am Körper, an denen es unmöglich ist, sich selbst zu stechen. Die Wunden von Meneer Farkas befinden sich jedoch an Stellen, an denen er sich selbst hätte verletzen können.«

»Können Sie mit Sicherheit sagen, ob die Verletzungen selbst verschuldet waren?«

»Nein. So etwas kann man nie mit letzter Sicherheit feststellen, auch wenn wir manchmal einen starken Verdacht haben. Selbst zugefügte Wunden mit einem Messer sind meist oberflächlich und oft symmetrisch. Man erkennt sozusagen den Vorsatz in ihnen. Das ist hier nicht der Fall.«

»Hatten Sie schon oft mit Personen zu tun, die sich auf diese Art und Weise schwer verletzt haben?«

»Nein. Man braucht große Willenskraft, um sich eigenhändig solche Wunden zuzufügen.«

Dann war da noch der Kriminaltechniker, ein grauhaariger dünner Kerl namens Bernard.

»Können Sie bestätigen, dass die Philipp-Plein-Turnschuhe Nicholas Farkas gehören?«

»Mit an Sicherheit grenzender Wahrscheinlichkeit«, antwortete der dünne Mann. »Jeder Mensch hat einen ganz spezifischen Gang, weshalb sich Schuhe, selbst die desselben Typs, nie auf dieselbe Art und Weise abnutzen. Wir haben die Sneakers mit den anderen Schuhen des Verdächtigen verglichen und daraus geschlossen, dass es sich um seine Schuhe handelt.«

»Sind es dieselben Schuhe, die die Abdrücke im Haus hinterlassen haben?«

»Ja, die Abnutzungsspuren und andere typische Merkmale passen zu den Abdrücken auf dem Boden.«

»Welche typischen Merkmale?«

»Die typischen Schäden, die durch das Tragen der Schuhe verursacht werden. Zusammen mit den Gebrauchsspuren verleihen sie jeder Sohle ihren einzigartigen Charakter.«

»Können Sie auch etwas zu den Blutspritzern auf den Schuhen sagen?«

»Wir haben festgestellt, dass die Spritzer auf der Oberseite von frischem Blut stammten.«

»Was bedeutet das?«

»Zum Beispiel war es kein Blut, in dem der Träger der Schuhe ausgeglitten ist. Das Blut stammte unmittelbar aus einer Wunde oder von einem Gegenstand, der mit solchem Blut in Berührung gekommen war. Außerdem passten die Muster zu den Blutspritzern auf dem Küchenboden. Die Person, die die Schuhe trug, war unmittelbarer Zeuge der Verletzungen von Sandra Robertson. Das Blut ist nicht zu einem späteren Zeitpunkt auf den Schuh gelangt.«

»Sie haben auch die Kleidung untersucht, die der Verdächtige trug, als er von der Polizei gefunden wurde?«

»Auf dem Hemd, der Hose und den Schuhen mit den blauen Sohlen fanden wir Blut von ihm selbst und von Mevrouw Robertson.«

»Was haben Ihnen die Blutspritzer verraten?«

»Das Blut von Mevrouw Robertson ist zu einem späteren Zeitpunkt als dem Angriff auf die Kleidung gelangt. Etwa im Kniebereich, zum Beispiel, als sich Meneer Farkas neben sie kniete, und auf das Hemd, weil er sie angehoben hat. Außerdem haben wir winzige Blutspritzer gefunden, die für das bloße Auge unsichtbar waren.«

»Welche Bedeutung haben diese?«

»Es sind winzige Blutstropfen, die ausgeatmet wurden. Das bedeutet, dass Mevrouw Robertson noch am Leben war, als Meneer Farkas sie fand.«

»Und die Blutspuren des Angeklagten?«

»Diese stammten eindeutig direkt von den zugefügten Wunden.«

»Sie haben auch das andere Hemd untersucht, das zusammen mit den Sneakers gefunden wurde, richtig?«

»Darauf haben wir nur das Blut von Mevrouw Robertson gefunden. Das Muster deutet darauf hin, dass das Hemd von jemandem getragen wurde, der zu dem Zeitpunkt, als Mevrouw Robertson die Verletzungen zugefügt wurden, in ihrer Nähe stand.«

»Laut dem Angeklagten gelangte das Blut auf das Hemd, als er das Messer aus der Wunde von Mevrouw Robertson entfernte. Ist diese Erklärung plausibel?«

»Das Muster zeigt, dass das Blut aus mehreren Wunden in dem Moment kam, in dem sie zugefügt wurden. Die Ergebnisse der Ermittlungen passen besser zur Aussage des Staatsanwalts als zur Aussage des Angeklagten.«

Van Steedams Gegenexpertin, eine feurige, französischsprachige Frau, die sich in fehlerfreiem Niederländisch ausdrückte, biss sich an dieser letzten Aussage fest. Die Ergebnisse stimmten eher mit der Aussage der Staatsanwaltschaft überein, räumte sie ein, aber sie bestätigten sie nicht. Sie würden die Erklärung der Verteidigung nicht ausschließen.

»Aus der Aussage des Angeklagten geht hervor, dass er in der Nähe seiner Frau stand, als auf sie eingestochen wurde«, sagte sie. »Als er das Messer aus ihrem Körper zog, könnte auch Blut aus anderen Wunden auf das Hemd gesickert sein.«

Jetzt ist Tess Jonkman an der Reihe, und Alex hört noch aufmerksamer zu. Sie leistet den Eid.

»Das wird ein Spektakel«, murmelt der ehemalige Steuerprüfer zufrieden und stößt Alex in die Rippen. Heute gab es kein Entkommen. Der Mann ist unbemerkt neben ihn gerutscht und gibt die ganze Zeit Kommentare ab.

»Pst«, flüstert Alex.

Jonkman ist ihm auf einmal sympathisch, ganz anders als bei ihrem ersten Zusammentreffen. Als sie und ihr Kollege vor der Tür standen, dachte er, es sei ein Irrtum. Sie schaute mit verschränkten Armen mürrisch zur Tür und dann zu ihm. Der Mann war viel jünger als sie, ein großer, schlaksiger Typ, der nach oben starrte, als würde er die Dachrinne inspizieren. Verdammt, das sind Vertreter, dachte er. Oder Kriminelle, die sich als Dachrinnenreiniger ausgeben.

»Hoofdinspecteur Tess Jonkman und Inspecteur Andy Wolkers von der Kripo«, sagte Jonkman und zog einen Ausweis aus ihrer Gesäßtasche.

Das Blut war ihm aus dem Gesicht gewichen. Das Phantombild!, schoss es ihm durch den Kopf. Er hatte es dreimal gesehen, und jedes Mal hatte sich die Ähnlichkeit zwischen ihm und dem Bild vergrößert, als näherten sie sich einander an. Hatte er beim ersten Mal noch über die osteuropäischen Gesichtszüge und die viel zu buschigen Augenbrauen gelacht, fand er beim nächsten Mal die Kinnlinie erstaunlich treffend – und beim darauffolgenden Mal auch den Mund und den Haaransatz. Als würde sich die Zeichnung subtil verändern und seine Züge mehr und mehr widerspiegeln. Irgendwann würde die Ähnlichkeit so auffällig sein, dass jemand die Polizei verständigte. Vielleicht sogar Stefanie, wenn sie bemerkte, dass im Kleiderschrank eine Jogginghose und ein Kapuzenpullover fehlten.

Es hatte Alex ungemein geärgert, dass die Polizei von Mord oder Erpressung ausgegangen war. Sie waren gar nicht hinter Farkas her, sondern hinter ihm. Er hatte auf die Telefonnummer gestarrt, bei der die Leute sachdienliche Hinweise melden konnten, und wo auch der Mann unter der Markise selbst anrufen konnte. Es war sogar so weit gekommen, dass er mit dem zerrissenen Foto in der Innentasche zögernd vor dem Polizeirevier stand und die erleuchteten Fenster betrachtete, so wie er unter der Markise von 't Kruideniertje zu den Fenstern von Sandra Robertson hinübergeschaut hatte.

Er hatte sich gefragt, wie er seine Unschuld jetzt noch beweisen konnte. Er hätte sich sofort an die Polizei wenden müssen. Unmittelbar nachdem er aus dem Haus gerannt war, betäubt von dem, was geschehen war, körperlich in Bewegung, im Gehirn einen Kurzschluss. Als die Spuren, die er hinterlassen hatte, noch keine so schwerwiegende Bedeutung gehabt hatten. Vielleicht hätten sie ihm damals geglaubt.

Doch es war zu spät. Er konnte die Uhr nicht mehr zurückdrehen. Was würde ihm blühen, wenn er zur Polizei ginge? Sie würden ihren Frust an ihm auslassen. Sie würden ihn zerquetschen. Alex konnte sich einen Anwalt wie Van Steedam nicht leisten. Er konnte nur verlieren. Vor allem Stefanie. Stellte er sich der Polizei, so dachte er, würde er alles verlieren.

Als er nun Tess Jonkman im Zeugenstand sieht, freundlich, ein bisschen nervös, fragt er sich, ob er mit seiner Annahme recht gehabt hatte. Hätte er wirklich alles verloren? Hätte es schlimmer kommen können als jetzt? Er ist nicht mehr überzeugt davon.

Das Polizeiduo, das vor der Tür gestanden hatte, war nicht gekommen, um ihn abzuholen.

»Ist Ihre Frau zu Hause?«, hatte der Mann gefragt.

Alex hatte sie ins Wohnzimmer geführt.

Oben hörte er bereits Schritte. Jeweils zwei Stufen auf einmal sprang er die Treppe hinauf. Oben angekommen, öffnete Stefanie gerade die Schlafzimmertür. Im Vorbeigehen schaute er ins Kinderzimmer, wo die Möbel noch in Kartons verpackt bereitlagen.

»Was ist denn los?«, fragte sie schläfrig. Sie war in Jeans geschlüpft und knöpfte eine Bluse zu.

»Die Kripo ist da. Sie wollen noch mal mit dir reden.«

Er hatte sich in der Küche aufgehalten, während die Ermittler Stefanie befragten. Er schenkte Kaffee ein, brachte Kekse – der Mann aß die halbe Packung – und hoffte, dass niemand merkte, wie heftig das Blut in seinen Adern pochte. Mit den Händen im Spülwasser hörte er sich die Fragen über Farkas an. Über seinen Charakter, seine Zeiteinteilung, ja sogar seine Schuhe.

Der befreiende Moment kam ein paar Tage später. Er lehnte gerade an der Heizung im Kinderzimmer und stellte erfreut fest, dass das Bett und der Aufkleber die gleiche Breite hatten. Wenn ein Kind in dem Bettchen läge, würde der Wal wie eine große Sprechblase aussehen. An der anderen Wand stand eine Kommode. Ansonsten war der Raum leer.

Keine Streifen an der Decke, die Wände schön gleichmäßig, keine einzige Blase unter dem Aufkleber, alle Schrauben der Möbel fest angezogen. Er musste noch einige Kartons entrümpeln, und sein altes Radio aus Studentenzeiten würde auf den Dachboden umziehen, nachdem es seine Schuldigkeit als treuer Begleiter während der Arbeiten getan hatte. Er hätte zufrieden sein müssen, ein Grinsen im Gesicht haben wie die Männer in der Bierwerbung, wenn sie eine Flasche öffneten, nachdem sie eine Leistung vollbracht hatten, auf die sie stolz sein konnten. Doch er spürte diese Zufriedenheit nicht. Tief im Inneren hatte er das ungute Gefühl, dass dieses Zimmer, in dem er stand, nichts anderes als ein Traum war, aus dem ein grausames Erwachen drohte.

Das Radio riss ihn aus seinen düsteren Gedanken.

»Wir haben gerade die Meldung erhalten«, verkündete der Moderator, »dass im Fall der ermordeten Sandra Robertson der Ehemann des Opfers, Nick Farkas, verhaftet wurde. Die Staatsanwaltschaft hat bisher nichts weiter verlauten lassen, aber aus polizeinahen Kreisen heißt es, Farkas habe die Messerstecherei inszeniert.«

Alex schloss die Augen und reckte die geballten Fäuste in die Luft. Dann tanzte er durch das Zimmer und verteilte imaginäre High Fives. So leise wie möglich lief er über den Flur und klopfte an die Schlafzimmertür. Seine Augen mussten sich erst an die Dunkelheit gewöhnen.

»Hey, Stefanie, es gibt tolle Neuigkeiten!«

Sie hob den Kopf, das Haar verstrubbelt.

»Farkas ist verhaftet worden, es war gerade in den Nachrichten.«

»Was?«

»Er hat das Ganze inszeniert.«

6

Es läuft alles so, wie er es erwartet hat. Der Vorsitzende, der Staatsanwalt und die Anwälte der Zivilparteien stellen die Fragen, die er hören will. Tess antwortet flüssig, und aus ihrer Aussage ergibt sich ein überzeugendes Szenario.

Nick Farkas kommt am betreffenden Abend nach Hause und findet Sandra gesund und munter in der Küche vor. Sie hat Nina gerade zu Bett gebracht und mit der Zubereitung eines Salats begonnen. Kirschtomaten und Gurken auf der Kochinsel, Fetakäse im Kühlschrank, Schnittlauch aus einem Topf auf der Terrasse, zu der die Schiebetür geöffnet ist.

Es folgt ein Streit. Über Finanzielles? Die Putzfrau Loredana hat manchmal so etwas mitbekommen. Nick würde das Geld mit vollen Händen ausgeben; er habe einen teuren Geschmack, und Sandra müsse oft dafür bezahlen. Farkas hatte einen Haufen unbezahlter Rechnungen angehäuft, darunter zahlreiche Bußgelder für Verkehrsvergehen.

Oder geht es bei dem Streit um Ehebruch? Sandra war so treu wie ein Labrador, er dagegen ein notorischer Schürzenjäger.

Man würde nie erfahren, was genau die Katastrophe ausgelöst hatte, denn Farkas leugnete den Streit, und Sandra konnte nicht mehr aussagen. Wie auch immer: Der Streit eskaliert. Farkas greift nach dem Messer. Drei Stiche, er trifft lebenswichtige Organe.

Sandra verblutet, aber Farkas hat andere Sorgen. Er hält das Messer in der Hand, hat Blutspritzer auf der Kleidung. Er muss improvisieren. Er öffnet die Haustür einen Spalt, rennt die Treppe hinauf und nimmt Sandras Schreibtisch auseinander. Er ruft Nina zu, dass sie in ihrem Zimmer bleiben soll. Im Schlafzimmer wechselt er das Hemd und tauscht seine trendigen Sneakers gegen Lederschuhe. Er schnappt sich Sandras Schmuckkästchen. Zurück in der Küche, kniet er sich neben seine sterbende Frau. Er nimmt sie in den Arm, nur für einen Moment. Dann verlässt er sie und geht durch den Garten hinüber zu Alice Mortier. Das Hemd, die Sneakers und den Schmuck versteckt er provisorisch zwischen anderem Müll, in der Absicht, die Sachen später mit Alice Mortiers Abfall zu entsorgen. Er kehrt ins Haus zurück. Er denkt immer noch nicht daran, die Polizei zu rufen.

Jetzt kommt der schwierigste Moment für ihn. Er nimmt das Messer von der Kochinsel und geht ins Wohnzimmer. Mit der Spitze des Messers piekt er vorsichtig in sein Hemd, auf der Suche nach der richtigen Stelle zum Zustechen. Er hat Tränen in den Augen. Angenommen, er trifft eine Arterie? Zur Sicherheit nimmt er sein Smartphone in die Hand.

Dann sticht er zweimal blitzschnell zu. Er schreit auf und sackt gegen den Beistelltisch. Er wischt den Griff des Messers sauber, wirft es unter das Sofa und ruft die Polizei.

Es herrscht Stille, als sich der Vorsitzende an Farkas' Anwalt wendet: »Hat die Verteidigung irgendwelche Fragen dazu?«

Jean-Paul Van Steedam steht auf.

»Allerdings haben wir Fragen. Sogar ziemlich viele.«

Alex weiß, worauf Van Steedam hinauswill. Er hat in der Zeitung gelesen, welche Strategie er anwenden wird. Er wird versuchen, das Verbrechen einer dritten Person in die Schuhe zu schieben, nämlich dem Mann unter der Markise. Eine unglaubwürdige Version, so die Staatsanwaltschaft, angesichts der Beweise gegen Farkas. Aber Spannung verkauft sich, und es ist taktisch klug, Zweifel an Farkas' Schuld zu säen. Daher bietet man Van Steedam eine Plattform, um plausibel zu machen, dass Jonkmans Ermittlungen keine zweifelsfreien Beweise zutage gefördert hätten. WER IST DER MYSTERIÖSE MANN?, lautete kürzlich die Schlagzeile einer Boulevardzeitung. Ich bin der mysteriöse Mann, denkt Alex.

»Mevrouw Jonkman, Sie scheinen sich bei der Rekonstruktion des Tathergangs ausschließlich auf meinen Mandanten zu konzentrieren. Dabei wissen wir, dass es durchaus noch einen Verdächtigen gibt. Am Abend der Tat stand ein bisher unbekannter Mann vor dem Lebensmittelladen auf der anderen Straßenseite und zeigte ein ausgeprägtes Interesse am Haus der Familie Farkas und an Mevrouw Robertson. Können Sie mir vielleicht etwas mehr über ihn erzählen?«

»Der Mann wurde von zwei Zeuginnen gesehen. Er stand unter der Markise des Geschäfts 't Kruideniertje. Nach Angaben der Zeuginnen trug der Mann Sportkleidung und hatte einen Umschlag bei sich.«

»Kennen Sie die Identität dieses Mannes?«

»Nein, bisher nicht.«

»Was haben Sie unternommen, um die Person ausfindig zu machen?«

»Wir haben Nachbarn, Verwandte, Freunde und Bekannte von Meneer Farkas und Mevrouw Robertson befragt. Wir haben ein Phantombild anfertigen lassen und dieses veröffentlicht und überall verbreitet.«

»Sie haben sich demnach große Mühe gegeben, die Identität des Mannes festzustellen?«

»Ja.«

»Sie erachteten es also für wichtig, dessen Identität in Erfahrung zu bringen?«

»Zu Anfang haben wir in zwei Richtungen ermittelt; einmal gingen wir von Raubmord aus, aber es hätte sich auch um eine Erpressung handeln können. Die Identität der unbekannten Person hätte in diesem Fall wichtig sein können.«

»Die Suche nach dem Mann wurde jedoch plötzlich eingestellt. Hatten Sie keine Lust mehr, nach ihm zu suchen?«

»Ab einem bestimmten Punkt schien die Identität dieser Person nicht mehr wichtig für die Ermittlungen zum Tod von Sandra Robertson zu sein.«

»Warum glaubten Sie, dass sie nicht mehr wichtig wäre?«

»Weil wir den Schmuck von Sandra Robertson im Müll der Nachbarin gefunden hatten, zusammen mit den Schuhen und dem Hemd, die Nick Farkas an diesem Tag getragen hatte. Da nichts gestohlen wurde, konnten wir nicht länger von Raubmord ausgehen. Zudem ergaben die Ermittlungen, dass Mevrouw Robertson weder eine Affäre hatte noch erpresst wurde. Erpressung, Betrug oder Ehebruch hinterlassen immer Spuren. Die Beteiligten sind so naiv zu glauben, dass ihre Machenschaften nie polizeilich bekannt werden. Aber man findet immer E-Mails, Textnachrichten, Briefe, Verabredungen in Terminkalendern, Dokumente, Hotelrechnungen und so weiter. Bei Mevrouw Robertson haben wir nichts von alldem entdeckt. Im Fall Ihres Mandanten hingegen könnten wir ein ganzes Telefonbuch mit seinen Affären füllen.«

»Mein Mandant steht nicht wegen Ehebruchs vor Gericht, Mevrouw Jonkman.«

»Nein, und Mevrouw Robertson ebenso wenig«, gibt Tess scharf zurück. Sie reißt sich zusammen. »Wer keine Affäre hat, wird nicht von einem eifersüchtigen Partner oder Geliebten getötet. Wer nicht erpressbar ist, wird nicht erpresst. Das Hemd, die Schuhe und der Schmuck wiesen eindeutig in die Richtung von Meneer Farkas. Von da an blieb als mögliches Szenario nur noch ein Familiendrama.«

»Haben Sie jemals in Betracht gezogen, dass die Tat von dem eifersüchtigen Partner einer der … nennen wir sie Eroberungen meines Mandanten begangen wurde?«

»Wir haben die Alibis seiner, wie Sie sie nennen, Eroberungen und deren Partner überprüft sowie ihre Fingerabdrücke genommen und konnten sie als Verdächtige ausschließen. Außerdem glauben wir, dass im Fall eines Eifersuchtsdramas Meneer Farkas das Opfer gewesen wäre und nicht Mevrouw Robertson.«

»In der Akte wird ein Anruf erwähnt, den Sandra Robertson kurz vor dem Angriff auf sie erhielt. Können Sie uns darüber etwas mehr erzählen?«

»Der Anruf erfolgte etwa eine halbe Stunde vor dem Angriff.«

»Wissen Sie, worum es bei dem Anruf ging?«

»Nein.«

»Kennen Sie die Identität des Anrufers?«

»Nein.«

Van Steedam hebt die Arme.

»Mevrouw Jonkman, das klingt in meinen Ohren ein bisschen wie das Spiel ›Wer war's?‹ für Anfänger.«

Vereinzeltes Lachen ertönt im Saal. Es spornt den Anwalt an.

»Damit haben wir einen anonymen Anrufer und einen Mann unter einer Markise, zwei Unbekannte, die kurz vor dem Angriff auf Sandra Robertson in der Nähe waren oder Kontakt zu ihr hatten. Konnten Sie die Identität des Anrufers nicht über die Telefongesellschaft ermitteln?«

»Nein, das konnten wir nicht.«

Tess rutscht auf ihrem Stuhl herum wie auf einer heißen Herdplatte.

»Konnten oder wollten Sie nicht?«

»Der Anrufer hat eine Prepaid-SIM-Karte benutzt.«

Der Anwalt sieht sie erstaunt an. Bei einer Verhandlung vor dem Geschworenengericht sind schauspielerische Fähigkeiten mindestens genauso wichtig wie Aktenkenntnisse.

»Können Sie uns erklären, was genau das bedeutet?«

»Mit einer Prepaid-SIM-Karte kann man anonym anrufen.«

»Die Identität des Anrufers konnte also nicht ermittelt werden?«

»Nein.«

»Haben Sie herausgefunden, welche anderen Nummern diese Person angerufen hat?«

Tess verlagert das Gewicht auf die andere Seite und wippt mit dem rechten Fuß.

»Nein, die Karte wurde nur für diesen einen Anruf benutzt.«

»Könnten Sie das noch einmal wiederholen, damit alle es deutlich verstehen können?«

Im Saal herrscht Totenstille. Tess schluckt.

»Die Prepaid-SIM-Karte wurde nur für diesen Anruf verwendet.«

»Aha«, sagt Van Steedam. »Der Anrufer benutzt eine SIM-Karte, durch die er anonym bleibt, und er benutzt diese Karte nur, um Sandra Robertson eine halbe Stunde vor dem Angriff auf sie anzurufen. Warum, meinen Sie, sollte jemand sich so viel Mühe für einen einzigen Anruf geben?«

»Zu den Motiven des Anrufers kann ich nichts sagen.«

»Nein, natürlich nicht!«, poltert der Anwalt lautstark los. »Weil Sie ihn nicht gefunden haben! Also konnten Sie ihn oder sie auch nicht fragen. Es beunruhigt mich, Mevrouw Jonkman, dass Sie damit so gleichgültig umgehen.«

Er legt eine Kunstpause ein und stützt sich mit beiden Händen auf dem Tisch vor ihm ab.

»Sie haben eben gesagt, beide Zeuginnen hätten gesehen, dass der unbekannte Mann einen braunen Umschlag bei sich getragen habe. Wurde der Umschlag gefunden?«

»Nein.«

Tess Jonkman ist jetzt zutiefst verunsichert. Der Anwalt punktet bei den Geschworenen. Auch Farkas hat es bemerkt, und sein süffisantes Lächeln wird breiter.

»Wie sind Sie ins Haus gelangt, als Sie am Tatort eintrafen?«

»Die Haustür stand einen Spalt offen.«

»Sie haben Sandra Robertson in der Küche gefunden. War die Hintertür offen oder geschlossen?«

»Die Tür stand offen.«

»Und das Gartentor? Konnten Sie es von der Küche aus sehen?«

»Das Gartentor war ebenfalls geöffnet.«

»Also könnte eine dritte Person das Haus betreten haben.«

»Es war in der Tat zunächst verdächtig, dass alle Türen offen standen, obwohl so kostbarer Schmuck im Haus war. Inspecteur Wolkers benutzte den Ausdruck ›Tag der offenen Tür‹.«

Der Anwalt nickt.

»Polizistenhumor, wie überaus komisch. Aber bitte beantworten Sie meine Frage: Könnte eine dritte Person das Haus betreten haben?«

»Theoretisch könnte jeder dort hineingegangen sein.«

»Sie sagen also, und das erscheint mir besonders bedeutsam, dass theoretisch jeder dort hätte eintreten können. Erlauben Sie mir also, Mevrouw Jonkman, noch einmal auf die dritte Person zurückzukommen. Sie haben eine Fahndungsmeldung mit einem Phantombild des unbekannten Mannes vor dem Lebensmittelgeschäft gestartet. Können Sie mir sagen, was genau Sie damit bezweckten?«

»Wir haben nach Zeugen gesucht, die den Fremden möglicherweise gesehen hatten.«

»Gab es Reaktionen?«

»Die üblichen. Wichtigtuer, wohlmeinende Bürger, die sich geirrt hatten, und Polizeihasser, die uns beschäftigen wollten. Aber keine sachdienlichen Hinweise.«

»Sie haben doch auch die Person selbst dazu aufgefordert, sich zu melden, richtig?«

Tess nickt.

»Wir haben diese Person gebeten, sich als Zeuge zu melden.«

»Aber das ist nicht passiert?«

»Nein.«

Der Anwalt tut so, als würde er ein Lachen unterdrücken.

»Wenn ich ein Phantombild von mir sähe und unschuldig wäre, würde ich so schnell wie möglich die Polizei kontaktieren und unmissverständlich klären, was ich zu diesem Zeitpunkt dort gemacht habe. Das würde jeder tun, der unschuldig ist, meinen Sie nicht auch?«

»Ich kann nicht für diese Person sprechen. Es kann alle möglichen Gründe geben, warum sie sich nicht meldet.«

»Ach ja? Und welche?«

»Vielleicht hat die Person den Suchaufruf nicht gesehen. Vielleicht war sie im Ausland. Vielleicht kann sie kein Niederländisch.«

»Vielleicht war es ein Außerirdischer, der mit seinem Raumschiff zurück zum Mars geflogen ist.«

Das Publikum lacht, ebenso wie Van Steedam, sein Assistent und Farkas.

»Bitte verzeihen Sie meinen Scherz, Mevrouw Jonkman.«

»Ich kann mich nicht halten vor Lachen.«

Er schaut sie amüsiert an.

»Und jetzt lassen Sie uns über die Fingerabdrücke auf der Kochinsel reden.«

»Wir wissen nicht, zu wem die Fingerabdrücke gehören, nur dass sie nicht von jemandem stammen, der dem Paar nahesteht. Es bedeutet auch nicht unbedingt, dass sie von dem angeblichen Mann unter der Markise oder von der Person stammen, die Sandra Robertson angerufen hat.«

Das Blut pocht ihm in den Schläfen, und er muss die Zähne zusammenbeißen, um nicht laut zu fluchen. Van Steedam macht Hackfleisch aus Tess Jonkman. Sein Stift schwebt über dem Notizbuch, ohne dass er etwas aufschreibt. Alex umklammert den Stift wie ein Ertrinkender ein Wrackteil.

Er verlagert den Blick von Tess Jonkmans Rücken zu den zwölf Gesichtern der Geschworenen. Der Schaden ist bereits angerichtet. Es gibt nichts Unplausibles an Farkas' Verteidigung. Wie ein gewiefter Magier hat Van Steedam das Unmögliche als die normalste Sache der Welt präsentiert. Und das Schlimmste kommt erst noch.

»Stimmt es, Mevrouw Jonkman, dass Ihr Polizeichef kein Vertrauen mehr in Sie hatte?«

Eine unhörbare, erhitzte Welle der Erregung scheint durch den Raum zu schwappen.

»Nein, das stimmt keineswegs.«

»Ach wirklich?«

Van Steedam blickt den Vorsitzenden an und vertieft sich in seine Papiere, als wollte er ein unterschriebenes Geständnis des Polizeichefs herbeizaubern.

»Er hatte aber doch vor, Ihnen den Fall Robertson zu entziehen.«

Tess schluckt hörbar.

»So ist es nicht. Die Erpressungs- und Raubermittlungen sollten von Sonderermittlungsgruppen übernommen werden. Das ist üblich in einem so bedeutenden Fall. Aber dazu kam es nicht.«

Der Anwalt nickt.

»Sie waren nicht kompetent genug, um diese Hinweise zu untersuchen. Mir scheint, Ihr Polizeichef hat richtig über Sie geurteilt, Mevrouw Jonkman. Möglicherweise hat auch er sich die Frage gestellt, wie Sie bei der Suche nach der Identität des Anrufers, des geheimnisvollen Mannes und der Fingerabdrücke derart in eine Sackgasse geraten konnten.«

»Das spielte überhaupt keine Rolle!«

»Und doch wurden Sie aufs Abstellgleis geschoben. Und daraufhin begannen Sie plötzlich, gegen meinen Mandanten zu ermitteln! Ich wage zu behaupten, dass er ein Opfer Ihrer Angst vor Gesichtsverlust und Ihrer engstirnigen Sichtweise wurde!«

Über jeden vernünftigen Zweifel erhaben, hat der Anwalt zu Beginn des Prozesses gesagt. Doch ist es etwa nicht der Zweifel, den Alex jetzt zunehmend in den Augen der Geschworenen sieht?

Wütend stapft Tess Jonkman zu ihrem Auto, als liefe sie mit jedem Schritt mit dem Absatz zuerst über das Rückgrat des verhassten Anwalts. Alex nähert sich. Sie entriegelt den Wagen, öffnet die Tür und dreht sich dann plötzlich zu ihm um. Ihre Blicke treffen sich. Etwas flackert in ihren Augen. Wut? Wiedererkennen?

»Guten Tag«, sagt er. Sein Mund ist plötzlich trocken, und das Herz schlägt ihm bis zum Hals. Eigentlich hat er vorgehabt zu reden, alles rauszulassen. Aber er bringt keinen Ton heraus. Der Boden unter seinen Füßen verwandelt sich in den Strudel, aus dem er glaubte, entkommen zu sein. Die Angst gewinnt die Oberhand. Seine Beine bewegen sich automatisch, übernehmen die Führung und tragen ihn fort.

Er erwartet, dass sie nach ihm ruft. Doch er hört nichts, er ist taub, gefühllos. Dann schlägt eine Tür zu, und ein Motor heult mehrmals aggressiv auf. Er bleibt stehen, wendet sich ab zu einem Kassenautomaten. Hinter ihm verlässt Tess Jonkman mit quietschenden Reifen den Parkplatz.

7

»Juffrouw Baertsoen, wie geht es Ihnen?«

»Gut, danke.«

Die Beisitzer und der Vorsitzende verziehen keine Miene beim Zittern in ihrer Stimme. Die Position des Zeugenstuhls zwingt sie, nach oben zu schauen; die Staatsanwaltschaft, das Gericht, der Gerichtsschreiber, sie alle schauen auf sie herab. Alex hat das Notizbuch geschlossen. Seine volle Aufmerksamkeit ist auf sie gerichtet.

Als sie hereinkam, hat er sie gerochen. Nicht das Parfüm, das sie zu besonderen Anlässen getragen hat und das sie wahrscheinlich auch heute noch trägt. Es war der Geruch, wenn sie morgens nebeneinander aufwachten und er sein Gesicht an ihren Kopf drückte. Ihm schwindelte.

Unbewusst reckte er sich in diesem Moment, weil er sie besser sehen wollte, aber vor allem, damit sie ihn ansah, ihn in der Menge bemerkte, seinen Blick erhaschte und lächelte. Ein Lächeln, das sagen würde: Wir können das gemeinsam schaffen. Doch sie schaute nicht auf, schaute nicht in die Menge. Sie ging direkt zum Zeugenstuhl.

Wie hat sie sich auf ihre Aussage vorbereitet? Er sieht sie vor sich, wie sie im Wohnzimmer sitzt, gemütlich in einer

Sofaecke, auf ein Notizbuch konzentriert, in dem sie ihre Argumente aufschreibt. Auf dem Beistelltisch steht eine Tasse Tee, die langsam kalt wird. Von Zeit zu Zeit kaut sie an den Fingernägeln, schüttelt den Kopf und streicht durch, was sie geschrieben hat. Wen bittet sie um Rat? Wer beruhigt sie? Wer nimmt sie in den Arm, wenn es ihr schlecht geht? Wie zum Teufel konnte er sie einfach gehen lassen?

Sie wird als sogenannte Zeugin der Moral befragt, also nicht, um Fakten zu nennen, sondern um den Charakter und das moralische Verhalten des Angeklagten zu beschreiben. Eine ganze Reihe solcher Zeugen wurde bereits gehört. Vater Farkas hatte stur und respektlos geantwortet, als wäre das Ereignis von geringem Interesse für ihn und würde ihn nur von wichtigeren Dingen abhalten. Mutter Farkas hingegen ratterte ihr Klagelied herunter, in einem Zustand absoluter Verleugnung: Ihr geliebter Nick könne keiner Fliege etwas zuleide tun. Sie warf liebevolle Blicke auf ihren Sohn, der zum ersten Mal Anzeichen von Rührung zeigte. Diese Frau würde blind für seine Sünden bleiben, selbst wenn Nick Farkas einen brennenden Hund in einen Heuhaufen scheuchte.

Stefanie war die erste Person, die ein kritisches Bild von ihm zeichnete. Alex nickte zustimmend zu allem, was sie sagte, die ganze Geschichte, die ihr Leben auf den Kopf gestellt hatte.

»Es freut mich zu hören, dass es Ihnen gut geht«, sagt Van Steedam. »Seit wann arbeiten Sie wieder?«

»Seit einigen Monaten.«

Er nickt, brummt, die Lippen fest aufeinandergepresst, wie ein Arzt, der eine Diagnose stellt.

»Seit ein paar Monaten. Das bedeutet, dass Sie lange Zeit nicht arbeiten konnten, nicht wahr?«

Keine Reaktion. Van Steedam schaut auf, gespielt besorgt, benutzt aber bereits von Anfang an beharrlich die herabsetzende Anrede »Fräulein«.

»Juffrouw Baertsoen?«

»Ebenfalls einige Monate.«

Van Steedam lächelt.

»Ein halbes Jahr, um genau zu sein, also tatsächlich mehrere Monate. Könnten Sie uns sagen, warum genau Sie …«

»Meneer Steedam, was hat Ihre Frage mit dem Fall zu tun?«

Der Anwalt schaut verwundert, als verstünde er die Frage des Vorsitzenden nicht.

»Herr Vorsitzender«, sagt er mit einem Seufzer, »Juffrouw Baertsoen hat ein ziemlich krasses Bild von ihrer Arbeitsbeziehung mit meinem Mandanten gezeichnet. Belästigung, Sabotage, alles Mögliche. Das sind schwere Vorwürfe, die sich nicht immer mit der Meinung anderer Kollegen decken, um nur Emy Kimpe und Ludo Scherpereel zu nennen. Ich denke, es ist wichtig, dass die Geschworenen ein vollständiges Bild von der genauen Situation erhalten, in der die gestörte Beziehung zwischen meinem Mandanten und Juffrouw Baertsoen entstanden ist.«

»Meine Abwesenheit hat nichts mit meiner Arbeitsbeziehung zu Ihrem Mandanten zu tun«, wendet Stefanie ein. »Es handelt sich um eine Privatangelegenheit, die ich nicht näher erläutern möchte.«

Van Steedam stößt ein kurzes Lachen aus.

»Es war ein Burn-out, oder? Jedenfalls haben Sie das Ihrem Arbeitgeber und der Polizei erzählt. Einen Burn-out bekommt man doch aber nicht vom Wischen und Bügeln, oder?«

Gelächter im Saal. Farkas feixt. Er schaut in den Saal, und für einen Moment hat Alex das Gefühl, dass sich ihre Blicke gekreuzt haben. Die Muskeln in seinem Rücken verkrampfen sich.

»Ein Burn-out, Juffrouw Baertsoen, ist per definitionem ein Zustand der emotionalen Erschöpfung, der Depersonalisierung und des Gefühls der verminderten persönlichen Leistungsfähigkeit als Folge einer lang anhaltenden Arbeitsüberlastung. Sie können also kaum leugnen, dass es sich um beruflich bedingte Beschwerden handelt.«

»Bei der Arbeit war viel zu tun. Aber die Probleme in der Firma waren nicht der ausschlaggebende Faktor.«

»Ich finde, Sie sollten schon etwas weiter ausholen, Juffrouw Baertsoen. Können Sie uns etwas über den Vorfall im Büro von Meneer Farkas erzählen?«

»Von welchem Vorfall?«

»Direktor Scherpereel hat Sie in Meneer Farkas' Büro dabei erwischt, wie Sie fluchend Unterlagen gegen ein Gemälde warfen. Sie waren vollkommen außer sich.«

»Das war …«

»Auf mich wirkt das nicht wie ein professionelles, beherrschtes Verhalten am Arbeitsplatz.«

»Es war eine Situation, in der einiges eskaliert ist.«

»Erst einen Tag zuvor hatten Sie meinem Mandanten anvertraut, Ihnen wachse die Arbeit über den Kopf. Sie litten unter Stress und Paranoia, brachen in Tränen aus.«

»Das ist nicht wahr. Ich …«

»Einen Tag nach dem Vorfall im Büro meines Mandanten hatten Sie ein Gespräch mit Meneer Scherpereel. Im Verlauf dieses Gesprächs wurde Ihnen mitgeteilt, dass Meneer Farkas die Leitung der Abteilung übernehmen würde und Sie künftig seine Untergebene wären. Ist das richtig?«

»Ja.«

»Sie wurden faktisch degradiert.«

Stefanie antwortet nicht.

»Ich habe den Eindruck, Juffrouw Baertsoen, und ich denke, da bin ich nicht der Einzige, dass Ihre tiefe Abneigung gegen meinen Mandanten hauptsächlich auf Ihr eigenes Versagen zurückzuführen ist. Sie konnten die Arbeit nicht bewältigen, Sie konnten mit dem Druck nicht umgehen, und Sie wurden von Ihrem Arbeitgeber zu Recht zurückgestuft. Auf der anderen Seite war da der talentierte Nick Farkas, der für Sie zum Blitzableiter Ihrer Frustrationen wurde. Sie waren neidisch auf Nick Farkas' Talent, seinen Lebenslauf, seinen Erfolg und wollten ihn loswerden. Hohe Bäume fangen eine Menge Wind ein, und Sie wollten diesen Baum fällen. Obwohl sich mein Mandant nichts vorzuwerfen hat.«

»Sie verdrehen die Tatsachen! Ich war keineswegs eifersüchtig. Ich …«

»Wissen Sie, warum ich so überzeugt bin, dass Nick Farkas keine Schuld trifft? Weil so etwas nicht zum ersten Mal passiert ist, Juffrouw Baertsoen.«

Van Steedam hält inne, der Saal ist mucksmäuschenstill.

»Sie waren nicht zum ersten Mal für längere Zeit krankgeschrieben, oder?«

Stefanie schweigt.

»Sie hatten vor zwei Jahren schon einmal einen Burn-out, als Meneer Farkas noch gar nicht in der Firma war und Sie mit Marlene Verbanck zusammenarbeiteten. Sie waren fünf

Monate krankgeschrieben. Stimmt das etwa nicht, Juffrouw Baertsoen?«

»Es stimmt, dass ich krankgeschrieben war.«

»Ebenfalls wegen einer privaten Angelegenheit?«

Das Publikum rings um Alex kichert.

»Ja«, sagt Stefanie.

Für den Bruchteil einer Sekunde liegt Erstaunen in Van Steedams Gesicht.

»Ja, es war eine private Angelegenheit«, sagt Stefanie.

Der Umschlag des Notizbuches ist feucht von Alex' Schweiß.

»Was meinen Sie damit, Juffrouw Baertsoen?«

Etwas verändert sich in Stefanies Stimme, sie bricht. Alex würde am liebsten aufspringen und schreien, Van Steedam anbrüllen, wie es sich in Wirklichkeit verhält, damit das Publikum endlich erkennt, was für ein Mensch Farkas ist. Er will Stefanie helfen, sie aus dieser Situation retten, aber das ist ihm schon einmal schlecht bekommen.

»Es war kein …«

»Ja?«

»Meine Abwesenheit war nicht auf einen Burn-out zurückzuführen.«

»Worauf dann?«

»Es war …« Sie schluckt. »Es war …«

Alex wird von einer Welle überspült, die aus ihm selbst kommt, aus seinem Inneren, und die nach draußen will. Durch die Nase, durch den Mund, sie drückt gegen seine Nasenlöcher, gegen seine Zähne. Er will sie zurückhalten, er schnieft und schluckt. Er steht auf und entschuldigt sich, während er auf Zehen tritt und gegen Knie stößt. Er hört sie, er hört sich selbst, wie von fern, als läge er unter Wasser in einer Badewanne.

Endlich ist er draußen; in der Kühle auf dem Gang läuft ihm der Schweiß über das Gesicht. Er wischt ihn weg, schüttelt sich, taumelt. Dann sieht er Jonkman, wie in einem Nebel. Mit der Entschlossenheit eines Seemanns im Sturm marschiert er auf sie zu: den Blick auf sein Ziel gerichtet, den Körper fest auf diese kleine, aber ach so schwer zu überbrückende Distanz gerichtet.

Sie dreht sich zu ihm um.

»Ich bin es«, sagt er.

Sie sieht ihn an, als ob er verrückt wäre, sie versteht ihn nicht.

»Ich bin der Mann, den Sie suchen. Der Mann unter der Markise.«

8

Während Wolkers etwas weiter unten in der Straße in ein Funkgerät spricht, steht Alex wieder unter der Markise. Er trägt einen Kapuzenpullover und weiße Turnschuhe. Ein Umschlag knistert unter seinem Arm. Er schaut auf die Fassade der Villa gegenüber. Die Blumenkästen mit Veilchen sind verschwunden. In einem Fenster hängt ein Schild: ZU VERKAUFEN. Es erinnert ihn an das Schild, das an ihrer eigenen Fassade gehangen hatte, ein paar Monate nachdem er Stefanies Zettel auf dem Küchentisch gefunden hatte. Den Zettel, auf dem stand, dass sie »für eine Weile« bei ihren Eltern einziehen würde, um »sich über einiges klar zu werden«. Da wusste er, dass für sie schon alles geklärt war und dass »eine Weile« für immer und ewig sein würde. In diesem

Moment, unter der Markise, erscheint es ihm so unverzeihlich absurd, dass er jemals geglaubt hatte, sie würde ihm nichts anmerken. Er kann nicht genau sagen, wann genau sie ihn durchschaut hat, aber er vermutet, dass es in dem Moment war, als er mit der Nachricht, dass Farkas verhaftet wurde, fröhlich ins Schlafzimmer gestürmt war.

Er hatte gesagt: »Er hat das Ganze inszeniert.«

Stefanie hatte sich aufrecht hingesetzt.

»Und darüber freust du dich?«

Er ließ die Arme hängen.

»Er wird demaskiert, vor aller Welt!«

Sie schlug mit der flachen Hand auf ein Kissen.

»Ein Kind hat seine Mutter verloren, ein Vater seine Tochter. Und du betrachtest es als persönlichen Sieg, dass Nick der Täter ist?«

Mit dieser Reaktion hatte er nicht gerechnet.

»Ist das ein persönlicher Triumph für dich, Alex?«

Er hatte nichts gesagt und die Tür hinter sich zugezogen.

Er seufzt und starrt auf die Fenster von Alice Mortier. Heute hat er keine Angst davor, von den Nachbarn beobachtet zu werden. Er weiß, dass er beobachtet wird, von Polizisten und allen möglichen Leuten von der Staatsanwaltschaft und dem Gericht. Möglicherweise auch von einer Handvoll Journalisten, die es geschafft haben, die Sichtblenden zu umgehen, die die Schaulustigen aussperren sollen. Vielleicht wird er jetzt von einem der vielen Fenster auf der anderen Straßenseite aus gefilmt, um als Aufmacher in den Abendnachrichten zu fungieren.

»Also, was haben Sie gemacht, als Sandra Robertson nach Hause kam?«, fragt Wolkers, der an einem Päckchen Waffeln herumfummelt.

Als die Lebensmittelhändlerin anfing, die Kisten mit Obst und Gemüse hereinzuholen, wandte er sich von ihr ab. Die Pausen, die sie einlegte – das Seufzen und Schnaufen, das Schleppen von Behältern, die sie eigentlich mit Leichtigkeit hätte bewegen können –, verrieten ihm, dass seine Anwesenheit sie störte. Warum, weil er nichts kaufte? Weil er potenzielle Kunden vergraulte? Vielleicht stand er ihr nur im Licht. Er überlegte, die Kapuze seines Pullovers überzuziehen, doch er tat es nicht. Es hätte nur ihr Misstrauen geweckt.

Als die Markise eingerollt wurde und sich die Rollläden begleitet von einem Summen absenkten, verließ Alex seine Position vor dem Laden. Ein Auto hatte vor der Villa angehalten, und Sandra Robertson war ausgestiegen. Sie beachtete ihn nicht; für sie war er ein unbedeutender Passant, bestenfalls ein weiterer spätabendlicher Kunde des Lebensmittelladens. Doch das sollte sich bald ändern.

Sandra öffnete die hintere Autotür. Ein Kind kletterte vom Rücksitz, ein Mädchen, das ein Plüschkaninchen im Arm hielt und wartete, bis seine Mutter die Einkäufe aus dem Auto ausgeladen hatte. Es fasste ihre Hand, und gemeinsam gingen sie die Treppe hinauf. An der Haustür beugte sich Sandra zu den Blumenkästen voller Veilchen.

Alex ging zunächst am Haus vorbei und kehrte dann an der nächsten Kreuzung wieder um. Während er so tat, als blickte er in Gedanken versunken auf die Pflastersteine vor dem Lebensmittelladen, schaute er hinüber zum Haus. Die Tür war nun geschlossen, und da Frau und Kind verschwunden waren, löste sich der Knoten in seiner Magengrube allmählich auf.

Er hatte Sandra Robertson zum ersten Mal im richtigen Leben gesehen. Sie war nicht so schüchtern und verklemmt, wie er sie sich vorgestellt hatte, sondern wirkte erstaunlich selbstbewusst. Es war eine idyllische Szene gewesen, wie sie mit dem Kind an der Hand ins Haus gegangen war. Die Veilchen und dass Sandra anscheinend ein glückliches Leben führte, verunsicherten ihn.

Hinter dem Fenster leuchtete das schwache Licht einer Stehlampe. Auf dem Fensterbrett neben der Lampe glaubte er zuerst einen Blumentopf zu erkennen, doch es stellte sich heraus, dass es das Mädchen war. Sie stand wahrscheinlich auf Zehenspitzen. Nur ihr kleines Gesicht tauchte über der Fensterbank auf. Sie schaute hinaus.

Sie schaute ihn an.

Er senkte seinen Blick auf den Bürgersteig, um zu vermeiden, dass sie ihm zuwinkte. Hinter dem Lebensmittelladen beschleunigte er seine Schritte und bog um die erste Ecke. Dort blieb er stehen.

»Wie lange haben Sie sich dort aufgehalten?«

»Nur für ein paar Sekunden. Um Mut zu schöpfen.«

Alex überquerte die Straße zu dem schmalen Weg, der die Gärten der Häuser mit der Seitenstraße verband. Ein unbefestigter Weg, gesäumt von Büscheln aus hohem Gras und Unkraut. Breit genug für einen Fußgänger oder einen Radfahrer, aber zu zweit kam man nicht aneinander vorbei.

Durch das Tor sah er einen gepflegten Garten mit niedrigstämmigen Obstbäumen und Olivenbäumen in Terrakottatöpfen auf der Terrasse. Er erschrak, als das Mädchen durch die offene Schiebetür hinaus und auf die Plastikrutsche zurannte.

»Nina, nein!«

Sandra nahm das Kind auf den Arm; Alex duckte sich.

»Du musst jetzt ins Bett.«

Als er wieder aufblickte, gingen Mutter und Kind ins Haus.

Die eingetopften Olivenbäume und die Rutsche sind verschwunden. Löwenzahn und Klee wuchern im hohen Gras. Die Schiebetür ist geöffnet. An der Kücheninsel steht Tess Jonkman und schaut hinaus. Hinter ihr nimmt Alex ein paar undeutliche Silhouetten wahr.

»Ich wollte Sandra nicht stören, während sie das Kind ins Bett brachte. Ich hatte nur eine Chance und wollte den richtigen Moment abwarten.«

Er folgte dem schmalen Weg, die Hände in den Taschen seines Kapuzenpullis. Das Handy lag warm in seiner Hand. Er holte es heraus, tippte die Nummer ein und starrte sie eine Weile lang an, als würde das Telefon automatisch klingeln, wenn Sandra bereit war.

Der Zeitpunkt würde immer ein schlechter sein. Er drückte die grüne Ruftaste.

Der Klingelton ertönte. Er zählte, wie oft.

»Hallo, hier ist Sandra.«

Er rang nach Atem.

»Ich kann gerade nicht ans Telefon, aber hinterlasse eine Nachricht, und ich rufe dich so schnell wie möglich zurück.«

Seine Lunge füllte sich mit Luft. Er schnaufte laut aus, die Augen geschlossen. Er konzentrierte sich auf seine Atmung und spürte, wie sich seine Muskeln entspannten. Er betrachtete den Umschlag, zerknittert und feucht vor Schweiß. Er beendete den Anruf.

»Warum haben Sie Ihr Vorhaben in dem Moment nicht abgebrochen?«

Ein Polizist tritt durch die Schiebetür auf die Terrasse. Er macht ein paar Fotos. Tess Jonkman sagt etwas zu ihm, und er geht wieder hinein.

»Es war zu spät. Ich musste es durchziehen.«

Alex lehnte sich gegen den Holzzaun eines Nachbarn. Noch war nichts verloren. Er wählte die Nummer und drückte die Taste mit dem grünen Telefonsymbol.

»Hallo, hier ist Sandra.«

Sein Finger wanderte bereits in Richtung der Taste mit dem roten Telefon.

»Hallo?«

Er legte das Handy wieder ans Ohr.

»Hallo?«

»Ja, hier ist Sandra Robertson. Mit wem spreche ich?«

»Guten Abend, Mevrouw Robertson. Ich bin … Sie sprechen mit einem Kollegen Ihres Mannes, Nick Farkas.«

»Ja? Was kann ich für Sie tun?«

»Mevrouw Robertson, ich würde gern in einer dringenden Sache mit Ihnen sprechen. Hätten Sie jetzt gleich einen Moment Zeit?«

»Ich wollte gerade Abendessen machen, aber wenn es nicht zu lange dauert …«

Er spähte durch das Tor. Er sah sie undeutlich an der Kochinsel stehen und ein Paket Gemüse hin und her schieben. Als sie den Kopf in Richtung des offenen Fensterflügels drehte, trat er zur Seite.

»Es tut mir leid, Ihnen das sagen zu müssen, Mevrouw Robertson, aber Ihr Mann betrügt Sie.«

Er wollte nicht, dass sie ihn unterbrach, deswegen sprach er schnell weiter. Als er geendet hatte, trat Schweigen ein.

»Wer sind Sie?«, fragte sie.

»Sie werden verstehen, dass ich meinen Namen lieber nicht nennen möchte.«

»Warum erzählen Sie mir das alles?«

»Ich dachte, Sie sollten wissen, dass …«

»Wie können Sie es wagen? Machen Sie das öfter, Ihre Nase in die Angelegenheiten anderer Leute zu stecken?«

»Sandra, ich …«

»Werden Sie bloß nicht auch noch vertraulich, Sie! Lassen Sie mich und Nick in Ruhe! Hören Sie auf, solche Märchen zu erzählen! Kümmern Sie sich um Ihre eigenen Angelegenheiten! Ich denke, das ist für alle das Beste.«

Er wurde allmählich wütend.

»Erinnern Sie sich an den Strand in Miami? Als Sie Teelichter in den Sand gestellt und Nick gebeten haben, die Augen zu schließen? Erinnern Sie sich an die Babysocke in seiner Hand? Wissen Sie, dass er sich über Sie lustig gemacht hat, als er diese Geschichte unter Kollegen weitererzählt hat?«

Es kam keine Antwort. Sandra hatte die Verbindung unterbrochen.

Er war wütend. Sie behandelte ihn wie einen Fantasten. Diese naive Pute! Er ging hinaus auf die Straße. Es interessierte ihn nicht mehr, ob ihn jemand sah. Er passierte 't Kruideniertje, blieb kurz vor dem Zaun stehen und war dann mit drei Sprüngen an der Haustür. Auf den Fensterbänken wiegten sich die Veilchen in einer leichten Brise. Die Straße war verlassen.

Er drückte die Türklingel.

Als er das Geräusch von Absätzen in der Diele hörte, trat er einen Schritt zurück. Er nahm den Umschlag in beide Hände.

Die Tür wurde einen Spalt geöffnet.

»Mevrouw Robertson?«

Die Tür ging weiter auf und gab kurz einen Blick auf ein geschmackvolles klassisches Interieur frei. Dann erschien Sandra im Türrahmen, mit vor Wut funkelnden Augen.

»Haben Sie mich gerade angerufen?«

»Mevrouw Robertson, ich habe hier einige Fotos …«

»Wer sind Sie? Warum tun Sie das?«

»Nick Farkas ist ein Psychopath! Er terrorisiert die Leute, er betrügt Sie!«

»Für wen halten Sie sich, dass Sie es wagen, hierherzukommen und so etwas zu behaupten? Hauen Sie ab mit Ihren Fotos!«

Er hielt ihr den Umschlag hin, aber sie nahm ihn nicht.

»Ich wollte Sie nur …«

»Entweder Sie gehen jetzt auf der Stelle, oder ich rufe die Polizei! Und wenn ich Sie hier noch einmal sehe, rufe ich auch die Polizei!«

Kurz bevor sie die Tür zuschlug, warf er den Umschlag in den Flur.

»Sie sollten sich trotzdem mal die Fotos ansehen!«, rief er vor der geschlossenen Tür.

»Die Tür war demnach geschlossen, als Sie gegangen sind?«

Erst jetzt bemerkt er, dass die Tür graugrün gestrichen war.

»Ja.«

»Was haben Sie als Nächstes gemacht?«

»Es war, als wäre ich aus einer Trance aufgewacht. Ich hatte so lange auf diesen Moment hingearbeitet, und meine Mission war kläglich gescheitert. Im Nachhinein war es unfassbar naiv von mir, aber ich hatte erwartet, dass sie anders reagieren würde, dass sie bereits etwas vermutet hatte und sich nun bestätigt sähe. Aber sie wandte sich komplett gegen mich. Das verwirrte mich, und ich ging weg, nach Hause.«

Alex geht ein paar Meter, mit Wolkers und seinem Gefolge in seinem Kielwasser wie ein Hofstaat. An der Kreuzung bleibt er stehen.

»Und hier bin ich wieder umgekehrt.«

»Warum haben Sie das getan?«, fragt Wolkers.

»Es beunruhigte mich, dass ich nicht wusste, was sie mit dem Umschlag anstellen würde, wenn ich jetzt einfach nach Hause ging. Würde sie ihn wegwerfen? Würde sie sich den Inhalt ansehen? Ihn Farkas zeigen? Mein Plan schien gescheitert zu sein, aber es war noch nicht vorbei. Deshalb bin ich umgekehrt und habe sie vom Weg hinter dem Garten aus beobachtet.«

Sie stand an der Kochinsel und schnitt Kirschtomaten in Hälften. Sie tat es langsam, als wäre sie in Gedanken versunken. Er interpretierte ihr Verhalten als Bestätigung dafür, dass sie sich die Fotos angesehen hatte.

Dann änderte sie ihre Haltung, als wäre sie aus einem Tagtraum erwacht, und sie wandte sich zu jemandem um. Farkas. Er kam auf sie zu und wollte sie küssen, aber sie drehte sich von ihm weg. Er erschrak durch ihre abrupte Bewegung, und die Überraschung in seinem Gesicht ging in ein verärgertes Stirnrunzeln über.

Sandra rief etwas, das Alex nicht verstehen konnte. Dann richteten sich sämtliche Haare auf seinen Armen auf. Sie hob den Umschlag auf – er hatte nicht bemerkt, dass er dort lag – und warf ihn Farkas ins Gesicht.

Es hatte also doch funktioniert! Farkas öffnete den Umschlag. Rauschte ihm das Blut genauso heftig durch die Adern wie ihm selbst? Wie gerne wäre er näher dran gewesen, hätte den Blick in seinen Augen gesehen, als er die Bilder von ihm vor Anitas Tür betrachtete, wie er sie umarmte, küsste.

Wie war das möglich?

Wer hatte ihm das angetan?

Ich habe dir das angetan, hätte Alex am liebsten geschrien, aber Farkas, der wie betäubt die Fotos anstarrte, hätte ihn nicht gehört – ebenso wenig, wie Alex Sandra hörte, deren Gesten er entnahm, dass sie eine Erklärung von ihm forderte.

Farkas warf die Fotos auf die Anrichte. Er sagte etwas zu Sandra, das sie wütend machte. Sie versetzte ihm einen Schubs. Dann wollte sie ihm ins Gesicht schlagen, aber er wehrte sie ab. Jetzt stand sie mit dem Rücken zu Alex. Er sah nur ihren Zeigefinger, mit dem sie deutete, als wäre er eine Stichwaffe. Aus Farkas war jede Menschlichkeit gewichen.

Im nächsten Moment beobachtete Alex, wie Farkas Sandra packte und sie sich losriss. Sie drehte sich um, taumelte gegen die Kochinsel, klammerte sich daran fest, sank dann aber zu Boden. Farkas beugte sich über sie. Hatte er sie niedergeschlagen?

Die Erkenntnis traf ihn, als Farkas aufstand, Blut auf

seinem Hemd und seiner Hose, das Schneidemesser in der Hand. Er legte das Messer auf die Kochinsel und verschwand in der Dunkelheit im Inneren des Hauses.

»Sie haben gesehen, wie Nick Farkas Sandra niedergestochen hat?«

»Ich habe gesehen, wie Farkas sie angriff, wie sie hinfiel, wie er das Messer weglegte.«

Eine morbide Stille hatte sich über die Küche gesenkt.

Sandra lag verblutend am Boden, halb an die Kochinsel gelehnt, auf der sein Umschlag lag. Und seine Fotos. Mit seinen Fingerabdrücken darauf.

Farkas war weg, aber für wie lange? Wenn Alex vertuschen wollte, dass er mit der Sache etwas zu tun hatte, musste er schnell handeln.

»Haben Sie versucht, das Gartentor zu öffnen?«

Alex nickt.

»Es war abgeschlossen. Ich bin dann einfach darübergeklettert, ohne groß nachzudenken.«

»Zeigen Sie mir, wie Sie das gemacht haben.«

»Ich war damals viel fitter; ich bin jede Woche ins Sportstudio gegangen.«

»Tun Sie es.«

Alex zieht sich am Tor hoch. Seine Muskeln protestieren, aber er schafft es, seine Beine darüberzuschwingen, und mit einem kleinen Sprung ist er im Garten. Er läuft zur offenen Schiebetür, den Blick auf Tess Jonkman und die Puppe gerichtet, die neben der Kücheninsel liegt. Das Herz schlägt ihm bis zum Hals, genau wie damals.

Drinnen war es still, bis auf ein leises, gurgelndes Keuchen aus dem Mund von Sandra. Sie sah mit großen Augen zu ihm auf, während die Blutlache auf dem Boden größer wurde. Alex achtete sorgfältig darauf, nicht in das Blut zu treten.

Sie folgte ihm mit den Augen. Sie öffnete den Mund, wollte etwas sagen, aber es kam kein Wort heraus. Nur Stöhnen und eine Art Würgen. Sie erinnerte ihn an einen Fisch auf dem Trockenen, der ums Überleben kämpft.

Er kniete sich neben sie.

»Es tut mir leid, Sandra. Ich habe das nicht gewollt, es tut mir leid.«

Er überlegte, ob er versuchen sollte, das Blut zu stillen. Am Herd hing ein Küchenhandtuch. Er schaute von dem Handtuch zu ihr. Sollte er einen Krankenwagen rufen? Er konnte das Mobiltelefon wieder einschalten. Sein Blick glitt zur Kochinsel; er war wegen des Umschlags hier. Er erwachte aus seiner Erstarrung und steckte schnell die Fotos ein. Der Umschlag war voller Blutflecken.

Ein lautes Geräusch schreckte ihn auf. Im ersten Moment befürchtete er, Farkas sei ins Wohnzimmer gestürmt, und in einem Reflex drehte er sich zur Tür, bereit, sich zu verteidigen. Doch niemand kam, und die erste, von seiner Fantasie ausgelöste Panik ebbte ab. Der Krach kam von oben. Es klang, als würden Schubladen hektisch aus einem Schrank gezogen.

Er schaute sich um; vielleicht waren während des Streits Fotos heruntergefallen. Nein, da war nichts. Er machte sich bereit, das Haus wieder zu verlassen. Das Gepolter im Obergeschoss hörte auf.

»Mami!«

Eine Kinderstimme, weit entfernt, gedämpft.

Farkas wiederum klang unheimlich nah.

»Nina, bleib in deinem Zimmer! Beruhige dich, Kleines, es ist alles in Ordnung!«

Ein letzter Blick auf die Kochinsel. Er ging mit dem Umschlag unter dem Arm an Sandra vorbei, ohne sie anzusehen.

Er blieb an etwas hängen. Eine leichte Panik schnürte ihm die Kehle zu. Er schaute nach unten. Sandra hielt ihn am Hosenbein fest.

»Lassen Sie mich los«, flüsterte er.

Doch sie schien den Griff um die Hose nur noch zu verstärken. »Bitte, Sandra, lassen Sie mich gehen.«

Er zog, und ihre Finger, aus denen die Kraft hinaussickerte, lösten sich. Er sprintete durch den Garten und warf den Umschlag über das Tor. Bevor er selbst hinterherkletterte, zog er die Ärmel des Kapuzenpullis über seine Hände. Erst in diesem Moment dachte er an die Spuren. Seine Fingerabdrücke waren überall auf der Kochinsel. Doch es war zu spät, um noch einmal umzukehren.

9

»Sie sind in das Haus eingedrungen, um Ihre Fotos zurückzuholen. Warum sind Sie ein so großes Risiko eingegangen? Hätten Sie sie nicht einfach dortlassen können?«

Van Steedam verschränkt die Arme, Alex verlagert das Gewicht auf seinem Stuhl.

»Ich war in Panik. Ich hatte nicht damit gerechnet, dass Farkas sie abstechen würde. Ich wollte ihre Beziehung zerstören, aber nicht, dass dieser Verrückte sie tötet. Doch wenn die Polizei die Fotos von Farkas mit Anita gefunden hätte, hätte sie sofort die Verbindung zu Jonno Gym hergestellt. Meine Fingerabdrücke waren auf den Fotos und dem Umschlag. Stefanie war Farkas' Kollegin, ich war Kunde bei Jonno, ich dachte, dadurch käme man mir schnell auf die Schliche. Deshalb wollte ich die Fotos und den Umschlag zurückhaben.«

»Sie meinen, Sie wollten Ihre Spuren verwischen?«

»Ich wünschte, es wäre nie passiert.«

Wieder warf Van Steedam die Arme in die Luft.

»Es wäre nie passiert? Dafür war es ein bisschen zu spät, nicht wahr? Daran hätten Sie denken sollen, als Sie diese Fotos machten und als Sie mit ihnen vor Sandra Robertsons Tür standen. Aber nein, was tun Sie? Sie verursachen eine Katastrophe und denken anschließend nur an sich. Sie klettern über das Tor, gehen an der noch lebenden Sandra vorbei und schnappen sich ganz cool Ihre Fotos. Obwohl es in diesem Moment Ihre gesetzliche Pflicht gewesen wäre, einer Person in Not zu helfen. Ihre gesetzliche Pflicht! Sandra lebt noch, sie sieht Sie an, sie versucht, Sie festzuhalten, aber Sie bleiben eiskalt. Sie kennen keine Gnade. Sie haben ein Handy, rufen aber nicht einmal den Notdienst an.«

»Es tut mir so ent…«

»Wer ist hier der Verrückte? Wer ist hier das Ungeheuer? Sie sind die einzige Person hier in diesem Saal, die sich als erbarmungslos erwiesen hat. Sie haben in dieser Nacht äußerst kaltblütig gehandelt.«

»Ich …«

»Wenn wir Ihrer Geschichte glauben sollen, sind Sie der wichtigste Zeuge. Ihre Kleidung und der Umschlag mit Fotos sind bedeutende Beweise. Können Sie uns noch einmal erzählen, was Sie mit diesem Material gemacht haben?«

»Ich habe alles vernichtet.«

Wieder reckt Van Steedam die Arme in die Luft.

»Warum haben Sie das gemacht? Warum vernichtet ein Kronzeuge Beweise?«

»Ich hatte Angst. Was geschehen ist, war furchtbar. Ich hatte das nie gewollt. Und ich wollte nicht beschuldigt werden.«

»Und das tun Sie, indem Sie sich verdächtig machen? Warum haben Sie die Fotos vernichtet?«

»Die Polizei hat sie …«

»Die Polizei hat sie auf Ihrem Computer sichergestellt, richtig. Aber das ändert nichts an der Tatsache, dass Sie sie verschwinden lassen wollten. Und dann Ihre Kleidung. Warum war es Ihnen so wichtig, sie zu vernichten? Sind Sie etwa der Meinung, wir sollten Ihnen einfach so glauben?«

»Ich …«

»Ja, das wollen Sie offenbar. Können wir die Blutspuren auf Ihren Schuhen untersuchen? Nein, weil Sie sie zerstört haben!«

»Es waren keine …«

»Sie können behaupten, was Sie wollen!« Van Steedams Ausbruch erschreckt Alex. »Sie haben die Fotos vernichtet. Sie haben den Umschlag vernichtet. Sie haben die Schuhe, den Pullover und die Hose vernichtet. Sie haben alles vernichtet, sodass nur noch Ihre Aussage übrig bleibt! Alles, was meinem Mandanten vorgeworfen wird, haben auch Sie getan! Und alles, dessen mein Mandant beschuldigt wird, könnten Sie auch getan haben!«

Im Publikum bricht Tumult aus.

»Ruhe im Saal!«, befiehlt der Vorsitzende.

»Warum wollten Sie Mevrouw Robertson unbedingt diese Fotos zeigen?«, fragt Van Steedam mit ruhiger Stimme.

»Ich wollte ihr klarmachen, was für ein Typ Mann Nick Farkas ist.«

»Was für ein Typ ist er denn Ihrer Meinung nach?«

»Ein Schwindler und Betrüger.«

»Und wie sind Sie zu diesem Schluss gekommen?«

»Meine Freundin Stefanie Baertsoen war seine Kollegin.«

»Wussten Sie, dass Nick Farkas Ihre Freundin wegen ihrer schlechten Leistungen feuern wollte?«

»Sie hat keineswegs schlechte Arbeit geleistet. Aber er tat alles in seiner Macht Stehende, um sie in ein schlechtes Licht zu rücken!«

»Sie regen sich bis heute darüber auf. Sie hegen einen Groll gegen Nick Farkas. Sie wollten es ihm heimzahlen.«

»Ich wollte Sandra Robertson zeigen, was für einen Fisch sie da am Haken hatte.«

»Sie sind Nick Farkas gefolgt und haben Fotos von ihm gemacht, ein Handy gekauft, um Sandra Robertson anzurufen und so weiter. Sie müssen ihn intensiv gehasst haben, wenn man bedenkt, wie viel Mühe Sie sich gegeben haben. Sind Sie noch mit Stefanie Baertsoen zusammen?«

»Ich weiß nicht, was das mit der Sache zu tun hat …«

»Beantworten Sie einfach meine Frage.«

»Nein. Wir sind nicht mehr zusammen.«

»Stimmt es, dass sie Sie kurz nach Sandra Robertsons Beerdigung verlassen hat?«

»Ja. Kurz nach Farkas' Festnahme als Verdächtiger.«

»Wusste sie von Ihrem rücksichtslosen Plan?«

»Nein, ich habe ihn ganz allein entworfen und ausgeführt. Allenfalls hatte sie einen Verdacht.«

»Hat es in Ihrer Beziehung schon länger gekriselt? Man verlässt doch nicht ohne Weiteres seinen Partner.«

»Wir hatten gewisse Probleme. Das wissen Sie bereits.«

»Sie hatten Ihre Probleme, und dann kommt ein neuer Vorgesetzter in die Firma Ihrer Freundin, der anspruchsvoll ist und Erwartungen stellt, denen Ihre Freundin nicht gerecht werden kann. Hat das zusätzlichen Druck auf Ihre Beziehung ausgeübt?«

»Stefanie hat nicht in der Firma ...«

»Hat das zusätzlichen Druck auf Ihre Beziehung ausgeübt?«

»Ein Arschloch auf der Arbeit belastet immer die Beziehung.«

»Und Sie wollten Ihre Freundin beschützen?«

»Ich wollte, dass Nick Farkas aus unserem Leben verschwindet, damit wir etwas zur Ruhe kommen. Ich wollte, dass er am eigenen Leib spürt, wie es ist, wenn eine Beziehung zerstört wird.«

»Er sollte aus Ihrem Leben verschwinden? Warum ihn nicht gleich aus der Gesellschaft entfernen, wenn er so ein schrecklicher Mensch ist? Haben Sie sich das vielleicht gedacht, als Sie Ihren kleinen Plan ausgetüftelt haben?«

»Nein.«

»Wäre es nicht die größte Genugtuung für Sie, der Sie so einen Groll und Hass gegen ihn hegen, wenn Nick Farkas für einen Mord verurteilt würde, den er nicht begangen hat? Für einen Mord, den Sie begangen haben?«

10

»Meine Damen und Herren Geschworenen, Sie sind vom Schicksal dazu bestimmt worden, ein Urteil über den Angeklagten, der Ihnen hier gegenübersitzt, zu fällen. Schuldig oder nicht schuldig? In der ersten Phase müssen Sie die Schuldfrage beantworten. In der zweiten Phase müssen Sie entscheiden, welche Strafe Nicholas Farkas verdient hat.«

Der Staatsanwalt schaut die Geschworenen flüchtig an und wendet seinen Blick dann wieder seinen Papieren zu.

»Für den Angeklagten gilt die Unschuldsvermutung, bis Sie feststellen, dass er schuldig ist. Sie müssen den Angeklagten freisprechen, falls Sie irgendwelche Zweifel an seiner Schuld haben. Gilt das für alle Zweifel? Nein, nur wenn Sie ernsthafte Zweifel an der Schuld von Nicholas Farkas haben, sollten Sie ihn freisprechen. Denn absolute Gewissheit ist immer schwer zu erreichen. Es ist nicht beabsichtigt, dass jeder kleine Zweifel zur Straffreiheit führt.

Wenn Sie die Frage nach der Schuld mit Ja beantworten, sind Sie nicht dazu verpflichtet, die Höchststrafe zu verhängen. Sie können sich auch für eine mildere Strafe entscheiden, das steht Ihnen frei. In der Vergangenheit reichte es aus, die Fragen des Vorsitzenden mit Ja oder Nein zu beantworten. Inzwischen ist es Pflicht, die wesentlichen und konkreten Gründe für Ihre Entscheidung zu nennen, es gilt die sogenannte Begründungspflicht. Jede schuldige Person, aber auch die Gesellschaft, hat das Recht zu erfahren, warum jemand für schuldig oder unschuldig befunden wurde.«

Er lässt seinen Blick langsam über die Geschworenen gleiten.

»Um von Mord sprechen zu können, muss sicher sein, dass Nicholas Farkas das Opfer mit Tötungsabsicht umgebracht hat. Der Bericht des Gerichtsmediziners zeigt, dass die zugefügten Messerstiche den Tod von Sandra Robertson verursacht haben. Hatte Nicholas Farkas die Absicht zu töten? Ja, die hatte er. Er konnte durchaus einschätzen, was die drei Stichwunden in Brust und Unterleib bei seiner Frau anrichten würden. Die Art und Weise, die Stoßrichtung und die Wucht der Stiche verraten es uns. Es war kein Zufall, sondern Absicht. Nicholas Farkas' aufgeblasenes Ego wurde verletzt, und Sandra Robertson musste mit ihrem Leben dafür bezahlen.«

Dies ist der folgenschwerste Tag des Prozesses, mit der Anklageschrift des Staatsanwalts, den Plädoyers und den Erwiderungen, und schließlich mit der Frage des Vorsitzenden an Farkas, ob er noch etwas hinzuzufügen habe.

Farkas spricht langsam und artikuliert deutlich.

»Sandra war die Frau meines Lebens. Ich bereue die Fehler, die ich ihr gegenüber gemacht habe, sehr. Mein Geist war stark, aber mein Fleisch war schwach. Ich hätte sie nie betrügen dürfen, aber ich kann nicht ändern, was geschehen ist. Man sagt oft, dass man etwas erst dann wirklich vermisst, wenn es einem genommen wird. Ich vermisse Sandra furchtbar. Und sie wurde mir genommen. Ihr Mörder ist auf freiem Fuß. Es ist ein schrecklicher Gedanke und für die Polizei eine vernichtende Niederlage. Das Einzige, was ich tun kann, um Sandras Andenken zu ehren, ist, unserer Tochter Nina ein guter Vater zu sein. Aber das kann ich nicht aus einer

Zelle heraus leisten. Einen Unschuldigen ins Gefängnis zu schicken ist eine schwere Verantwortung.«

Alex schaut auf die Uhr. Die Geschworenen beraten sich jetzt schon seit über drei Stunden.

»Je länger es dauert, desto schlechter ist es für die Staatsanwaltschaft«, hat der ehemalige Steuerprüfer zu Beginn des Prozesses gesagt. Seit seiner Aussage geht ihm der Mann aus dem Weg. Die Hierarchie zwischen ihnen hat sich verschoben; Alex ist Teil dieses gigantischen Zirkus geworden, während er für immer ein Zuschauer bleiben wird.

Dann entsteht Unruhe im Publikum: Die Geschworenen kehren zurück.

Eine erregte Spannung legt sich über den Saal, während die Geschworenen eintreten. Der Vorsitzende schaut mit gewichtiger Miene zu, als Farkas erneut hereingeführt wird.

»Die Verhandlung wird fortgeführt, bitte nehmen Sie wieder Platz.«

Der Vorsitzende schaut die Geschworenen an. Ein Mann mit einem Knebelbart steht auf. Er beugt sich zum Mikrofon, hüstelt und sagt: »Die Geschworenen sind guten Gewissens zu einem Urteil gelangt.«

11

Alex geht die Stufen des Gerichtsgebäudes hinunter und blinzelt gegen die grelle Sonne.

»Hey.«

Er bleibt abrupt stehen und wendet sich der Stimme zu.

Stefanie trägt eine Sonnenbrille; er sucht ihre Augen dahinter.

»Hi.«

»Wie geht es dir?«, fragt sie, während sie von einem Bein auf das andere tritt.

»Mir geht es gut, in Anbetracht der Umstände.«

»Nick wurde wegen Mordes verurteilt, du müsstest doch froh sein.«

Er zuckt mit den Schultern.

»Er kann immer noch nach Verfahrensfehlern suchen und in Berufung gehen. Typen wie er …«

»Oder sich an den Europäischen Gerichtshof für Menschenrechte wenden. Das tut er auf jeden Fall.«

Sie lächelt. Hinter der Sonnenbrille verdreht sie die Augen, das weiß er.

»Wie geht es dir?«, fragt er.

»Ganz okay.«

Ihr sommerliches Aussehen erinnert ihn an die Reisen, die sie gemeinsam unternommen haben.

»Wohnst du noch bei deinen Eltern?«

Es kommt direkter heraus, als er gewollt hat. Sie schüttelt den Kopf.

»Ich habe seit Kurzem eine eigene Wohnung.«

»Ist sie schön?«

Sie nickt und schaut an ihm vorbei.

»Und wie läuft es bei Scherpereel?«

Diese blöde Sonnenbrille. Er will ihre Augen sehen, ihre Pupillen.

»Gut. Ludo hat die Struktur von Nick beibehalten. Aber er hat mich zur Abteilungsleiterin ernannt.«

»Herzlichen Glückwunsch.«

»Danke. Die Verkäufe ziehen an. Wir kommen aus der Flaute heraus, gewinnen das Vertrauen der Kunden zurück.«

Alex nickt.

»Und bei dir?«

»Ich begleiche Rechnungen und prüfe Bilanzen. Was ein langweiliger Buchhalter so macht. Solange ich nicht vorbestraft bin, jedenfalls.«

Beide starren auf eine Stelle, an der es nichts zu sehen gibt.

»Ich finde es mutig von dir zuzugeben, dass du es warst.«

»Du wusstest es. Warum bist du nicht von dir aus zur Polizei gegangen?«

Sie zögert und entfernt sich einen Schritt von ihm.

»Es hätte nicht so kommen müssen, Alex. Du bist zu weit gegangen, viel zu weit. Es hätte auch anders … Es gab auch andere Möglichkeiten.«

Sie macht noch ein paar Schritte, ein zaghafter Versuch, sich zu verabschieden.

»Es war nicht nur Farkas, der zwischen uns stand, das weißt du.«

Ein Mensch kann sich verändern. Er möchte, dass sie bleibt. Ich habe es für dich getan, will er sagen. Ihr Lächeln ist jetzt ein wenig gezwungen. Sie dreht sich um, das Kleid entblößt ein Stück ihres Oberschenkels. Die Sommersprossen auf ihren Armen, das Muttermal auf ihrer Wade. Er bleibt stehen und hofft, dass sie zurückschaut und ihn anlächelt. Aufrichtig anlächelt.

Sie soll sich wenigstens umschauen. Oder winken. Irgendetwas.

Sie verschwindet um die Ecke.

Er wartet weiter.

Ane Riel

Blutwurst und Zimtschnecken

Kriminalroman

352 Seiten, btb 71408
Deutsch von Julia Gschwilm

Ausgezeichnet als bester dänischer Krimi des Jahres

Auf dem Rotkehlchenweg ist Judith Behring bekannt für ihre Gastfreundschaft und ihre Backkünste – die Nachbarn können sich glücklich schätzen, wenn sie in den Genuss von Judiths berühmten Zimtschnecken kommen. Nur einer ist nicht so nett zu ihr, wie sie das gewohnt ist – der Postbote. Für Judith steht fest: Der Postbote muss sterben.

»Die Überraschung unter den Krimis aus Dänemark. Ganz anders, unkonventionell, schwarzer Humor pur.«
Politiken

»Ein toller Krimi – urig, schräg und wahnsinnig unterhaltsam.«
Ekstra Bladet

btb

Cilla & Rolf Börjlind

Schlaflied

Roman

480 Seiten, btb 71409
Aus dem Schwedischen von Christel Hildebrandt

Ist es in den Wäldern Smålands wirklich sicherer als auf den Straßen von Stockholm?

Am Stockholmer Hauptbahnhof herrscht Chaos. Flüchtlinge aus aller Welt drängen nach Schweden auf der Suche nach einem sicheren Hafen. Ein Mädchen im Strom der Asylsuchenden schlägt sich ganz alleine durch - bis sie auf die Obdachlose Muriel trifft, die sich ihrer annimmt. Gemeinsam suchen sie Zuflucht in einer einsamen Hütte auf dem Land.

Zur selben Zeit untersuchen Tom Stilton und Olivia Rönning den grausamen Tod eines Jungen, der vergraben im Wald gefunden wurde. Er scheint nicht das einzige Opfer. Wenig später bittet ihn Muriel um Hilfe, weil sie ihren Schützling in Gefahr glaubt. Haben die Fälle etwa miteinander zu tun?

Der neue Fall für Olivia Rönning und Tom Stilton!

LUKAS ERLER

Die Thomas-Nyström-Krimis

Ölspur

Kriminalroman, 336 Seiten, btb 74309

Der Neuropsychologe Thomas Nyström reist nach Hamburg, um seine Geliebte zu sehen, die Journalistin Helen Jonas. Doch er findet ihre Wohnungstür versiegelt vor: Helen Jonas ist tot. Natürliche Todesursache meint die Polizei, doch Nyström glaubt nicht daran. Tatsächlich stellt sich heraus, dass Helen einem gigantischen Umweltskandal auf der Spur war …

»Ein lakonisch erzählter Politthriller, der neben Tempo und Spannung auf hintergründigen Humor und pointierte Rededuelle setzt.«

Kieler Nachrichten

Mörderische Fracht

Kriminalroman, 288 Seiten, btb 74371

Als die Russin Elena bei dem Neuropsychologen Thomas Nyström in München auftaucht und behauptet, dass Tschetschenen einen Anschlag auf einen russischen Supertanker planen, setzt er alle Hebel in Bewegung, um ihr zu helfen. Doch den Behörden ist der Verdacht zu vage. Also versucht Nyström, auf eigene Faust das Attentat zu verhindern. Und trifft dabei auf einen alten Widersacher, der entschlossen ist, offene Rechnungen zu begleichen.

HÅKAN NESSER bei btb

Die Kommissar-Van-Veeteren-Serie

Das grobmaschige Netz. Roman
Das vierte Opfer. Roman
Das falsche Urteil. Roman
Die Frau mit dem Muttermal. Roman
Der Kommissar und das Schweigen. Roman
Münsters Fall. Roman
Der unglückliche Mörder. Roman
Der Tote vom Strand. Roman
Die Schwalbe, die Katze, die Rose und der Tod. Roman
Sein letzter Fall. Roman

Weitere Kriminalromane

Barins Dreieck. Roman
Kim Novak badete nie im See Genezareth. Roman
Und Piccadilly Circus liegt nicht in Kumla. Roman
Die Schatten und der Regen. Roman
In Liebe, Agnes. Roman
Die Fliege und die Ewigkeit. Roman
Aus Doktor Klimkes Perspektive. Erzählungen
Die Perspektive des Gärtners. Roman
Die Wahrheit über Kim Novak. Roman
Himmel über London. Roman
Die Lebenden und Toten von Winsford. Roman
Der Fall Kallmann. Roman
Der Choreograph. Roman

Die Inspektor-Barbarotti-Serie

Mensch ohne Hund. Roman
Eine ganz andere Geschichte. Roman
Das zweite Leben des Herrn Roos. Roman
Die Einsamen. Roman
Am Abend des Mordes. Roman
Der Verein der Linkshänder. Roman
Barbarotti und der schwermütige Busfahrer. Roman

Håkan Nesser

Elf Tage in Berlin

Roman

384 Seiten, Hardcover, btb 75493
Aus dem Schwedischen von Paul Berf

Von einem, der auszog, sein Glück in Berlin zu finden.

Einen Nobelpreis wird er wohl nicht bekommen. Arne Murberg ist von schlichterem Gemüt. Nach einem Badeunfall in der Kindheit hat er Schwierigkeiten, sich zu konzentrieren und komplexere Zusammenhänge zu erfassen. Aber Arne ist ein warmherziger, liebenswerter Mensch, der sich eine kindlich naive, offene Art bewahrt hat und voll Vertrauen auf das Leben blickt. Als sein Vater ihm auf dem Totenbett offenbart, dass seine Mutter nicht tot ist, wie Arne geglaubt hat, sondern in Berlin lebt, und ihm gleichzeitig den Auftrag gibt, sie dort aufzusuchen und ihr ein verschlossenes Kästchen zu übergeben, beginnt für ihn ein wundersames Abenteuer …

»Ein Roman, der federleicht geschrieben ist. Der einen fröhlich zurücklässt.«

Christine Westermann, frau-TV